Villa-Lobos
O florescimento da música brasileira

MANUEL NEGWER

Villa-Lobos
O florescimento da música brasileira

TRADUÇÃO
Stéfano Paschoal

Martins Fontes

© 2009 Martins Editora Livraria Ltda., São Paulo, para a presente edição.
© 2008, SCHOTT MUSIC GmbH & Co. KG, Mainz, Alemanha.
O original desta obra foi publicado sob o título
Villa-Lobos – Der Aufbruch der brasilianischen Musik, por Manuel Negwer.

PUBLISHER	Evandro Mendonça Martins Fontes
PRODUÇÃO EDITORIAL	Luciane Helena Gomide
PRODUÇÃO GRÁFICA	Sidnei Simonelli
PROJETO GRÁFICO E CAPA	Megaart Design
PREPARAÇÃO	Renata Mundt
REVISÃO	Beatriz Castro Nunes de Sousa
	Dinarte Zorzanelli da Silva
	Mariana Zanini

Dados Internacionais de Catalogação na Publicação (CIP)
(Câmara Brasileira do Livro, SP, Brasil)

Negwer, Manuel
  Villa-Lobos : o florescimento da música brasileira / Manuel Negwer ; tradução Stéfano Paschoal. – São Paulo : Martins Martins Fontes, 2009.

  Título original: Villa-Lobos : der Aufbruch der brasilianischen Musik
  ISBN 978-85-61635-40-4

  1. Compositores – Brasil – Biografia 2. Músicos – Brasil – Biografia 3. Villa-Lobos, Heitor, 1887-1959 I. Título.

09-09167   CDD-780.092

Índices para catálogo sistemático:
1. Brasil : Compositores : Biografia e obra   780.092

Todos os direitos desta edição no Brasil reservados à
Martins Editora Livraria Ltda.
R. Prof. Laerte Ramos de Carvalho, 163
01325-030 São Paulo SP Brasil
Tel.: (11) 3116.0000 Fax: (11) 3115.1072
info@martinseditora.com.br
www.martinseditora.com.br

Para Maria Inês

Índice

Não vim aprender   9

Rio de Janeiro, a Cidade Maravilhosa   13
   Cidade em mudanças   18
   A boemia   25
   Rio de Janeiro: cidade musical   33
   Violão e violoncelo   42

Rotas de viagem   51
   Paranaguá   55
   Manaus   59
   Índios e escravos   66

No palco   73
   Lucília Guimarães   76
   A elite da música   85
   Desafios   91
   Milhaud e Rubinstein   99
   Retoques e metamorfoses   108

O florescimento das artes   115
   A Semana de Arte Moderna   119

Mário de Andrade	125
Caminhos para a música nacional	135
Experiências parisienses	141
Choque cultural	144
O selvagem da floresta tropical	154
Os choros	164
Colheita parisiense	174
A Era Vargas	185
Educação e propaganda	190
A tentação do poder	200
De volta à tradição	210
Bachianas brasileiras	221
Música viva	231
O compositor cosmopolita	239
Entre inovação e *mainstream*	244
Na tela e no palco	251
A obra tardia	258
Os últimos anos	263
Villa-Lobos e depois...	271
Imagens	281
Bibliografia comentada	297
Bibliografia	301
Índice remissivo	303

Não vim aprender

Tango, samba, bossa-nova, salsa, lambada – desde que a *habanera La paloma*, há 150 anos, saiu de Cuba e fez sucesso no mundo todo, ritmos e melodias da América Latina passaram a ser um componente fixo da música popular internacional. Com o surgimento de novos gêneros, como a música universal e a música étnica, a presença da música latino-americana experimentou um novo impulso na Europa. Nesse ínterim, nomes como Tom Jobim, Mercedes Sosa e Rubén Blades ficaram conhecidos em todas as metrópoles europeias pelo público musical cosmopolita.

Algo assim não se revela na música erudita, e até mesmo peritos no assunto, se perguntados sobre compositores latino--americanos relevantes, ficariam facilmente inseguros, caso não houvesse a exceção tornada sinônimo da música do subcontinente: o nome Heitor Villa-Lobos destaca-se como um forte monólito da massa, até então anônima de compositores latino--americanos. Seu trabalho é considerado o exemplo mais convincente – até os dias de hoje – da autodescoberta musical da América Latina.

Ao mesmo tempo, Villa-Lobos, no início, irritava a classe musical dominante de sua cidade natal, o Rio de Janeiro, pois declarava francamente seu desprezo pela "tradição" acadêmica. Com bastante naturalidade, ele empregava em suas composições melodias indígenas e ritmos africanos – ou aquilo que reconhecia como tal –, uma provocação que enfurecia cidadãos importantes da indústria musical aficionados da ópera italiana e da música de câmara francesa. Diferentemente de seus contemporâneos sul-americanos, Villa-Lobos, livre de complexos, contrariou conscientemente a forte herança musical do Velho Mundo: "Não vim aprender; vim mostrar o que fiz", ele declarou em sua chegada a Paris, em 1923, acrescentando: "Se gostarem, fico; se não, volto para minha terra"[1].

Com imensa alegria por suas apresentações bem-sucedidas, ele se constituiu o único representante da música brasileira. Brincava com os clichês sobre a América do Sul, em voga na Europa, e fantasiava em arabescos que sempre variavam em torno de supostos naufrágios vividos por ele no Amazonas e de seus encontros com índios canibais. A flora e a fauna misteriosas de sua pátria – assim ele sempre gostava de dizer – teriam lhe fornecido, de forma mágica, melodias e ritmos para suas obras.

A extensão de todo o trabalho deixado por Villa-Lobos evoca as dimensões continentais do Brasil: mais de mil obras avulsas que contemplam praticamente todas as formas e todos os gêneros trazidos ao país pelos colonizadores europeus. Não apenas a música tradicional dos nativos indígenas e dos escravos africanos, mas também a música popular do Rio de Janeiro foram utilizadas por ele em suas emocionantes melodias mo-

---

1. Horta, 1987, p. 44.

dernas, nos choros panbrasileiros, nos exóticos e cintilantes poemas sinfônicos *Amazonas* e *Uirapuru*, e nas *Bachianas brasileiras*, que fundem os trópicos e o barroco.

Villa-Lobos conseguiu se estabelecer por longo tempo no cânone do repertório universal como o primeiro compositor latino-americano e, no que se refere à presença nas gravações, ele conseguiu escapar do nicho dos exóticos. Arthur Rubinstein foi o primeiro a divulgar sua obra pianística, e Andrés Segóvia, seus estudos e prelúdios para violão. As sinfonias, a música de câmara e a obra vocal também têm sido encenadas e executadas incessantemente nos últimos anos. Em uma obra iniciada muito precocemente, são inevitáveis as diferenças de nível: ao lado de pastiches epígonos, figuram grandiosos coloridos melódicos; ao lado de bombásticas cascatas de notas, música de câmara ornamentada; ao lado do *kitsch* pomposo, melodias de harmoniosa e arcaica comoção e uma instrumentação surpreendentemente fora do comum.

Além disso, mesmo em países distantes da América Latina, como Finlândia e Japão, a dedicação a atividades ensaístas e acadêmicas musicais sobre Villa-Lobos tem aumentado constantemente: a redescoberta de um dos maiores gênios musicais criadores do século XX está a todo vapor. No encontro de vida e obra de Heitor Villa-Lobos, podemos observar um espaço cultural vital, que – principalmente graças a ele – há muito começou a conduzir o diálogo de igual para igual com o "Velho Mundo".

Rio de Janeiro,
a Cidade Maravilhosa

Quando o navegador português André Gonçalves, no *réveillon* de 1502, navegava rumo a uma baía bastante arqueada na costa sudeste da Terra de Vera Cruz, há dois anos descoberta e apossada por Portugal, ele acreditava estar na foz de um rio. Rio de Janeiro, ele denominou, por isso, o novo reduto, que provavelmente se apresentava como um porto natural ideal. Esse porto logo despertou também o interesse de outros conquistadores europeus, como o dos franceses, que pretendiam fundar aí sua *França Antártica* e que apenas depois de exasperadas lutas foram expulsos pelos portugueses. A Terra de Vera Cruz teve seu nome alterado, mais tarde, para Brasil. Surgia no Rio de Janeiro um posto de abastecimento para os navegadores, cerne da posterior ocupação urbana da Baía da Guanabara.

O nome de origem permaneceu: o Rio de Janeiro tornou-se o ícone da cidade brasileira, do sonho da alegria tranquila, da porta de entrada para o paraíso tropical e do lugar de projeção das saudades e dos sonhos não realizados de todos aqueles que procuravam ali a sua sorte: a praia de Copacabana, o Pão de Açúcar e o Corcovado, com o Cristo Redentor, construído em 1931, são os pontos do cenário promissor que se mostra ao visitante da cidade atual, que se tornou uma metrópole turbulenta. O termo Cidade Maravilhosa tornou-se um *topos* do Rio de Janeiro ao longo dos séculos, nas crônicas dos descobridores, nos relatórios de viagens, na poesia, nos romances e em inúmeras canções da música popular. O escritor Stefan Zweig, exilado no Brasil antes do nacional-socialismo, expressou o que muitos, antes e depois dele, podem ter sentido ao ver o incomparável panorama da cidade:

> A beleza dessa cidade, dessa paisagem, com efeito, quase não se pode reproduzir nem pela palavra, nem pela fotografia, porque é demasiado variada, demasiado heterogênea e inesgotável; um pintor que quisesse representar o Rio em toda a sua plenitude e com todas as *suas* milhares de cores e cenas não teria tempo para concluir sua obra em uma vida inteira. E isso porque a natureza, em capricho sem-par de prodigalidade, concentrou em um pequeno espaço todos os elementos da beleza que costuma distribuir e disseminar, com parcimônia, pelo território inteiro de outros países[1].

Heitor Villa-Lobos nasceu em 5 de março de 1887, no Rio de Janeiro, o segundo de oito filhos do professor e, mais tarde, bibliotecário Raul Villa-Lobos, e de sua esposa, Noêmia Umbelina Santos Monteiro. Embora a administração da cidade adotasse medidas enérgicas contra a malária, a cólera e a febre amarela, as doenças infecciosas e a mortalidade infantil ainda faziam parte do cotidiano das famílias e, assim, dos oito filhos de Raul e Noêmia, quatro não ultrapassaram a idade infantil.

1. Zweig, 1984, p. 172.

O menino recém-nascido deveria, segundo a vontade da mãe, ser batizado como Túlio, porém o pai se impôs com seu nome favorito: Heitor. Ele foi o único menino que atingiu idade madura. Othon, seu irmão, nascido em 1893, morreu em 1920 de tuberculose, depois que já haviam morrido um primeiro Othon, com um ano e meio, e outro irmão, chamado Clóvis, aos dois anos de idade. Heitor foi o único dos filhos que se interessou pela música. O irmão Othon gostava mais de esportes, principalmente de futebol e boxe, trabalhava como eletricista e logo perdeu o contato com Heitor, que mergulhara profundamente no mundo da música.

Heitor teve durante toda sua vida uma relação íntima e amável com sua irmã Carmen, dois anos mais nova. Esta, de apelido Bilita, era uma menina graciosa, de olhos grandes, frequentemente amedrontados, e que chorava facilmente, do que Heitor caçoava, chamando-a de chafariz. Possivelmente, esse fato remete a uma experiência traumática da infância, pois Carmen, ao brincar no balanço, bateu tão desastrosamente a cabeça contra a de sua irmã Esther, de três anos, que esta veio a falecer pelas consequências do acidente. Heitor foi um bebê prematuro (nascido aos sete meses de gravidez), o que, no início, despertou grandes cuidados por parte de seus pais. Porém o menino, ainda fraco no início, desenvolveu-se normalmente. De todos os irmãos, a mais velha, Bertha, de apelido Lulucha, foi a que viveu mais tempo: morreu em 1976, aos 90 anos de idade, em Belo Horizonte.

A casa dos pais de Villa-Lobos ficava na rua Ipiranga, no bairro das Laranjeiras, um dos mais antigos e tradicionais bairros do Rio de Janeiro que, já no século XVII, havia sido projetado para a plantação de frutas e legumes para o abastecimento da cidade ainda nova. Todavia, ao contrário do que sugere o nome que remete às grandes propriedades do tempo de sua fundação, não havia mais ali, no tempo de Villa-Lobos, nenhuma laranjeira, mas sim mangueiras, que davam às travessas e aos becos do bairro agradáveis sombras e que espalhavam, na estação das frutas, seu doce e fascinante aroma. O apartamento no primeiro andar da casa número 7 foi conseguido pela família Villa-Lobos com o auxílio de Rangel, um amigo e vendedor, que tinha uma loja de mercadorias diversas no térreo. Assim, o pequeno Heitor buscava seus doces com frequência ali e também brincava de esconde-esconde com seus irmãos no meio dos sacos de farinha e barris de vinho. Hoje, o outrora calmo bairro das Laranjeiras vem sendo incessantemente oprimido, ao norte, pelas favelas Júlio Otoni e Maloca, surgidas no morro coberto de vegetação entre Laranjeiras e o pictórico bairro de Santa Teresa, com suas casas coloniais coloridas e o nostálgico bondinho.

Por muito tempo, predominou a incerteza quanto à data de nascimento de Heitor Villa-Lobos, o que se deve em parte aos descuidos comuns a cartórios, e em parte ao gosto de Villa-Lobos por brincadeiras. Os dados encontrados em biografias e obras de referência acerca de sua data de nascimento oscilaram por muito tempo entre 1881 e 1891. O registro de batismo da igreja São José, descoberto pelo primeiro biógrafo de Villa-Lobos, Vasco Mariz, tornou-se assim a prova categórica de seu nascimento em 5 de março de 1887.

O pai, Raul Villa-Lobos, teve de interromper o estudo de medicina por motivos financeiros, contudo manteve por toda a vida seu espírito inquieto e criativo. Ele escreveu livros didáticos e de história, traduziu do inglês livros técnicos nas áreas de história e botânica e, como *hobby*, dedicava-se à astronomia. Algumas vezes, ao publicar um artigo de jornal ou fábulas e lendas dos índios, ele usava o pseudônimo Epaminondas Villalba.

Todavia, o grande amor de Raul Villa-Lobos era a música: o violoncelista amador, também clarinetista, organizava regularmente em sua casa, aos sábados, concertos, ou como se dizia no Rio de Janeiro antigamente, tocatas, que atravessavam a madrugada. Ele era um assíduo frequentador de óperas e estava entre os sócios fundadores do Clube Sinfônico – uma das diversas associações de música do Rio de Janeiro –, o que provavelmente lhe possibilitou constituir sua própria orquestra.

Raul Villa-Lobos era descendente de imigrantes espanhóis que foram de Andaluzia para Cuba no início do século XIX. Mais tarde, eles adentraram a região do Amazonas e, finalmente, chegaram ao Rio de Janeiro. Raul, com sua barba ruiva e seus olhos azuis cintilantes, era uma figura extravagante e bastante atraente, embora sua tendência à gagueira depusesse um pouco contra isso. A família da mãe, Noêmia, de baixa estatura, porém forte, era de ascendência portuguesa e tinha alcançado a estabilidade financeira com a importação de bacalhau. A mãe de Noêmia morreu cedo, e ela foi criada por uma tia. Seu pai era um animado pianista amador que, por incumbência, organizava festas de todos os tipos, tendo até mesmo composto algumas canções. Porém, ao longo de sua vida, não conseguiu se livrar de suas dificuldades financeiras, razão pela qual Noêmia não considerava necessariamente vantajosa uma ocupação intensa com a música.

A família de Raul Villa-Lobos pertencia à classe média que se formava precisamente naquele tempo e não dispunha de meios para uma educação escolar superior. Por isso, Raul, quando menino, ia para a escola do Asylo dos Meninos Desvalidos, na avenida 28 de setembro, na Tijuca. Raul foi favorecido pelo engajamento do deputado filantropo Alberto Brandão, que lhe concedeu uma bolsa de estudos para frequentar uma das escolas fundadas por ele. Com o término dos estudos, os alunos recebiam uma pequena quantia inicial para seus primeiros passos na vida profissional. Isso foi a pedra fundamental para uma amizade entre Raul Villa-Lobos e Alberto Brandão que duraria a vida toda e que se tornou ainda mais profunda pela paixão em comum pela música.

Cidade em mudanças

O imperador brasileiro Dom Pedro II – engajado defensor da formação escolar para todos – projetou escolas que se destacavam por seus serviços especiais, com o privilégio de poder dar a elas o seu nome. O imperador descendente dos Habsburgos – sua mãe era a princesa austríaca Leopoldina – não deixava de, algumas vezes, participar pessoalmente da escolha de professores e das comissões de provas, das quais tomava parte prazerosamente como perito em língua francesa. Assim, o imperador, mais um erudito universal do que político, um poliglota e apaixonado por Wagner, comprometeu-se, também nesse âmbito, com o seu desejo de fazer o país evoluir. Por causa de seus mais variados conhecimentos sobre cultura e ciências, Victor Hugo o chamava de "neto de Marco Aurélio"[2], com base no "imperador filósofo" romano. E assim, o filho do imigrante Raul Villa-Lobos, graças a essas favoráveis condições, cresceu como patriota brasileiro que participava ativamente dos acalorados debates políticos da nação ainda jovem.

Na casa dos pais, na rua Tavares Bastos, no Catete, bairro vizinho para onde a família logo se mudou, o pequeno Heitor

2. Handelmann, 1987, p. 1090.

cresceu em um mundo cheio de música. Aos seis anos de idade, ganhou de presente do pai uma viola adaptada para violoncelo e, daí em diante, passou a ter aulas com ele regularmente. Raul rapidamente reconheceu os dons musicais de seu filho Tuhú – o apelido de Heitor nos primeiros anos de sua infância – ensinando-lhe os elementos teóricos fundamentais da música:

> Meu pai, além de ser homem de aprimorada cultura geral e excepcionalmente inteligente, era um músico prático, técnico e perfeito. Com ele, assistia sempre a ensaios, concertos e óperas, a fim de habituar-me ao gênero de conjunto instrumental. Aprendi, também, a tocar clarinete e era obrigado a discernir gênero, estilo, caráter e origem das obras, como a declarar com presteza o nome da nota, dos sons ou ruídos que surgiam incidentalmente no momento, como o guincho da roda de um bonde, o pio de um pássaro, a queda de um objeto de metal etc. Pobre de mim quando não acertava [...][3].

Raul irritava-se facilmente e enfurecia-se visivelmente quando alguém não dava à música seu merecido respeito, pois, para ele, ela era um bem sagrado de formação, o qual se comprometera a transmitir a seu filho. Posteriormente, Heitor também falaria da música como sua segunda religião. Nos encontros musicais domésticos, dos quais participavam amigos, mecenas e pessoas importantes – até mesmo o vice-presidente seguinte, Manuel Vitorino, estava entre as amizades de Raul –, o menino adquiriu disciplina para a música de câmara. Quando Heitor se sobrecarregava com a música, ia para o morro de Santa Teresa,

---

3. Ribeiro, 1987, p.14.

que ficava perto dali, soltar pipas, uma paixão que cultivou até a idade madura.

Nesse tempo das primeiras tentativas musicais, Heitor também teve contato com a obra de Johann Sebastian Bach, que exerceria fascinação sobre ele por toda a sua vida: sua tia paterna, Leopoldina Villa-Lobos do Amaral – "Zizinha" –, pianista amadora, mostrava-lhe, algumas vezes, excertos de *O cravo bem temperado* que o impressionavam profundamente.

Algumas vezes, Heitor acompanhava seu pai – que assumira o cargo de bibliotecário na Biblioteca Nacional em 1890 – à casa do amigo Alberto Brandão, onde músicos e poetas do Nordeste brasileiro se encontravam para saraus que varavam a madrugada. O Nordeste do país, desde aquele tempo uma região industrial e socialmente prejudicada, destacava-se por sua grande riqueza de tradições musicais e maneiras de tocar. A região tornou-se mundialmente conhecida principalmente através do mito do cangaceiro, expresso na figura do temido e ao mesmo tempo carismático chefe de quadrilha Lampião e de sua companheira, Maria Bonita. A figura do cangaceiro não só passou a fazer parte de inúmeros filmes e romances, mas também da música popular, na qual o título homônimo *O cangaceiro* sobreviveu da mesma forma que *Olê, mulher rendeira*.

Assim, Heitor também aprendeu, depois da música clássica, a música sertaneja, típica do interior do país, por onde ele e sua família logo viajariam. Raul Villa-Lobos era conhecido como opositor do marechal Floriano Peixoto – que governava apoiado em uma violação da Constituição –, sobre o qual ele escrevia artigos e se expressava criticamente. Possivelmente por isso, ele passou a ser vigiado por colegas invejosos, pois logo depois foi denunciado por suposto furto: um funcionário o vira carregando livros recém-comprados em um antiquário da biblioteca –

onde os havia guardado temporariamente – para casa. Como isso gerou um termo de advertência, Raul viu-se pressionado a abandonar temporariamente, com sua família, o Rio de Janeiro. Passando por Sapucaia, um povoado próximo, foram para o estado vizinho, Minas Gerais, primeiramente na pequena cidade de Bicas e, depois, para Santana de Cataguases, onde ficaram hospedados na casa de amigos e parentes. Terminado o regime de Peixoto, os Villa-Lobos voltaram para o Rio de Janeiro e procuraram rapidamente reintegrar-se à vida de outrora. Em um processo disciplinar, Raul Villa-Lobos não apenas foi absolvido da acusação de furto, mas também promovido: foi nomeado chefe da Biblioteca do Senado.

    O fato de Heitor, aos cinco anos de idade, durante sua temporada de quase um ano com a família na zona rural de Minas Gerais, ter se aprofundado intensivamente na música dos poetas populares, como muitas vezes relatado, é pouco verdadeiro. Pode ter havido, ao contrário, rápidos encontros com a população rural, que tocava violão e rabeca e, nos finais de semana, se encontrava em um bar da cidadezinha para um copinho de cachaça e para cantar em uma roda suas canções. As impressões reunidas durante a temporada em Minas Gerais, contudo, despertaram no menino lembranças nostálgicas que o acompanhariam por bastante tempo.

    Heitor havia decidido, já nesses anos, tornar-se músico, embora também tivesse um talento claramente reconhecido em matemática e desenho. Ele comunicou sua decisão a seus pais, para grande desgosto da mãe Noêmia, para a qual a Heitor deveria ser possível aquilo de que havia sido privado o pai: a carreira de médico, ou ao menos a de jurista, que poderia igualmente garantir uma existência burguesa sólida. Heitor, que frequentou o ginásio do tradicional e rico Mosteiro de São

Bento, finalmente se inscreveu, por vontade de sua mãe, no curso preparatório para a prova de seleção de medicina, a qual ele nunca realizaria.

O Rio de Janeiro, já quase no final do século XIX, era uma cidade que sofria mudanças radicais no âmbito político, demográfico e urbanístico. Os progressos da Revolução Industrial haviam propiciado um impulso desenvolvimentista. O navio a vapor encurtava vertiginosamente a viagem para a Europa em duas semanas. Logo se instalou o primeiro cabo de telégrafo entre a Europa e o Brasil e foi inaugurada a primeira central telefônica. A linha de trem que levava ao palácio do imperador em Petrópolis, antes composta de um único trecho, foi ininterruptamente aumentada.

Em 1887, ano de nascimento de Heitor Villa-Lobos, acentuou-se a luta sobre a questão escravista: os intelectuais liberais clamavam pela abolição imediata da escravidão – a "vergonha negra". Os grandes possuidores de terra, ao contrário, procuravam refrear energicamente essa reivindicação, na qual viam uma ameaça à hegemonia econômica. Desde a interrupção do comércio internacional, a escravidão havia perdido muita importância também no Brasil. Em 1870, foi promulgada a Lei do Ventre Livre, segundo a qual todo filho de escravo nascido a partir daquele momento teria direito à liberdade.

Quando o imperador Dom Pedro II viajou, em 1888, para a Itália, lá adoecendo gravemente, sua filha Isabel assinou, no dia 13 de maio, a Lei Áurea, para a abolição da escravatura. Já desde considerável tempo, o movimento antiescravista, com orientação republicana, buscava a oportunidade histórica de se livrar tanto da monarquia quanto da escravidão. Os grandes proprietários rurais, ao contrário, sempre se mantiveram fiéis ao imperador. Provavelmente por isso eles tenham considerado um ato de traição o fato de a princesa Isabel, com uma assinatura, ter inesperadamente abolido a escravidão. Por conseguinte, esses grandes proprietários rurais, junto com os republicanos – outrora seus inimigos –, impulsionaram a queda da monarquia. Em 15 de novembro de 1889, o marechal Deodoro da Fonseca tomou o poder, assumiu o comando de uma junta e proclamou a República. Como reação, o imperador foi para o exílio em Paris, onde, dois anos mais tarde, morreu amargurado e sozinho – no mesmo Hotel Bedford, em que Villa-Lobos passaria seus últimos anos de vida. Dom Pedro II tornara-se uma figura trágica, pois, no fundo, sempre havia sido contrário à escravidão, consciente, porém, de que, caso declarasse abertamente sua opinião, instauraria, ele próprio, o fim da monarquia. Agora, a profecia havia se consumado sem nenhuma participação sua.

Cerca de 750 mil escravos estavam livres, e abandonaram, assim, as senzalas das propriedades de seus ex-senhores, mudando-se para a cidade, em especial para o Rio de Janeiro. Os alojamentos coletivos improvisados formaram rapidamente a base para as favelas – bairros miseráveis – que já há bem mais de cem anos começaram a invadir os verdes morros do Rio de Janeiro. Hoje, a palavra morro, no Rio de Janeiro, tornou-se sinônimo dos bairros miseráveis dominados pelos barões do tráfico, logo acima da zona sul rica. Todavia, a jovem República não foi além da libertação dos escravos: em vez de integrar os ex-escravos à sociedade, foram recrutados, com objetivos definidos, imigrantes da Europa e, mais tarde, também do Japão. Com a ajuda de novos burgueses, o governo republicano, decidido a modernizar o país, tinha como intenção iniciar o povoamento das terras inexploradas do interior. Um de seus motivos escusos era "branquear" fortemente a população; outro, admitir trabalhadores já experientes, camponeses e operários, nos quais não fosse necessário se investir muito e que seriam gratos por qualquer nova oportunidade.

A capital brasileira deveria ser construída como a vitrine da República, que tinha como lema "Ordem e Progresso" e resultou, em 1891, em uma constituição influenciada pelo modelo dos Estados Unidos. Em termos de construção, ao contrário, o Rio de Janeiro orientava-se pelo modelo parisiense: o prefeito e arquiteto Francisco Pereira Passos havia estudado em Paris e acompanhava a modernização arquitetônica que o barão Georges Haussmann havia realizado na metrópole francesa, tendo também podido admirar as construções pomposas resultantes disso, principalmente a Ópera de Paris.

O Rio de Janeiro ganhou, então, o Teatro Municipal, fundado em 1909, um teatro luxuoso influenciado pelo modelo parisiense, que passou imediatamente a contar, em seus programas, com óperas de Donizetti, Bellini, Puccini e Verdi. Enquanto a ópera era domínio do repertório italiano, a música de salão e as matinês eram marcadas por compositores franceses, como por Saint-Saëns, que se apresentou no Rio em 1899. A música de salão fazia o contraponto burguês ao choro popular das ruas e dos saguões e evitava, com total consciência, reminiscências típicas do país. Ela transmitia à elite e àqueles que se consideravam parte dela o sentimento confortante de ser – ainda que em um reduto isolado – parte da cultura europeia. A importação de artigos de moda, bebidas, móveis e outros bens de consumo europeus havia explodido. A dama da alta sociedade encomendava seus chapéus e seus cosméticos em catálogos parisienses, à disposição nas lojas de moda, e não tinha nenhum escrúpulo ao comprar artigos de pele. A ambiciosa nova geração de engenheiros atualizava-se com livros de Londres, enquanto os futuros médicos se dedicavam à literatura específica francesa. O intelectual sedento por formação, por sua vez, recitava poesias de livros de Téophile Gautier ou Leconte de Lisle, e até mesmo os poetas nativos de destacada posição, como Olavo Bilac, reconheciam-se influenciados pela poesia francesa. Contudo, agitava-se na Paris tropical, cada vez mais intensamente, uma cultura popular própria, viva, que começou a florescer da mesma forma colorida e forte que suas esplêndidas primaveras, azaleias e palmeiras, suas mangas, seus mamões e goiabas, despertando e cativando todos os sentidos.

A boemia

A fascinação pela música popular logo tomou conta, por completo, de Heitor – para aborrecimento, agora, também do pai: o choro, executado nas ruas e nos lugares públicos do Rio de Janeiro, em frente aos bares e nas espeluncas, tornara-se sua paixão. Os pais temiam que o filho, criado em um ambiente protegido até então, se perdesse totalmente na boemia; temiam vê-lo afundado no mundo da ociosidade, do carnaval e dos chorões, os executantes do choro.

A designação "choro" foi usada pela primeira vez para os conjuntos que tocavam o repertório dos quase extintos salões do século XIX em lugares públicos, em festas de casamento nos bairros das "pessoas simples" ou para diversão noturna nos bares e locais de dança. Mais tarde, o termo estendeu-se mesmo à música, tornando-se um estilo musical próprio. Os modelos europeus eram, pouco a pouco, abrasileirados e misturados a um gênero facilmente identificável pelas típicas síncopes e pela progressão marcante do baixo. A origem da palavra "choro", até os dias de hoje, não é exatamente clara: de um lado, significa choro ou lamento e poderia ser abstraída da forma melancólica e sentimental com que muitas peças são executadas; uma outra explicação diz que o choro remete a uma dança africana chamada "xolo". O primeiro grupo de choro conhecido, que por muito tempo dominou o cenário, foi o Choro Carioca, dirigido pelo flautista Joaquim Antônio da Silva Calado, o músico que mais influenciou o estilo da primeira geração do choro. Heitor não pôde resistir à tentação de se tornar, ele próprio, um ator naquele cenário colorido, tendo se exercitado por muito tempo – na maioria das vezes escondido – ao violão, até se tornar bom o suficiente para tocar em um dos grupos de choro.

O choro daquele tempo era a improvisação inteligente. O que se faz hoje através do *jazz*, nós fazíamos aqui no Rio no começo do século. No choro, éramos quatro, cinco ou seis: um pistom, um bombardino, um violão, um contrabaixo, um oficlide; às vezes flauta; às vezes cavaquinho[4].

O oficlide é um instrumento de sopro de metal, fora de moda, da família das cornetas, cujo som fica entre o da trombeta e o do fagote. O cavaquinho pertence, como pequeno violão de quatro cordas, à família do uquelele, sendo instrumento obrigatório em um conjunto de samba. O primeiro grupo de choro em que Villa-Lobos começou a tocar foi o do violonista Quincas Laranjeiras, que se encontrava, como muitos outros chorões, na loja de música Cavaquinho de Ouro, na rua da Carioca, onde os músicos esperavam por oportunidades de trabalho.

4. Horta, 1987, p. 15 ss.

Um golpe do destino com graves consequências atingiu a família Villa-Lobos em 18 de julho de 1899: o pai, Raul, morreu aos 37 anos de varíola, que, antigamente, sempre se alastrava no Rio de Janeiro durante o inverno. Com sua morte, a situação financeira da família sofreu sensível queda. Como Raul Villa-Lobos havia investido todo o dinheiro disponível em suas atividades de lazer, não havia economias que pudessem ser usadas em uma hora de emergência. Dona Noêmia viu-se obrigada – embora no final de uma gravidez – a lutar pelo sustento da família. Como lavadeira e passadeira para a Casa Colombo – um café tradicional que perdura até hoje como Confeitaria Colombo, na rua Gonçalves Dias, no centro histórico do Rio de Janeiro – ela podia trabalhar em casa.

Heitor – não obstante a triste circunstância – havia dado mais um passo decisivo com relação à sua existência como músico; contudo, logo se conscientizou da gravidade da situação. Não se tratava mais apenas de sua autossubsistência, mas também, e principalmente, de contribuir para o sustento da família com seu violão e seu violoncelo. Um amigo da família também ofereceu ao menino de doze anos um trabalho como moço de recados em uma loja de importação de vinhos, porém Heitor recusou: a música era a carta em que apostava tudo naquele momento. Suas apresentações com os grupos de choro rendiam-lhe, na verdade, apenas um modesto honorário, porém imediatamente pago. Dona Noêmia procurava, em vão, afastá-lo dessas atividades e, com sua atitude de resistência à música, instigava ainda mais o instinto de fuga do filho. Este, procurando evitar outras discussões com a mãe, logo se mudou para a casa de sua tia Fifina.

Heitor começou a trabalhar na noite. Para ser aceito de igual para igual, contudo, não bastava ser um bom músico. Era parte dos rituais das noites regadas a música entreter com bebidas, nas pausas entre as apresentações, os companheiros de música. Heitor precisava, para tanto, imprescindivelmente de mais dinheiro do que podia ganhar com o violão: seus músicos esperavam ser agraciados ao menos com cachaça. Heitor nunca foi de beber, mas se tornou, nesse tempo, um completo maníaco bebedor de café e presenteava-se – contanto que o dinheiro permitisse –, às vezes, com um charuto. Mais tarde, passaram a ser vários charutos por dia, e mal se o via sem o seu predileto, *Cohiba*.

Uma outra fonte de renda foi rapidamente encontrada na única herança considerável de Raul: sua biblioteca particular, da qual a mãe Noêmia já havia começado a tirar livros a fim de elevar as reservas de dinheiro. Aos poucos, Heitor também retirava outros exemplares, desfalcando as quantidades que se esgotavam rapidamente, revendendo-os no antiquário. Contudo, não apenas o violão, que Heitor tocava nos grupos de choro e com o qual fazia suas primeiras tentativas de composição, contribuiu para sua subsistência, mas também o violoncelo. Em troca de alguns cruzeiros, ele apresentava seleções de óperas, zarzuelas e operetas, além do repertório de salão da época, no Teatro Recreio – onde eram apresentados *revues* musicais – assim como no primeiro cinema do Rio de Janeiro, o Odeon, na Confeitaria Colombo e também no restaurante nobre Assírio.

Heitor tornou-se amigo dos músicos mais importantes do cenário do choro, cuja maioria se originava de classes simples. Esses músicos, durante o dia, trabalhavam como pequenos funcionários ou diaristas. Muitos deles tinham migrado do Nordeste pobre do Brasil para o Rio de Janeiro, como os violonistas Sátiro Bilhar, Quincas Laranjeiras e João Pernambuco ou o cantor e poeta Catulo da Paixão Cearense. Este último era um dos que mais fazia sucesso entre eles. Ele começou a carreira como músico de rua, cantava "modinhas" ao violão e fundou sua própria escola de música na rua Botafogo. Sua canção romântica *Luar do sertão* pertence aos mais conhecidos sucessos da música brasileira. Em 1908, Catulo foi o primeiro violonista a fazer um concerto no Instituto Nacional de Música e foi convidado em 1914 pelo presidente da República para ir ao Palácio do Catete.

Essa foi uma carreira bastante incomum, pois, naquele tempo, o violão era um instrumento desprezado pela sociedade e considerado especialidade dos capadócios e seresteiros. Para a maioria dos seresteiros formados em conservatórios, ao contrário, o violão era um tabu. A principal fonte de renda dos músicos de choro continuava sendo os bailes nos subúrbios, em que tocavam para as pessoas simples, recebendo em troca, muitas vezes, comida e bebida. Os pontos de encontro de chorões mais famosos dessa época eram as salas de baile de Mariquinhas de Duas Covas e de Maria da Piedade.

Outros amigos musicais de Heitor foram Donga, compositor do primeiro samba de sucesso comercial, *Pelo telefone*, e o "Louis Armstrong brasileiro", Pixinguinha, flautista virtuoso e primeiro compositor significativo da música popular brasileira. Villa-Lobos também conheceu e admirava a pianista e compositora Chiquinha Gonzaga, que, como primeira profissional feminina da música, chocou a sociedade. Em 1888, Chiquinha Gonzaga, por entusiasmo com a abolição da escravatura, dedicou sua composição *Caramuru* à princesa Isabel e doou o lucro para os negros em necessidade. Sua peça *Corta-jaca* – um "maxixe" – foi executada no Palácio do Governo em 1914, provocando escândalo. O fim da *belle époque* manifestava-se, pois os ritmos de dança autenticamente brasileiros, até então menosprezados como música das classes baixas, ingressavam vigorosamente nos salões da sociedade.

Como primeira dança da moda, o maxixe invadiu os salões no centro da cidade, onde causava sensação com seus passos atrevidos, alegres e lascivos, de frivolidade e exotismo picantes. Musicalmente, ele correspondia a um tango brasileiro tocado de forma mais acelerada que se transformou, com o compasso mais justo da polca, em uma dança da moda bastante viva. O dançarino Manuel Diniz, "Duque", levou o maxixe para a Europa às vésperas da Primeira Guerra Mundial, onde, por muito tempo, se incumbiu de provocar furor no Montparnasse parisiense e no Admiralpalast de Berlim.

Um músico influenciou de forma especial Heitor: o pianista e compositor Ernesto Nazareth, homem melancólico e franzino, de olhar sempre triste, que escrevia choros, tangos e valsas para piano, no total, mais de duzentos títulos. Nazareth trabalhava para a loja de artigos e instrumentos musicais Casa Carlos Gomes, onde tocava músicas do repertório pianístico para os clientes, estimulando-os à compra das mais novas peças de salão. Por mais de uma vez, Villa-Lobos apresentou-se junto com o compositor em recitais de música de câmara. Nazareth dedicou ao amigo sua peça *Improviso – Estudo para concerto*. Ele alcançou fama local, tocou nos primeiros cinemas – como no Cine Odeon – que deram origem ao nome do centro de diversões Cinelândia e que tiveram para a cidade uma importância comparável à da Broadway para Nova Iorque. Consequentemente, uma das composições prediletas de Nazareth chama-se *Odeon* e é tocada nas mais diversas transcrições e formações musicais. O fato de os músicos chorões terem passado a chamar muitas de suas peças musicais de "tango" também tinha, devido ao sucesso comercial dos tangos argentinos, motivos financeiros. Além disso, em termos musicais, os tangos instrumentais brasileiros, comparados ao tango argentino, continuavam não apenas independentes, mas também se remetiam a uma origem mais remota. Ao contrário do tango de Buenos Aires e de Montevidéu, que continuava a se desenvolver de forma tempestuosa, o tango brasileiro permanecia mais fortemente preso às suas raízes tradicionais, que se remetiam à *habanera*, ao lundu e à polca.

O lundu foi uma das primeiras danças afro-brasileiras a despertar o interesse dos viajantes europeus. Primeiramente, ele foi considerado imoral por causa de seus movimentos, da umbigada: homem e mulher entrelaçavam os quadris e se tocavam com o umbigo. Mais tarde, o lundu foi atenuado e a difamada umbigada foi substituída por um contato apenas insinuado, inspirado no fandango: os dançarinos não entrelaçavam mais os quadris, mas giravam com os braços levantados um de frente para o outro. Assim, o lundu passou a ser aceito também pela classe média branca e, aos poucos, foi conquistando espaço nos salões.

A importância de Ernesto Nazareth para a música brasileira pode ser comparada à do pianista e compositor americano Scott Joplin para o *ragtime* americano e para o *jazz* dos primeiros tempos. Nas composições de Nazareth, os cromatismos, tais quais em Chopin, e a música de salão da Europa do *fin de siècle* fundem-se com a intensidade rítmica arrebatadora da síncope da música afro-brasileira dançante. Nazareth impressionou Arthur Rubinstein com sua perfeição rítmica, e Darius Milhaud o denominou genial. Ele vendeu os direitos de sua peça mais conhecida, *Brejeiro*, por uma soma muito abaixo do seu valor real, para a editora musical Fontes e Cia., quando, mais uma vez, passava por dificuldades financeiras. Logo depois disso, *Brejeiro* tornou-se um grande sucesso comercial, porém Nazareth, para sua decepção, saiu de bolsos vazios depois do acerto de contas de direitos autorais. O músico desapareceu do cenário musical por volta de 1933, depois de repetidos acessos de confusão mental – quando menino ele havia batido gravemente a cabeça. Além disso, ele contraiu sífilis. Seu ouvido também estava muito afetado e, nos últimos tempos, ele tocava, na maioria das vezes, com a cabeça curvada sobre as teclas para ainda poder ouvir sua própria execução. O "Rei do Tango" – assim aclamado no passado – passou seus últimos meses de vida na Colônia Juliano Moreira, um sanatório na zona oeste do Rio, em Jacarepaguá, onde, diariamente, vestido de branco, se sentava ao piano. Ele conseguiu escapar da área restrita e, quando finalmente encontrado, já estava morto, afogado no reservatório de água do sanatório.

Donga, o primeiro astro do samba, disse palavras louváveis sobre a execução de choro por Villa-Lobos, contudo elas tiveram origem em anos posteriores. É, todavia, pouco provável que Donga realmente se lembrasse do início da carreira de um Heitor ainda sem nome. Parece mais que ele quisesse lisonjear retroativamente o maestro tornado famoso nesse meio-tempo. Outros músicos realmente davam a entender que Villa-Lobos, em sua época, tocava "difícil" – uma formulação que sugere que lhe faltava, como improvisador, inspiração e flexibilidade: "Lá vem nosso violão clássico". Grande impressão causou em Donga e também em Villa-Lobos o violonista Sátiro Bilhar, um dos improvisadores mais originais do cenário musical.

A França ditava o cânone para tudo o que se entendia como cultura padrão e como prova de um estilo de vida civilizado durante a *belle époque* do Rio de Janeiro. Os chorões podiam ter formado o fundo musical para os bacanais da boemia, contudo o modo de vida refinado que ansiava pelo lado hedonista da boemia, originado da classe média alta, baseava-se em outros ideais, que se orientavam por um único ponto de referência mágico: Paris. O romancista francês Henri Murger, com suas *Scènes de la vie de bohème*, ditou o modelo segundo o qual a boemia do Quartier Latin parisiense deveria se orientar, e cujo mundo de imagens encontrou espaço na ópera *La bohème*, de Puccini.

A boemia do Rio de Janeiro seguia – com considerável atraso temporal – o modelo parisiense, para se distanciar da elite provinciana da qual ela mesma muitas vezes se originava. Essa elite também tinha se reduzido fortemente, já que se compunha, por volta do fim do século XIX, de não mais do que poucas centenas de pessoas, que viviam se esbarrando nos salões, restaurantes, em avenidas da praia ou no jóquei-clube e no cassino.

Rio de Janeiro: cidade musical

O fato de o Rio de Janeiro ter se transformado em uma metrópole musical deve-se a dois momentos históricos decisivos: primeiro, à descoberta do ouro na zona montanhosa de Minas Gerais, ao norte do Rio de Janeiro, por volta do fim do século XVII, e à riqueza daí originada, que se espalhou repentinamente pelo país. Salvador, a velha capital da Bahia, ficava muito ao norte para o controle e a organização do transporte do ouro. Por essa razão, o Rio de Janeiro, em 1763, foi elevado à nova capital da colônia, transformando-se, imediatamente, no portão de entrada para aventureiros, colonizadores e clérigos, bem como para mercadorias cujo destino final era Minas Gerais. O desenvolvimento econômico e demográfico do Brasil experimentou enorme avanço na era do ouro. A população aumentou dez vezes em um século: de 300 mil para mais de três milhões de habitantes. Pela primeira vez desde a ocupação do Brasil por Portugal, em 1500, a força colonial avançou consideravelmente da costa para o interior e fundou, ali, uma cidade após a outra. Também pela primeira vez, os portugueses não agiam como antes, a partir dos portos seguros isolados na costa, mas, junto com os escravos, estrangeiros e mulatos, fundaram novas ocupações na terra tropical.

Na classe branca dominante de Ouro Preto, surgiu – encorajado pelo exemplo da América do Norte – um primeiro movimento de independência. Seu líder, Tiradentes, tornou-se o primeiro mártir do Brasil depois da derrocada do levante. Quando, por volta do fim do século XIX, o ouro de Minas Gerais se esgotou e a direção do fluxo se inverteu: muitos colonizadores, comerciantes e artistas abandonaram a região novamente em decadência, tentando a sorte na capital. Dentre eles, também estava o músico mais importante de Minas Gerais, José Joaquim Emérico Lobo de Mesquita.

Os artistas e músicos receberam ajuda inesperada com a fuga do príncipe regente português Dom João VI para o Rio de Janeiro. Em 1808, com uma frota de 56 navios, o príncipe – junto com uma comitiva de mais de 15 mil pessoas – havia se refugiado após a invasão napoleônica de Portugal. Dom João VI era um amante das artes e incentivou músicos nativos e que vieram com ele. Com as atividades na Corte, também a música secular experimentou um forte impulso em seu desenvolvimento. Até aquele ponto, a prática musical de alto nível havia se concentrado na música sacra. Assim, foi fundada a Casa de Ópera Real Teatro São João, que sofreu um incêndio dois anos depois da Proclamação da Independência em 1822. Na propriedade do regente, a Quinta da Boa Vista, predominava igualmente uma vida musical agitada.

Três músicos extraordinários atuavam na Corte de Dom João VI: Sigismund von Neukomm, de Salzburgo, aluno de Haydn, o compositor de ópera português Marcos Portugal e o nativo padre José Maurício Nunes Garcia. Neukomm, um espírito inquieto, havia trabalhado para Talleyrand em Paris, interessou-se como botânico amador pelos trópicos e veio para o Rio de Janeiro em 1816. Na Corte, ele trabalhava como professor de música dos filhos do rei, mas era também um compositor ativo, tendo transcrito melodias brasileiras e recolhido modinhas, das quais publicou vinte em Paris. A modinha sentimental transformou-se no *lied* brasileiro quando a ária da ópera europeia misturou-se com o folclore do Brasil. Ela entrou na moda a partir da metade do século XVIII, difundiu-se em Lisboa por meio do brasileiro Domingos Caldas Barbosa, que publicou sua coletânea *Viola de Lereno*. José Maurício, ao lado de sua obra sacra, também escreveu algumas modinhas, das quais se tornou principalmente conhecida *Beijo a mão que me condena*. A ópera italiana, que também se tornava cada vez mais popular no Brasil, deu à modinha um novo impulso, e ela passou a ser um gênero popular, apreciado também fora dos salões.

Neukomm admirava e apoiava José Maurício e escreveu para o *Allgemeine Musikzeitung* de Viena uma série de artigos, nos quais exaltava seu virtuosismo e sua habilidade como compositor – "o maior improvisador do mundo"[5]. Neukomm também escreveu sobre a primeira apresentação do *Réquiem* de Mozart no Brasil, em 1819, sob a regência de José Maurício. O auge musical continuaria no Rio de Janeiro até o retorno do rei

5. Horta *apud* Fagerlande, 1995.

para Portugal, em 1823: foram trazidos músicos da orquestra de Lisboa e *castrati* da Itália, e um orçamento exuberante – provavelmente 300 mil francos de ouro por ano – foi revertido em favor das atividades da orquestra da Corte. O retorno de Dom João VI para Lisboa também pôs fim à carreira de José Maurício, que morreu sem recursos e esquecido, no dia 18 de abril de 1830. Ele deve ter escrito mais de quatrocentas obras, das quais cerca da metade ficou preservada ou foi resgatada dos arquivos.

No Brasil Império, o desenvolvimento da música continuou. Principalmente o imperador Dom Pedro I, recém-escolhido, com seu compromisso pessoal como cantor, compositor e organizador, cuidava dessa continuidade, assim como o fez seu filho e sucessor, Dom Pedro II. Repetidas apresentações espetaculares de pianistas virtuosos estrangeiros – em 1855, Sigismund Thalberg; em 1869, Louis Moreau Gottschalk – provocaram uma duradoura febre pelo piano: "O piano faz barulho em todas as salas. Este enfadonho pedalista, que não tem nem os grandes sopros, nem os cantos profundos do órgão, invadiu tudo, até os depósitos de bananas, e matou a conversação"[6].

Já no seu tempo de chorão, Villa-Lobos esforçava-se em aprofundar suas habilidades no violoncelo e alcançar um nível profissional. Em 1902, teve aulas com Benno Niederberger, violoncelista descendente de alemães, e inscreveu-se em seu curso noturno no Instituto Nacional de Música, o conservatório nacional que, mais tarde, viria a ser incorporado à Universidade Federal do Rio de Janeiro como Escola Nacional de Música.

Os estudos de Villa-Lobos no Instituto Nacional de Música evoluíam, em sua maior parte, de forma extracurricular. Não há nenhum documento e nenhuma prova sobre exames ou

---

6. Diniz, 1984, p. 31.

diplomas. Os cursos noturnos do Instituto não faziam parte do estudo regular, mas ofereciam uma oportunidade a mais para o público comum. Aparentemente, Villa-Lobos nunca ultrapassou o *status* de ouvinte, e porventura tenha sido até mesmo um ouvinte irregular que convenceu seus professores, com sua retórica, a ensiná-lo sem comprovante de matrícula.

O primeiro professor de composição de Villa-Lobos foi o português Frederico Nascimento, um teórico exigente e pedante que, por um lado, se dedicava à pesquisa de problemas acústicos e, de outro, estava frequentemente em busca da perfeição didática, e que, por fim, se orientava segundo a *Harmonielehre* de Schönberg. Pouco tempo depois, ficou claro para Nascimento que seu discípulo não estava preparado para adquirir o nível impreterível de disciplina e perseverança para uma formação regular. Agnelo França, segundo professor de Villa-Lobos – em seu tempo reconhecido como compositor de algumas peças vocais hoje esquecidas –, ajudou, mesmo assim, seu idiossincrásico aluno. Villa-Lobos gostava de contrariar as regras que acabava de aprender, "para não fazer como todo mundo"[7], como se vangloriava com gesto triunfante. Embora França também percebesse que Villa-Lobos não estava preparado nem para o trabalho normativo de harmonia, nem para se submeter às provas do conservatório, continuou a ajudar o indomado e genial pupilo, permitindo-lhe continuar frequentando suas aulas.

Villa-Lobos buscava conselhos "colegiais" com o compositor e maestro Antônio Francisco Braga, e pediu a ele que avaliasse criticamente suas primeiras obras. Braga que havia estudado com Jules Massenet em Paris, morado um tempo em Dresden e vivenciado uma apresentação de *Der Ring des Nibelungen* [O anel

---

7. Mariz, 1989, p. 41.

dos Nibelungos] em Bayreuth em 1896, foi o primeiro músico de nível a reconhecer o potencial artístico de Villa-Lobos. Como compositor, Braga gozava de extraordinária fama e também compôs – um fato curioso e único na música brasileira – algumas canções em esperanto. Ele havia tentado, porém em vão, apresentar sua ópera *Jupira* em Munique e em Dresden. Seu poema sinfônico *Marabá* foi executado por Richard Strauss em 1920 no Rio de Janeiro, e seu *Episódio sinfônico*, por Erich Kleiber, que estava em turnê pelo Brasil em 1944. Como maestro e professor de composição, Braga também apoiou – embora wagneriano declarado – a música e a nova geração de compositores brasileiros.

Todavia, o verdadeiro coração da música do Rio de Janeiro batia fora das instituições acadêmicas. Mesmo que músicos zelosos do conservatório, como Braga e Nepomuceno, também se esforçassem enormemente em incentivar a música e formar jovens compositores, o Instituto tornou-se uma ilha, muito distante da realidade brasileira. "Lá fora", contudo, havia uma música brasileira, surgida de forma totalmente independente. O choro já havia se deslocado para a música de salão europeia e começou a incorporá-la e a adaptá-la ao ritmo e à mentalidade do país. Entretanto, o samba, do qual se originava o choro, também continuou a se propagar de forma irrefreável. Ele ultrapassou as fronteiras da sociedade afro-brasileira, dominou o "entrudo", o carnaval introduzido pelos portugueses, ritmo grosseiro anterior a ele, transformando-o em uma extasiante festa. Essa síntese de formas de expressão de todos os povos e etnias reunidos no Brasil se tornou uma das forças mais vitais e originais da cultura popular brasileira.

Villa-Lobos, assim como muitos cariocas jovens e empreendedores, tinha uma estreita relação com o samba, que havia feito seu percurso dos morros – os morros com as moradas dos descendentes pobres de escravos e seus ritos afro-brasileiros – para o centro da cidade. Exerciam especial fascinação sobre ele as rodas de samba dos trabalhadores portuários da Bahia que tinham vindo para o Rio de Janeiro. Os sacerdotes de candomblé também se mudaram de Salvador para o Rio de Janeiro a fim de escapar da repressão policial contra sua religião, considerada endiabrada e de magia negra. Na Bahia, as tradições trazidas da África mantiveram-se originais e tinham, sobre a classe alta branca do Rio de Janeiro, um efeito ainda mais ameaçador e "não civilizado" – o que deixava Villa-Lobos ainda mais fascinado. Os imigrantes da Bahia revelaram-se um elemento animador e vivaz para o carnaval do Rio de Janeiro. Um ponto de encontro importante para os músicos era a casa da sacerdotisa de candomblé Tia Ciata, na Praça Onze, no centro da cidade. Na parte da frente da casa de Tia Ciata, tocava-se choro e, nos fundos, nos jardins, samba. O choro começava pouco a pouco a se emancipar e a se tornar sociável; o samba, ao contrário, era considerado "música primitiva" e, quando muito, era tolerado durante o carnaval. Naqueles anos, Villa-Lobos pertencia aos milhares de cariocas do animado e desenfreado carnaval de rua, que iam para as ruas para se divertir. Na segunda-feira de carnaval, desfilavam os tempestuosos "blocos dos sujos", na Praça Onze: grupos que se formavam espontaneamente e que não dispunham nem de máscaras nem de fantasias, mas que se lançavam à multidão com roupas audazmente improvisadas. Água e líquidos menos puros eram lançados. Jogava-se farinha na multidão, enquanto a turba, embriagada pela cachaça e pela cerveja, dançava ao som dos tambores. O samba de roda realizava-se com ânimo e agregava os foliões que dançavam alegremente, porém o samba duro ficava restrito aos homens e se convertia em capoeira. Ao canto infinitamente improvisado, juntava-se uma batucada, um grupo de percussão de pessoas em êxtase, com a qual os dançarinos homens completavam suas obras de arte solo e procuravam se derrubar. Nos anos posteriores, sempre se via Villa-Lobos, em Paris ou em Nova Iorque, ensaiar alguns passos de capoeira, o que, por alguns momentos, evocava as experiências carnavalescas que haviam marcado tão profundamente sua juventude.

O carnaval de rua não era apenas animado, mas algumas vezes, também, terminava em atos violentos. Mesmo nos cordões, frequentemente havia turbulência. Eles afloraram a partir de 1900 e se constituíam de algumas dúzias de participantes que iam mascarados pela rua, acompanhados por um barulhento grupo de percussão e por um mestre de cerimônias, o qual vigiava a apresentação fechada do cordão com um apito. Uma vez que o carnaval de rua quase sempre saía totalmente de controle, a polícia não permitia mais de duzentos cordões por ano, que tinham de se inscrever. Suas máscaras, geralmente muito artificiais, incorporavam arquétipos do teatro popular – reis e rainhas, palhaços, diabos, bruxas –, mas também integravam personagens tipicamente brasileiros, como índios, caboclos, escravos, espíritos da floresta e formas lendárias. A combinação da música arrebatadora e do colorido jogo de máscaras impressionava muito Villa-Lobos, e ele, com grande entusiasmo, se juntava aos cordões que desfilavam pelas ruas. Alguns elementos dos cordões entraram nas posteriores escolas de samba, como a seção de percussão independente, o mestre de cerimônias com o apito e também a unidade temática de máscaras, fantasias e músicas.

Villa-Lobos conheceu também o jovem Cartola, de quem foi amigo durante toda sua vida. Seu verdadeiro nome era Angenor de Oliveira, e seu apelido, Cartola. Angenor, que trabalhava frequentemente na construção civil, recebeu o apelido por causa do hábito de cobrir os cabelos com um chapéu para protegê-los do pó de cimento. Sua família havia se mudado para as terras abandonadas que anteriormente haviam sido propriedade de Dom João VI, a Quinta da Boa Vista. O areal conhecido como Mangueira – em razão, obviamente, das suas mangueiras, estava totalmente ermo e havia se tornado refúgio de vagabundos e mendigos. Quando começou aí a instalação de linhas de telégrafos e da linha de trem, a região teve um reflorescimento e as famílias pobres se deslocaram para lá na esperança de conseguir trabalho. Do lado ensolarado do bairro – com o nome justo, porém pouco convidativo, Buraco Quente –, Cartola, junto com seus amigos Zé Espinguela e Carlos Cachaça, fundou a Escola de Samba Estação Primeira de Mangueira, cujo nome faz referência à parada de trem próxima dali. Villa-Lobos tinha grande consideração pelo reservado Cartola e o encorajou, cada vez mais, às suas atividades musicais, com as quais ele próprio aprendeu demasiadamente. Através da crescente intimidade com os cordões e com a escola de samba Mangueira, de seu amigo Cartola, Villa-Lobos foi se tornando um especialista na ilimitada gama de instrumentos de percussão brasileiros. Quando as primeiras escolas de samba fundaram uma liga para organizar sua competição, a repercussão foi grande: surgiram cada vez mais escolas, e cada vez maiores. Para dar ao grupo de percussão um fundamento rítmico estável, criou-se um bumbo denominado surdo. Ele era confeccionado a partir dos baldes de lata de vinte quilos com os quais se entregava manteiga nas lojas de gêneros alimentícios e, com seu som penetrante, conferiu às escolas de samba a base rítmica. Nesse contexto, a cuíca – um instrumento de origem africana –

também experimentou um reflorescimento. Semelhante a um pequeno tamboril por fora, a cuíca dispunha, interiormente, de um bastão de madeira que se liga com a pele do tambor que vibra através da fricção do bastão. Um músico experiente que toca cuíca consegue tirar de seu inconspícuo instrumento uma grande variedade de sons lamentosos, choramingados, resmungados, grunhidos e risonhos. Villa-Lobos começou, naquela época, a colecionar esses instrumentos, familiarizando-se com cada um deles, com os quais gostava de ser fotografado. Diz-se que Cartola permaneceu seu contato mais próximo da escola de samba Mangueira, e que Villa-Lobos, com frequência, subia o morro da Mangueira para encontrar o amigo em sua cabana no Buraco Quente. Ali ficava a sede dos conhecedores de samba, lugar que se tornou o ponto de encontro de vários hóspedes famosos e honrados, levados até lá por Villa-Lobos, dentre os quais estavam alguns famosos que visitaram o Rio de Janeiro nos anos 1940, como Walt Disney e Aaron Copland.

Violão e violoncelo

Desde o início das atividades musicais de Villa-Lobos, o violão desempenhou para ele um papel especial, pois foi o instrumento que lhe permitiu ingressar no cenário musical do Rio de Janeiro. O violão era apropriado à música popular, enquanto o violoncelo ficava restrito à música erudita. Ainda que o violão seja até os dias de hoje o principal instrumento da música popular em todos os países latino-americanos, o qual deu origem a uma série de variantes e modos de tocar, como o charango, *cuatro*, cavaquinho ou *tiple*, nos países de língua hispânica ele se estabeleceu muito cedo como instrumento de música erudita. Nas cidades de residência do vice-rei espanhol, como Lima ou México, florescia, já no século XVI, uma vida musical na Corte que seguia os moldes de Madri. Um instrumento importante era a *vihuela* – o instrumento clássico da música de Corte da Península Ibérica –, com suas pavanas, seus romances e suas fantasias altamente desenvolvidos, que uniam a polifonia flamenca à arte popular espanhola. A introdução do violão clássico, desenvolvido pelo construtor de instrumentos espanhol Antonio de Torres, na metade do século XIX, também influenciou, igualmente, a América Latina espanhola. Já no século XIX havia na Argentina uma vida violonística de primeira categoria que praticamente se equiparava à da Espanha. A partir de 1915, era possível estudar violão clássico em Buenos Aires, na Academia Francisco Tárrega, nomeada em homenagem ao inovador da arte do violão espanhola e fundada pelo seu aluno Hilarion Leloup. Francisco Tárrega continuou a desenvolver a técnica violonística e ampliou o repertório do instrumento por meio de transcrições de obras do período clássico e do romântico, fundando, com isso, a base para as carreiras de seus alunos rivais Miguel Llobet e Andrés Segovia.

No Brasil, ao contrário, o violão continuou ainda por muito tempo um instrumento desprezado, que poderia até mesmo arruinar a reputação de alguém: um músico que se dedicasse muito intensivamente ao violão logo era suspeito de ganhar seu sustento em espeluncas e bordéis. Um instrumento de cordas dedilhadas chamado viola de arame, devido às cordas de metal, manteve, por algum tempo, uma existência marginal nas aulas de música. Esse modelo também era conhecido como "viola braguesa", designada segundo sua cidade de origem no noroeste de Portugal. Ela foi o modelo precursor da viola caipira brasileira, que até hoje é tocada no sertão longínquo e que teve um desenvolvimento independente do violão clássico. A viola de arame da era colonial apresentava, na maioria das vezes, três cordas duplas e duas cordas triplas, enquanto o encordoamento da viola caipira moderna se reduziu a cinco cordas duplas. Até a formação de uma cultura erudita do violão, a viola de arame era o instrumento de acompanhamento preferido para a interpretação de modinhas e lundus.

O mais importante compositor da era colonial, o padre José Maurício Nunes Garcia, virtuoso principalmente no órgão e no cravo, também tocava, paralelamente, uma viola de arame. Surgiram outras variantes, como a viola de cocho rústica, do Mato Grosso, que era talhada em um único tronco e já fora mencionada pelos pesquisadores viajantes do século XIX.

Uma obra didática padrão para viola, de Portugal, difundiu-se também no Brasil: a *Nova arte de viola*, de Manoel da Paixão Ribeiro, publicada em 1789 na Universidade de Coimbra. O *Método para violão op. 59*, de Matteo Carcassi, popular na Europa, foi traduzido para o português, no Brasil, pelo organista e compositor português Rafael Coelho Machado em 1850. No entanto, ainda se passariam quase cem anos até que um cenário profissional de violão se formasse no país. Sendo assim, todos os violonistas contemporâneos de Villa-Lobos, que se encontravam com ele, eram, sem exceção, autodidatas. Dentre eles havia alguns muito originais, como Quincas Laranjeiras, Sátiro Bilhar e João Pernambuco. A partir de 1916, o violonista virtuoso paraguaio Agustín Barrios viajou diversas vezes pelo Brasil. No Rio de Janeiro, Barrios encontrou-se com Laranjeiras, Pernambuco e com outros violonistas importantes. Segundo depoimentos próprios, ele conheceu Villa-Lobos pessoalmente, sem que este se mostrasse especialmente impressionado com isso.

Villa-Lobos tinha uma relação de profunda amizade com João Pernambuco – na verdade, João Teixeira Guimarães. Pernambuco, embora, por ser semianalfabeto, mal dominasse a escrita musical, compôs algumas dezenas de trabalhos de efeito para violão, que lembram estilisticamente o trabalho de Nazareth. Sua composição mais conhecida até hoje é o choro *Sons de carrilhões*, conhecido por qualquer violonista mediano e atribuído, algumas vezes, a Villa-Lobos. Este estimava muito Pernambuco e sua obra, e comentava com a grandeza que lhe era própria: "Bach não teria vergonha de assiná-la como sua"[8].

Pernambuco, que trabalhava como ferreiro, levava uma vida simples, à margem da pobreza, e entregava a contragosto suas peças, por medo de ser enganado por editores, firmas de discos e estações de rádio. Não sem razão ele nutria tal receio, pois sua autoria das peças de sucesso *Luar do sertão* e *Caboca di Caxangá* nunca foi reconhecida: geralmente, considera-se compositor dessas peças Catulo da Paixão Cearense, o qual provavelmente escreveu apenas a letra delas. Para seu azar, Pernambuco perdeu tudo o que tinha em um incêndio, mas ainda conseguiu salvar o violão das chamas. Ele conseguiu se estabilizar quando Villa-Lobos o encarregou, em 1934, como administrador da Superintendência de Educação Musical e Artística, dirigida por ele.

Primeiramente, foi Isaías Savio, de Montevidéu, quem ajudou o violão clássico a decolar no Brasil. Em 1947, ele conseguiu instituir a primeira cátedra no conservatório de São Paulo. Com isso, ele estabeleceu a base para o alto nível dos estudos brasileiros de violão, como evidenciado nas carreiras de seus

---

8. Leal e Barbosa, 1982, p. 9.

alunos Luís Bonfá, Carlos Barbosa Lima, Paulo Bellinati e Marco Pereira.

O jovem Villa-Lobos estava ainda muito longe disso quando escreveu, por volta de 1900, suas primeiras composições: primeiro uma *Mazurca em ré maior*, depois, *Panqueca*, ambas para violão, bem como duas canções influenciadas por Puccini: *Os sedutores* e *Dime perché*. No tempo que se seguiu, Villa-Lobos escreveu uma série de peças de violão baseadas nos tipos de dança comuns da época. Com a *Suíte popular brasileira*, ele chegou a uma estilização convincente do material original. A obra, escrita entre 1908 e 1912, compõe-se de cinco movimentos, os quais Villa-Lobos compilou como suíte apenas em Paris, para despertar o interesse da Editora Max Eschig: *Mazurka-choro*, *Schottisch-choro*, *Valsa-choro* e a *Gavota-choro* – bem como um chorinho, acrescentado em 1923. A dupla denominação realça que o compositor organizou as peças conscientemente como um trânsito entre duas culturas, entre a origem europeia das danças de salão mazurca, valsa e gavota e seu abrasileiramento por meio do fenômeno do choro.

As primeiras composições de canções estiveram sob influência da técnica de violão de que ele dispunha, o que se torna claro nas figuras de acompanhamento transportadas para o piano. Uma ornamentação onomatopaica do acompanhamento pode ser vista em uma de suas primeiras canções, *A cascavel*, de 1917, que ele, vinte anos mais tarde, utilizaria mais uma vez na suíte *Descobrimento do Brasil*. A melodia é escrita em tons inteiros, reproduz os movimentos da serpente; no acompanhamento, serpenteiam-se semicolcheias onduladas. Aqui aparece sua predileção pela representação de animais e de fenômenos da natureza, que seria posteriormente estendida aos choros e aos poemas sinfônicos *Amazonas* e *Uirapuru*.

Na série *Miniaturas*, composta de seis canções e que surgiu entre 1912 e 1917, o espectro de impressões foi ampliado: duas das canções são compostas para solista e quarteto de cordas. Duas outras, *Sertão no estio* e *Festim pagão*, são consideradas suas primeiras obras nacionalistas. Em *Sertão no estio*, soa o grito da araponga; em *Festim pagão*, reproduz-se o sentimento de um canto afro-brasileiro da senzala. Villa-Lobos já se sentia tentado, em 1919, a obras vocais mais ousadas, como a canção orquestral *Vidapura*, para coro e orquestra.

Villa-Lobos escreveu suas primeiras obras para violoncelo a partir de 1912, uma *Pequena sonata*, uma *Pequena suíte*, o *Prelúdio n. 2*, com número de *opus* 20 e uma sonata mais extensa para violoncelo e piano. Essas obras revelavam influências de César Franck e da música de salão. Uma série de peças avulsas funcionou como acréscimos sem efeito – o que provavelmente eram – sempre rearranjadas ou transformadas em obras maiores. Assim, Villa-Lobos mudava constantemente a disposição, fazia transcrições de peças de violoncelo para violino ou vice-versa, ou transcrevia peças instrumentais para orquestra.

O esforço por uma expressão mais pessoal inicia-se no *Trio para violino, viola e violoncelo*, também uma obra da primeira fase produtiva, publicada, contudo, apenas em 1945. A peça revela influências de Bartók e Milhaud, e nela são empregados motivos de *habanera*, tango e macumba. No *Trio para oboé, clarinete e fagote*, de 1921 – possivelmente escrito no final dos anos 1920 –, Villa-Lobos começa a se distanciar, claramente, de suas influências francesas: a obra tem o ritmo acentuadamente marcado, com polirritmia manifesta e *ostinati* fortes, e evita, conscientemente, elementos melódicos.

O gênero clássico de música de câmara – o quarteto de cordas – conquistou Villa-Lobos logo cedo. Os quatro primeiros quartetos de corda foram escritos poucos anos depois do início de sua atividade como compositor, entre 1915 e 1917; os últimos, a partir de 1942. Os primeiros quartetos são a expressão de uma sondagem do gênero, através do qual o jovem compositor se familiariza com as possibilidades da forma. Embora quase todo compositor que se aventure a compor quartetos se ocupe da obra de Joseph Haydn, em Villa-Lobos, falta um trabalho sistemático com a forma-sonata. Assim, o *Quarteto n. 1*, de 1915, assemelha-se mais a uma pequena suíte de seis movimentos do que a uma obra originalmente composta como quarteto de cordas. Nos movimentos mais lentos, há reminiscências – como na cantilena da primeira peça – da seresta, a serenata brasileira. O segundo movimento, *Brincadeira*, é executado como uma polca. Na *Cançoneta*, pode-se ouvir uma prévia do trenzinho a vapor que anda pelo interior nas posteriores *Bachianas brasileiras n. 2*. O último movimento intitula-se *Saltando como um saci*: o saci-pererê, negrinho de uma perna só que, com o cachimbo aceso na mão, faz suas traquinagens encerrando o quarteto de forma animada e ritmicamente viva. Villa-Lobos caracterizou seu primeiro quarteto de cordas, mais tarde, como a "caricatura de um barítono, que canta árias românticas acompanhado por uma pequena orquestra provinciana", o que remete às impressões de viagem recolhidas entre 1907 e 1912 em Paranaguá e em Manaus.

No *Quarteto n. 2*, ao contrário, Villa-Lobos esforça-se em fazer jus formalmente à estrutura clássica do quarteto; a condução das vozes e a rítmica tornam-se mais rigorosas, e a ousadia das dissonâncias mostra-se claramente. No primeiro movimento, há reminiscências da seresta, no segundo, todos os instrumentos tocam *con sordino*. O trabalho sutil com o timbre, do qual fazem parte arpejos e harmônicos, cria uma atmosfera irreal misteriosa, embebida das experiências auditivas impressionistas do ainda jovem compositor. O terceiro movimento remete tematicamente aos primeiros, transcorrendo com grande tranquilidade e uniformidade. A obra termina com alguns efeitos *sul ponticello*. Na condução da melodia, como em outras peças de música de câmara, parecem vir à tona não apenas a influência da música de salão colorida da Espanha, mas também as experiências com o repertório russo que Villa-Lobos ouviu quando violoncelista no Teatro Municipal. O músico sentia-se especialmente ligado, desde o início, a compositores russos, como Borodin, pois eles também atuaram em um país, segundo os parâmetros dos centros musicais europeus, periférico e subdesenvolvido. Do mesmo modo, eles se ocuparam intensivamente da música popular de sua pátria, transformando-a em um estilo nacional expressivo. Além disso, muitos deles começaram – como o próprio Villa-Lobos – como amadores divergentes, que se recusavam a uma formação acadêmica.

O *Quarteto n. 3* representa um passo adiante no consequente tratamento do material temático. Isso se torna claro já no primeiro movimento, em que as quartas paralelas dominam o acontecimento melódico. O segundo movimento, com seus efeitos vivos de *pizzicati* e *coll'arco*, conferiu ao quarteto seu nome popular, a saber, *Quarteto pipoca*. O adágio flutua na atmosfera misteriosa da vegetação tropical. No último movimento, desponta subitamente uma ferocidade desenfreada que se alterna com linhas melódicas calmas e expressivas.

O *Quarteto n. 4*, no início, soa clássico, porém também é fortemente influenciado pelo impressionismo francês. A introdução temática que se mostra, a princípio, convencional, é rapidamente – algo bastante comum em Villa-Lobos – decomposta em partículas rítmico-melódicas. No segundo movimento –

Andantino –, entoa-se um tema xangô lamentado, uma melodia inconfundivelmente brasileira que, movimentando-se na direção da seresta, se revela como uma antecipação às *Bachianas*. O *scherzo* tem um efeito alegre, como um comentário irônico ao caráter erudito do quarteto de cordas. No último movimento, *allegro*, tem-se a sensação, inicialmente, de ter-se retornado à forma-sonata, na qual soa um *fugato*, definido pelas vozes conduzidas pelo violoncelo.

Entre os costumes da casa de Villa-Lobos estava o de cantar trechos de ópera com papéis divididos, principalmente das obras de Giacomo Puccini, admirado por Raul Villa-Lobos. Puccini esteve presente com suas árias desde o início para Heitor, tendo influenciado algumas de suas primeiras peças, como *Ibericárabe op. 40*, para piano, de 1914, que se tornou parte da *Suíte oriental* em uma versão para orquestra.

Seu domínio profundo e amplo de repertório, adquirido dessa maneira, fez de Heitor já bem cedo um músico de câmara versado, que podia passar de um gênero a outro com rapidez e facilidade. Sua memória musical cresceu na mesma proporção de sua capacidade de variar e transcrever melodias ouvidas apenas uma vez: qualidades que logo lhe seriam úteis em suas andanças.

Rotas de viagem

Heitor Villa-Lobos, no tempo de seu estudo irregular no Instituto de Música, empreendeu várias viagens que o levaram a diferentes regiões do país. Até hoje se associam às trilhas percorridas boatos de aventuras, que ele mesmo adorava reconstituir, variar e florear. Nos anos posteriores, ele encontrou, especialmente em suas temporadas no exterior, um público cada vez mais solícito que, com suas vagas ideias e sua ignorância em relação às condições brasileiras, animava-o aos casos picarescos. Hoje, suas histórias de viagens de canoa que duravam dias, encontros com tribos indígenas "selvagens", bem como as pesquisas musicais e etnológicas feitas nessas ocasiões, são vistas como produto da fantasia floreada e da grandeza autorrepresentativa de um artista presunçoso. Mesmo assim, muitos dos episódios já narrados por Villa-Lobos ao mundo são até hoje parte de uma série inteira de obras biográficas sobre o compositor. Apenas a muito contragosto alguns autores abandonariam os cenários românticos selvagens, que mostram Villa-Lobos alternadamente no pelourinho, lutando de canoa contra a força da correnteza, hipnotizando os índios com o gramofone ou angariando preciosidades folclóricas em troca de cachaça. Aqui, irrompia o discernimento de Villa-Lobos, já em vida. Como propagandista habilidoso e original de si mesmo, ele mal teve escrúpulos para aumentar a força de sua influência, ainda muito limitada. Olhando retrospectivamente, historiografia e lenda se misturam. Por muito tempo, relatou-se que Villa-Lobos havia embarcado como membro da expedição de Luís Cruls, em 1905, para a floresta tropical do Amazonas. Mais tarde, esclareceu-se que ele nunca havia feito parte da lista dos participantes. Dona Beatriz Roquette-Pinto, a viúva do pesquisador Edgar Roquette-Pinto, disse que Villa-Lobos não se embrenhara na floresta tropical nem jamais encontrara um índio em sua vida. E sua "pesquisa de campo" musical nunca havia passado da posterior audição do fonograma realizado por Roquette-Pinto. Os cilindros com a gravação corriam o risco de ser prejudicados pelo entusiasmo desenfreado do jovem músico por "sua" descoberta. Mais tarde, em 1908, Villa-Lobos descobriu as transcrições das canções dos índios carijós e caiapós, organizadas pelo etnólogo alemão Fritz Krause, publicadas sob o título *In den Wildnissen Brasiliens* [Nos sertões do Brasil], e expressou-se de forma crítica à atividade de pesquisadores estrangeiros no Brasil:

> Ora, se somarmos todos estes fonogramas que sepultam em terra alheia uma parte da nossa alma, calcularemos para mais de cem os documentos importantíssimos extraviados do patrimônio futuro do nosso folclore. Não censuro Fritz Krause de ter possuído estas relíquias brasileiras, admiro simplesmente como o nosso governo, naquela época, tenha consentido em tais empreendimentos, sem anteriormente entrar em negociações com estes exploradores estrangeiros dos nossos sertões, a fim de que os nossos museus ficassem

ao menos com todos os originais por eles colhidos, deixando para eles o direito de cópia e duplicatas[1].

Villa-Lobos sempre caía em contradição em seus relatos, que principalmente se referiam às rotas de viagem. Seria praticamente impossível realizar os trechos supostamente percorridos, segundo se diz, de canoa: no rio Negro até Boa Vista, depois de volta para Manaus, então no Purus até o Acre, depois no Solimões até Iquitos, no Peru. Por último, no Amazonas, até Araguaia, e depois até a ilha do Bananal – tudo isso teria significado uma viagem de mais de mil quilômetros, algo que dificilmente poderia ser feito pelo aventureiro Villa-Lobos, pouco treinado e inexperiente. Muitos detalhes, os quais o músico usava para impressionar incessantemente seus ouvintes admirados, foram-lhe transmitidos por seu cunhado Romeu Bergmann, que trabalhara por dois anos como telegrafista para a Missão Rondon na região do Amazonas. Marechal Cândido Rondon explorou, em várias expedições designadas com seu nome, entre 1900 e 1930, uma grande parte da imensa região do Amazonas, instalou as primeiras ligações telegráficas com o mundo externo e lutou pela construção da primeira estrada de ferro na região. Um episódio dessa época, relatado com prazer, é o da missa encomendada pela mãe de Villa-Lobos para o filho desaparecido, durante a qual este, ao retornar para o Rio de Janeiro, entra na igreja, celebrando assim, de forma estranha, sua própria "ressurreição".

Com suas fantasias e brincadeiras, Villa-Lobos insere-se na tradição do aventureiro lusitano – como um aventureiro do mesmo nível de Münchhausen, Fernão Mendes Pinto, do século XVI. Além disso, seus relatos de aventura mostram-se como

---

1. Machado, 1987, p. 68.

uma reminiscência da "mania de expedição" iniciada no Brasil e em toda a América Latina no século XIX, incitada pela viagem sul-americana revolucionária de Alexander von Humboldt. A euforia do velejar "além-mar" e "pelo mundo" ocorreu simultaneamente com a ambição de não apenas descobrir e classificar o maior número possível de plantas e animais exóticos, mas também de levá-los para a Europa. A "missão das artes francesa", incentivada por Dom João VI, por outro lado, teve uma orientação artística. O pintor Jean Baptiste Debret produziu, por ocasião do projeto, uma das séries mais imponentes de quadros e gravuras que surgiu no Brasil no século XIX. Suas representações são elucidativas dos costumes e hábitos da época retratada. Para a música, resultam também olhares interessantes, como a presença da capoeira e de outras formas musicais afro-brasileiras no cotidiano da capital real colonial, que Debret colocou sobre a tela reiteradas vezes.

Os cientistas naturais bávaros Johann Baptist Ritter von Spix e Carl Friedrich Philipp von Martius levaram para Munique, junto com sua coleção de animais e plantas, conhecimentos igualmente valiosos sobre a vida musical. As canções, melodias e descrições reunidas em suas viagens de exploração constituem um excurso de seu relato *Reise nach Brasilien* [Viagem ao Brasil]. Nos anos 1940 e 1950, pesquisadores brasileiros de música, como Luiz Heitor Corrêa de Azevedo, amigo de Villa-Lobos, tomaram o relato como ponto de partida, contudo logo ficou claro que, no que dizia respeito a Villa-Lobos, não se tratava de uma relação científica, mas de uma relação artística com a natureza, tratava-se de uma transposição musical a mais intensa e variada possível de suas impressões sobre as diversas paisagens e regiões do Brasil: "Minha harmonia é o mapa do Brasil"[2].

2. Ibid., p. 67.

Paranaguá

Duas viagens realizadas por Villa-Lobos, em 1908, para a cidade portuária de Paranaguá, e em 1912, para Manaus, no meio da floresta tropical do Amazonas, são comprovadas sem sombra de dúvida. O que levou o músico a Paranaguá foi a necessidade de subsistência, pois lá ele se esforçou por encontrar uma colocação. Outro fator que contribuiu para a saída de Villa-Lobos do Rio de Janeiro foram as perseguições policiais ao *milieu* da luz vermelha, aos terreiros de macumba, suspeitos de magia negra, e aos lutadores de capoeira, considerados bandidos. Os chorões, volta e meia, também eram pegos. Além disso, a administração municipal, lamentavelmente, estava preocupada em "manter limpo de vagabundos e de artistas de rua" o centro da cidade, que acabara de se modernizar, e também os bairros próximos, o que provavelmente impossibilitava aos clientes da classe média e da classe alta realizarem suas compras. Villa-Lobos, primeiramente, mudou-se para a frente da baía de Guanabara, em Niterói, onde, na verdade, gozava de uma visão pictórica do panorama do Rio de Janeiro até o morro do Corcovado – àquela época, ainda não presenteado com a monumental estátua do Cristo. Porém, tinha de procurar o mais rápido possível uma nova fonte de renda, que encontrou como professor de violão no bairro Gragoatá. Lá, ele conheceu uma menina bonita, loira, chamada Clélia, cujo pai dirigia uma fábrica de doces de banana glacê em Paranaguá. Essa cidade portuária, no estado sulista do Paraná, encontrava-se em ascensão econômica naquele momento. A linha férrea posta em funcionamento em 1885 entre Curitiba, a capital localizada mais no norte do estado, e a costa conferiu ao porto de Paranaguá a via arterial para o interior, esperada por tanto tempo. No início do século, a cidade recebeu energia elétrica e uma estrada nacional que a ligava ao sul do país e à Argentina.

Na passagem de ano de 1907 para 1908, Villa-Lobos estava em Paranaguá e oferecia seus serviços como contador. Ele também havia conseguido emprego em uma fábrica de bananas glacê, graças à recomendação de seu conhecido de Niterói, mas logo mudou para a firma de importação e exportação "Elísio Pereira & Co.".

É pouco provável que razões musicais tenham desempenhado algum papel para essa viagem, pois o estado do Paraná era um dos menos "brasileiros", sendo ainda predominantemente caracterizado por famílias de imigrantes europeus que chegavam ao país, da Polônia, Ucrânia, Itália e Alemanha. Um grande grupo de imigrantes veio, já no século XVIII, dos Açores para o Paraná, trazendo, junto com seu dialeto natal, também o fandango, dança cultivada ali. Esse ritmo, no início ainda muito marcadamente europeu, principalmente espanhol, era acompanhado por violas caipiras, rabecas e adufe, um tambor de origem árabe tocado com as mãos. Depois que o fandango se misturou aos costumes locais do Paraná, durante o carnaval, seu caráter foi modificado. De um lado, ele absorveu elementos da dança dos índios carijós, de outro, modernizou seus instrumentos musicais. O principal instrumento do fandango passou a ser o acordeão, e, quanto ao caráter, ele compreendia a cultura gaúcha dos pecuaristas, como é típico para toda a região do rio da Prata. Como a chimarrita ou chamarrita, o fandango abrasileirado aproxima-se da milonga do Uruguai e da Argentina.

Durante seis meses, Villa-Lobos trabalhou na mercearia de Alberto Veiga. O irmão de Alberto, Randolfo, era um boêmio conhecido na cidade e amante da música e levava Villa-Lobos para as serenatas noturnas, nas quais, querendo ou não, ele tinha de tocar violoncelo ou violão. O compositor não conseguiu se omitir da vida social da cidadezinha, que contava, naquele tempo, com quase 15 mil habitantes. Ele foi apresentado a outras pessoas e participou de eventos da Associação dos Empregados do Comércio local, que frequentemente organizava bailes e festas para seus sócios nos salões do Clube Literário, em cujos anais o nome de Villa-Lobos aparece. Em 26 de abril de 1908, Villa-Lobos conseguiu participar como violoncelista de um concerto de gala no Teatro Santa Celina. Na primeira metade, ele se apresentou como solista e tocou as *Cenas de carnaval*, de David Popper; o *Quarto concerto em sol maior, op. 65*, de Georg Goltermann; e a *Chanson triste*, de Piotr I. Tchaikowsky. Na segunda metade, ele regeu sua própria composição, *Recouli*, executada por uma orquestra de câmara de dezoito músicos. Financeiramente, o evento não rendeu sequer o suficiente para pagar o aluguel da sala, do qual o proprietário, contudo, abriu mão, já que era um amante da música e sua esposa italiana era uma pianista conhecida na cidade. Também o compositor Brasílio Itiberê da Cunha – que com sua fantasia *A sertaneja*, publicada em 1869, escreveu uma das primeiras peças "brasileiras" – estava entre as pessoas importantes da cidade. Ele era embaixador brasileiro na Berlim da era guilhermina, onde, em 1913, – algo realmente surpreendente para um brasileiro – foi vítima de uma insolação.

  Seu sobrinho de mesmo nome, Brasílio Itiberê, também compositor e, além disso, escritor, havia se tornado, nesse meio-tempo, um parceiro constante de Villa-Lobos. Posteriormente, ele se mudou para o Rio de Janeiro e lá conheceu também Ernesto Nazareth, Pixinguinha e outras personalidades da música popular. Sua amizade com o músico manteve-se nos anos 1930 em uma reiterada colaboração: Villa-Lobos nomeou

Itiberê como encarregado pelo folclore no Instituto de Artes nacional e o contratou como professor em seu Conservatório Nacional de Canto Orfeônico. Villa-Lobos, devido a suas apresentações habilidosas e a suas capacidades musicais, tornou-se o centro dos acontecimentos da pequena cidade. Como carioca do turbulento Rio de Janeiro, ele, sem ter feito nada para tanto, caiu no papel de destruidor de corações, a quem as mocinhas de Paranaguá dedicavam com gosto sua atenção. Quando iniciou um caso com a filha do proprietário de uma fábrica de fósforos local, espalhou-se o boato de que ele já tinha namoradas em outras sete cidades. Um retrato, que Villa-Lobos autorizou a um fotógrafo da cidade que o fizesse, mostra-o em pose elegante, de sobrecasaca com colarinho alto, bigode e cavanhaque. Ele o enviou com uma dedicatória à sua irmã Lulucha, no Rio.

Financeiramente, a pequena excursão ao Sul deve ter sido decepcionante, pois para que ele pudesse viajar de volta ao Rio de Janeiro, seus novos amigos tiveram de juntar certa quantia de dinheiro, que foi suficiente, inclusive, para uma cabine de navio de primeira classe. É bem provável que sua permanência em Paranaguá teria inevitavelmente resultado em um casamento, o que lhe aguçou o instinto de fuga, despertando também a saudade de sua cidade natal. O Rio de Janeiro era, na verdade, o lugar mais difícil, porém era também onde o aguardavam os desafios que a tão contemplativa Paranaguá não podia lhe oferecer.

Um ano e meio depois, Villa-Lobos estava novamente no Rio de Janeiro, e, em 1909, fez um concerto junto com Ernesto Nazareth. Digno de nota nessa apresentação é que Villa-Lobos, nessa oportunidade – com não mais do que 22 anos de idade, ainda totalmente no começo de sua carreira – se intitulou, muito naturalmente, maestro, como é possível observar no programa do concerto.

Manaus

Em 1911, Villa-Lobos partiu para outra viagem mais distante. Com a companhia de teatro do ator Alves da Silva, que apresentava operetas e *revues*, e como membro da orquestra de Luís Moreira, ele foi para o Norte e Nordeste do Brasil. A companhia chegou até Manaus, onde, por fim, se desfez. Heitor continuou sozinho a viagem para Fortaleza, no estado do Ceará, onde ele – assim diz a lenda – conheceu Romeu Donizetti, saxofonista e pianista que gostava bastante de beber. É provável que já tivesse se encontrado com Donizetti em Manaus. Ambos decidiram seguir viagem como dupla até Belém, no Pará, e viviam de apresentações em espeluncas, locais de dança e cafés. Na maioria das vezes, eles viajavam em navios que percorriam a costa, já que a exploração das vias terrestres, naquele tempo, ainda estava se iniciando. Segundo se diz, os dois percorreram também o Solimões e chegaram até a ilha de Marajó, na região Norte. É pouco provável que Heitor, segundo ele mesmo contava, tenha atravessado a margem para Barbados, com uma namorada americana que conhecera na viagem. Durante sua temporada em Belém, firmas inglesas foram encarregadas da construção do porto, bem como da construção da linha férrea Madeira-Mamoré, para as quais usavam mão de obra de Barbados. Isso possivelmente incitou a fantasia de Villa-Lobos, ao que devemos o episódio da aventura amorosa no Caribe.

As cidades de Manaus e Belém, na região do Amazonas, já estavam em decadência à época das viagens de Villa-Lobos. O ciclo da borracha, que contribuíra para que essa região, desde 1890, tivesse mais um impulso de crescimento astronômico e se tornasse a mais rica do país – através de descobertas revolucionárias como a vulcanização da borracha, por Charles Goodyear, e o pneu, de John Boyd Dunlop –, aproximava-se de seu fim. Depois que o aventureiro inglês Henry Wickham conseguiu contrabandear sementes da valiosa espécie de seringueira *Hevea brasiliensis* para o exterior, estava selado o fim do monopólio da borracha no Brasil. E quando, por fim, as seringueiras passaram a ser cultivadas em grande quantidade em Bornéu, no Ceilão e na Malásia, não foi mais possível conter a queda de preço na floresta tropical brasileira.

O Teatro Amazonas em Manaus, construído com madeiras tropicais nobres e mármore italiano – as pedras do calçamento externo eram feitas, para fins de isolamento acústico, de uma mistura de areia e espessas mantas de borracha –, foi inaugurado em 7 de janeiro de 1897 com uma apresentação de *La Gioconda*, de Amilcare Ponchielli. Consequentemente, desenvolveu-se uma vida cultural e de entretenimento, artistas e produções da Europa foram convidados a ir para Manaus, sendo que, no entanto, Enrico Caruso, por medo da cólera, nunca foi à cidade e – diferentemente do que se mostra no filme *Fitzcarraldo*, de Werner Herzog – tampouco se apresentou naquela casa de ópera para cantar o *Ernani*, de Verdi. Mesmo tendo sido suspensas as apresentações regulares de óperas no Teatro Amazonas, em 1907, ainda houve eventos culturais de todos os tipos até 1912. Nessa situação, já influenciada pela crise, a companhia de Alves da Silva aportou na cidade. Pouco antes havia passado por aí uma companhia espanhola, muito bem recebida pelo público, porém a mesma sorte não estava reservada para o grupo de Alves da Silva. A imprensa criticou duramente sua apresentação, o que significou seu fim. O organizador dispensou a companhia, e os membros pensavam no que fazer naquele momento. Alguns músicos exigiram o salário ainda a ser pago para voltar imediatamente para o Rio de Janeiro.

Outros preferiram ficar em Manaus, com a vaga esperança de novos contratos. Um terceiro grupo buscou alternativas para não ter de voltar de mãos vazias para casa depois de longa e fatigante viagem. Villa-Lobos já havia conseguido, antes da desagregação da companhia, organizar algumas apresentações no Teatro da Paz, em 15 de abril de 1912; e em 23 de junho e 27 de setembro de 1912, no Teatro Amazonas, em Manaus. Ele incluiu algumas de suas peças no programa. No Teatro Amazonas foi executada a peça *Japonesas,* da suíte *Miniaturas*. Depois do último compromisso de concerto, Villa-Lobos logo embalou seu violoncelo e o enviou por navio para o Rio de Janeiro. Ele não queria perder a oportunidade da grande aventura no Amazonas, incentivada por Donizetti.

Romeu Donizetti, o novo companheiro de Villa-Lobos, era músico, tinha estudado canto antes de se entregar à boemia e ganhava a vida como clarinetista e saxofonista. Ele era originário da vila Sobral, no Ceará, e estava à mercê da cachaça. Em sua bagagem, Donizetti tinha, junto com seu saxofone, um violão, que emprestou a Villa-Lobos. A hora da verdade havia chegado, pois Villa-Lobos teria de por à prova o que havia aprendido nos grupos de choro no Rio de Janeiro. E parece ter corrido tudo bem por um bom tempo, pois a eclética dupla não apenas causava sensação por onde passava, como também vivia o monótono cotidiano de colonos cismadores e de frequentadores embriagados de bordéis em aldeias fluviais infestadas de moscas e vilarejos nas orlas da floresta.

Donizetti e Villa-Lobos provavelmente tenham tido contato, quando muito, esporádico com os índios, pois suas aldeias ficavam, na maioria das vezes, longe dos postos de abastecimento e das instalações de vilas dos colonos, que tinham se tornado inimigos naturais dos índios. Além disso, mal havia a quantidade suficiente de público de que os músicos precisavam para suprir a falta de recursos financeiros. E é bastante questionável se os índios haviam servido como provedores de melodias tradicionais ou mesmo se eram uma fonte frutífera. O antropólogo francês e estruturalista Claude Lévi-Strauss viajou pelo interior do Brasil nos anos 1930, realizou estudos de campo pormenorizados com os índios e reconheceu, abalado, o quanto a cultura indígena já havia sido destruída pelos brancos, pela perseguição e pela escravização, bem como pela ação missionária cristã. Sua obra *Tristes trópicos* é um inventário dessa decadência que traz claramente à tona características de um genocídio.

Os bastidores exóticos encantadores da gigantesca e intransponivelmente impressionante floresta tropical do Amazonas deixaram uma impressão duradoura no universo de pensamentos e ideias de Villa-Lobos e continuaram a incitar sua incansável curiosidade e fantasia. Os cursos do rio com o encontro de água doce e salgada, clara e escura – que, por um lado, se ramificam em arroios que desaparecem no matagal e, por outro, se fundem em horizontes de água que lembram a amplidão do mar e mal podem ser vistos até seu fim – precisavam ser corajosamente superados com lanchas e barcos fluviais a vapor. Enquanto nas grandes cidades, como Manaus e Belém, doenças tropicais como a malária e a febre amarela eram progressivamente combatidas, os viajantes que se atreviam a ir para o interior da floresta tropical expunham-se a tremendos riscos. Enxames de mosquitos precipitavam-se sobre eles, sanguessugas e enguias ficavam à espreita nas águas, exatamente como as vorazes piranhas que podiam, com alguma habilidade, em todo caso, ser fisgadas e postas na panela. As noites tropicais e, especialmente, a experiência da floresta tropical, em grande parte intacta, impressionaram demasiadamente Villa-Lobos, o que ele realça posteriormente em incontáveis relatos. A invasão da escuridão súbita, negra como azeviche, todas as noites; o concerto dos insetos que zumbiam e zuniam e dos pássaros tropicais; e a gritaria dos macacos despertaram nele, como músico vindo da cidade grande, a impressão de ter desembarcado em um planeta estranho. A ida a um mercado de peixe em Manaus ou Belém confirmava, por si só, que ele circulava em outro mundo: peixes exóticos, nunca vistos antes, com sinuosidades em forma de bexiga ou verdes e escorregadios, com enormes bocas entreabertas, dentes afiados como agulhas e olhos esbugalhados luminosos tinham nomes muito estranhos da língua tupi-guarani. Também frutas totalmente desconhecidas com nomes que soavam exóticos, como açaí, abio, taperebá, camu-camu ou tucumã, e os odores e aromas singulares que se espalhavam complementavam o colorido afresco de um mundo mágico novo. Nas águas, moviam-se vivamente cobras e peixes estranhos, como o poraquê, similar à enguia elétrica, o peixe-boi, o enorme e voraz pirarucu e o candiru, o minúsculo peixe-vampiro que entrava nas pequenas cavidades do corpo de animais e de homens, sendo, por essa razão, muito mais temido do que a piranha.

Os limites entre a fauna e o reino das sagas eram permeáveis na encantada floresta tropical: havia o boto-cor-de-rosa, que se transformava em um homem jovem e bonito de terno branco e chapéu, ia aos bailes e levava consigo de volta ao rio uma jovem beldade, que pouco depois voltava grávida. Seu equivalente feminino é a sereia Iara, cuja voz, à noite, pode matar os homens de amor. Os papagaios, tucanos e pássaros tropicais bizarros, com seus cantos gorgolejados, estridentes, semelhantes a trompetes, eram para o músico apontamentos acústicos para uma combinação cada vez mais incrível de luz, sombras, água, flora, fauna e habitantes do bosque. Descrever esse mundo encantado com recursos musicais era o desejo que efervescia fortemente nele, um emocionante propósito, cuja ousadia o deixava em êxtase. E assim soa a fascinação daquela experiência de Villa-Lobos nas linhas de seus relatos posteriores, entremeadas por *páthos*:

> Na minha música eu deixo cantar os rios e mares deste grande Brasil. Não ponho breques nem freios, nem mordaça na exuberância tropical das nossas florestas e dos nossos céus, que eu transporto instintivamente para tudo o que escrevo[3].

Outras lendas e personagens de fábulas da região do Amazonas tinham uma moral surpreendentemente ecológica, como a do caipora, um ser pequenino da floresta, com cabelos vermelhos e pele verde, já mencionado pelo jesuíta padre Anchieta em 1560. O caipora protege o bosque e os animais dos caçadores e dos intrusos, levando-os à confusão. Já que seus pés são virados para trás, os intrusos interpretam erroneamente suas pistas, arruinando-se.

Rapidamente ficou claro para Villa-Lobos que não poderia conceder a si mesmo mais do que essa curta temporada com tempo já determinado, mas ele havia, em primeiro lugar, reunido considerável quantidade de impressões. O músico não adentrara o coração da Floresta Amazônica, porém, em todo caso, conhecera a zona periférica, também denominada várzea. Nessa região de inundações, também não era possível encontrar tribos indígenas totalmente isoladas do resto do mundo, mas sim os ribeirinhos, habitantes da margem do rio, na maioria mestiços que viviam da pesca, agricultura modesta e comércio

3. Ribeiro, 1987, p. 13.

de madeira. Tanto o cansaço quanto os gastos eram muito grandes e impediram que Villa-Lobos ficasse no Amazonas ou adentrasse mais a floresta tropical, de forma que, no final de 1912, decidiu retornar ao Rio de Janeiro.

De todas as regiões pelas quais viajou, Villa-Lobos recolheu – segundo sua posterior descrição – melodias populares que, mais tarde, utilizou em suas obras, como em *Uirapuru* ou em sua coletânea didática *Guia prático*, publicada nos anos 1930 como arranjo para coral e também para piano. Contudo, justamente no *Guia prático* fica claro que Villa-Lobos usou, principalmente, um material que, nessa época, já era de domínio popular há bastante tempo ou que ele tinha como base as pesquisas de campo etnográficas de Roquette-Pinto e Fritz Krause. Não se pode falar, ao se tratar de Villa-Lobos, de uma coletânea sistemática de material ou catalogação de música popular, tal como as organizadas por Bela Bartók ou, muitos anos mais tarde, por César Guerra Peixe. Com as enormes dificuldades financeiras e organizacionais contra as quais o jovem músico tinha de lutar, não teria sido possível realizar, nem em Paranaguá nem em Manaus, estudos de campo que, além de uma preparação profissional e execução, também teriam exigido, principalmente, muito tempo.

Uma atitude de certo modo peculiar ao interior da colônia teria – paralelamente à avidez por sensações – desempenhado importante papel para Villa-Lobos, pois ele, repetidas vezes, tocava no assunto: o morador urbano branco do Rio ou de São Paulo considerava as culturas dos povos naturais nativos algo estranho. Não era possível aproximar-se de suas manifestações, a não ser por meio de pesquisas de campo, uma expectativa com a qual Villa-Lobos, também nas estadias posteriores na Europa, sempre voltou a encontrar: o índio como objeto de estudos, de forma que apenas estes comprovam sua existência e lhe dão algum sentido. Nesse ponto, Villa-Lobos percebeu rapidamente que, com suas atividades, ele não apenas satisfazia o interesse do público europeu pelo exótico, mas também havia, ele mesmo, já se tornado parte da encenação: como brasileiro, ele era considerado por muitos franceses, devido à sua origem, pelo menos semisselvagem, o que conferia a suas apresentações um tom picante. Além disso, Villa-Lobos começou, desde 1927 – portanto, durante sua segunda temporada em Paris –, a fazer referências sistemáticas a suas supostas próprias viagens de pesquisa. A grande curiosidade dos franceses por tudo o que era exótico e brasileiro o surpreendera bastante em sua primeira temporada em Paris, e ele se esforçou para aumentar seus conhecimentos de forma que, futuramente, estivesse preparado para quaisquer eventualidades. O ano de 1927 é também aquele em que Villa-Lobos se expressa, pela primeira vez, teoricamente, sobre a música dos nativos de seu país: no jornal diário *O Paiz* foram publicados dois artigos de sua autoria; contudo, aqui ele também se refere exclusivamente ao material já reunido por Jean de Léry e Fritz Krause.

Índios e escravos

Em 22 de abril de 1500, algas passaram boiando pela frota do marinheiro português Pedro Álvares Cabral. Os marujos imediatamente souberam: eles estavam perto de uma costa ou de uma ilha. Depois de um mês e meio de muitas privações, finalmente se mostrava, na linha infinitamente igual do horizonte, algo novo. Pouco a pouco, os doze navios aproximaram-se de uma cadeia de montanhas cobertas de verde. Eles não sabiam que já eram observados por índios tupis. Os portugueses também não sabiam que os tupis já haviam dado um nome a sua terra: Pindorama – terra das palmeiras. Os tupis – pertencentes ao subgrupo tupiniquim –, por sua vez, ficaram admirados com as estranhas embarcações que se aproximavam e não sabiam que estavam a pouco de serem "descobertos" pelos estrangeiros. Eles não constituíam unidade política, mas se organizavam em tribos locais e viviam da agricultura – principalmente do plantio da mandioca –, da pesca e dominavam a técnica da cerâmica.

Os portugueses que vieram ao Brasil construíram uma grande cruz com troncos rapidamente arrancados e a cravaram no chão como sinal da cristianização. Os índios, porém, não se mostraram impressionados com o símbolo da fé cristã, mas sim com as ferramentas de metal, com as quais os troncos das árvores haviam sido derrubados e moldados. Os tupis foram, sem tomar parte nisso, lançados da idade da pedra à idade do ferro; contudo novas sujeições já esperavam por eles. Facas, machados e anzóis se tornariam mercadorias pelas quais eles logo penhorariam sua mão de obra.

Os primeiros dias depois da chegada dos portugueses à costa brasileira foram minuciosamente descritos por Pero Vaz de Caminha em sua famosa carta de 1º de maio de 1500 ao rei D. Manuel, considerada a certidão de nascimento do Brasil. A terra recém-tomada foi nomeada segundo o pau-brasil, uma madeira nobre atualmente ameaçada de extinção devido ao arroteamento de mais de séculos. De sua casca, obtinha-se um pó vermelho com o qual se tingiam os tecidos. O colorido escarlate forte foi relacionado à brasa. Daí, surgiu a denominação pau-brasil, que finalmente deu seu nome ao país inteiro. O pau-brasil chegou à Europa em momento oportuno, no auge da Renascença: o vermelho havia acabado de se tornar a cor preferida da moda. Antes do plantio da cana-de-açúcar, trazida para o Brasil pelos portugueses por volta de 1530, o pau-brasil representava a maior riqueza do país.

Já em 1553, chegou ao Brasil o primeiro grupo de jesuítas, dentre eles o jovem José de Anchieta. Anchieta dispunha de um talento linguístico extraordinário, aprendeu rapidamente a língua dos tupis e logo compilou uma gramática do idioma indígena. Ele coletava suas fábulas e histórias na língua original, escrevendo nela também poesias e autos sacramentais, peças de teatro sacras. A música tornou-se importante para familiarizar os índios aos cantos religiosos da cristandade. Os índios tinham aulas de música e logo aprenderam a tocar violino e flauta. Em seus esforços para conseguir a paz entre portugueses e índios, Anchieta ofereceu-se como refém. Durante os três meses de cativeiro com os índios, ele escreveu a poesia mariana "De beata virgine Dei Matre Maria". Mesmo depois de sua libertação, Anchieta defendeu incansavelmente os direitos dos índios. Estes o idolatravam como *abarebebe*, o "pai sagrado voador", pois, em suas meditações, diz-se que ele se elevava alguns centímetros do chão. Villa-Lobos admirava Anchieta como o pai da literatura e da alfabetização brasileiras:

> O maior homem da História do Brasil foi José de Anchieta, precursor da educação nacional. Ele foi o nosso primeiro instrumento de cultura, lidando com gerações bárbaras. Quem considerar o estado em que ainda permanece a educação popular no Brasil, pode compreender o vulto de sua obra, a importância de seus sacrifícios para assentar as bases de uma civilização. Anchieta não se limitou aos objetivos imediatos, procurando despertar os sentimentos artísticos dos índios através da música e do teatro[4].

4. Machado, 1987, p. 59 ss.

Literatos como o jornalista, romancista e político José de Alencar – ele foi por bastante tempo ministro sob regência de Dom Pedro II – marcaram, com romances românticos como *O Guarani* e *Iracema* (que se tornaram recorde de vendas em todo o país), a figura do índio, que se mostra como o construto da floresta encantada. Na personagem do chefe indígena Peri, projetam-se ideais como cavalheirismo e obediência ao rei. Iracema é a "virgem dos lábios de mel", uma índia do Nordeste que se apaixona por um homem branco – uma versão brasileira de *Pocahontas*. Inspirado em Walter Scott, Dumas e Balzac, surgia aí um cenário indubitavelmente não europeu, reconhecidamente exótico, mas que transfigurava, sob uma perspectiva totalmente europeia, a missão "civilizatória" dos brancos frente aos "selvagens". A fascinação que o mundo dos índios do Amazonas exercia sobre Heitor Villa-Lobos tinha suas bases também em algumas experiências de infância: o pai, Raul Villa-Lobos, nutriu, durante sua vida, uma relação nostálgica com a região do Amazonas, onde seus ascendentes haviam se estabelecido. Ele adorava aprofundar-se nessas reminiscências sentimentais transfiguradas, à medida que coletava e escrevia as lendas e os contos dos índios, sabendo variá-los e floreá-los com ideias próprias.

Heitor Villa-Lobos afirmava, ainda antes de suas viagens a Paranaguá e a Manaus, ter estado em Pernambuco e na Bahia. Não sabemos se essa primeira viagem realmente ocorreu e se ele trabalhou como músico por lá. De qualquer forma, ele não poderia ter escolhido uma rota melhor para uma "expedição musical" produtiva. No Nordeste, ocorreu o primeiro contato entre portugueses e nativos e aí surgiram as primeiras bases do poder colonial. Em Olinda, no Recife e em Salvador, iniciou-se o cultivo da "música sacra" e também o primeiro grande ciclo da economia brasileira. Depois de introduzida a cana-de-açúcar nesta região, que produzia o açúcar em grande estilo, foram trazidos os primeiros escravos africanos. Os engenhos eram os instrumentos do poder branco, mas, ao mesmo tempo, o berço das tradições afro-brasileiras.

A herança dos afro-brasileiros contribuiu bem mais para a formação de uma cultura brasileira do que a indígena. Todavia ela é, até hoje – do ponto de vista da classe dominante branca –, carregada de uma conotação mais negativa. Enquanto a condição de resistência dos índios logo foi considerada superada, os afro-brasileiros revoltavam-se cada vez mais contra sua repressão, e eram considerados, por isso, rebeldes e pouco confiáveis. Contudo, desde o começo da escravidão, houve também uma grande miscigenação de negros e brancos, já que os primeiros colonizadores portugueses raramente traziam suas mulheres e se compensavam, ilesos, primeiramente com mulheres indígenas e, depois, com escravas. Ainda dois anos depois da abolição da escravatura, procurou-se subtrair aos escravos sua história, através da destruição dos documentos de entrada. Ainda assim, sabemos que a maioria dos escravos origina-se das regiões do Congo e de Angola, e também da África Ocidental.

Já antes do auge do ouro, em Minas Gerais, ocorria nos centros urbanos do Nordeste o fenômeno dos artistas e músicos mulatos, o "mulatismo musical". Esses, todavia, sempre ambicionavam conquistar reconhecimento social, à medida que interiorizavam o cânone do poder colonial e as normas e a estética da música europeia. De um compositor mulato, portanto, certamente não se podia esperar o cultivo ou a utilização de elementos musicais africanos em suas composições, o que também valia para os instrumentos musicais. Não houve, aqui, tendências de uma negritude musical, pois isso estaria relacionado simultaneamente a uma reincidência da servidão e destituição de direitos.

Assim, os elementos africanos – correspondendo às reais condições de domínio – penetraram a música erudita somente em uma direção: eram sempre músicos e compositores brancos que faziam de seu ponto de vista e de sua escolha de música africana critério para considerar o que deveria valer como "africano" e como isso deveria ser adaptado e utilizado em sua composição. Villa-Lobos foi um dos primeiros compositores que se aproximou da música afro-brasileira sem intenções políticas ou etnológicas. A ele interessavam, em primeiro lugar, suas dimensões estéticas e a utilização em suas composições como material novo e nunca empregado. Essa abordagem era semelhante à de outro compositor influenciado pelo Modernismo. Ao lado de Villa-Lobos, foi principalmente Francisco Mignone, descendente de italianos, que, nos anos 1920 e 1930, passou por uma "fase afro" ao escrever uma série de obras marcadamente afro-brasileiras: uma peça para orquestra inspirada por um lundu, *Congada*, o poema sinfônico *Batucagé* e as composições de balé *Maracatu do Chico Rei*, *Babaloxá* e *Leilão*. O poema sinfônico *Festa das igrejas* foi regido por Arturo Toscanini em 1942 e gravado em disco. A obra é composta por quatro imagens, das quais a segunda é a mais fortemente caracterizada como africana e inspirada pela igreja do Rosário dos Pretos, que já aparece no *Maracatu do Chico Rei*. A igreja do Rosário dos Pretos é uma das igrejas barrocas de maior valor arquitetônico de Ouro Preto, construída pela irmandade dos escravos, que desempenhou um papel de destaque na abolição da escravatura.

Compositores negros permaneceram desconhecidos por muito tempo e não se faziam notáveis. O mulato Francisco Braga também não mostrava nenhum tipo de interesse por música afro e escreveu uma única canção de caráter afro-brasileiro,

Catita, executada em ritmo de lundu. Muito distante dos centros culturais europeus, a música originalmente afro-brasileira era cultivada por ocasião dos ritos religiosos. A música sacra negra, desde o início, ficava restrita aos iniciados, sendo parte indissolúvel de cerimônias e rituais realizados nos terreiros. As diferentes designações candomblé, macumba ou umbanda eram empregadas em conformidade com a região da África de onde vinham os escravos e segundo o desenvolvimento dos ritos no Brasil. Comum a todos era a invocação dos orixás – divindades africanas –, que se revelavam apenas aos iniciados, os filhos e filhas de santo, adeptos desses cultos.

Apenas nas últimas décadas a cultura afro-brasileira tem alcançado, pouco a pouco, seu devido reconhecimento, por exemplo, por meio da atuação de Baden Powell, Gilberto Gil e do grupo Olodum, tendo-se chegado, assim, a uma integração da música afro-brasileira à vida cultural do Brasil. A cultura afro-brasileira tinha entrado, contudo, já há bastante tempo, no cotidiano dos brasileiros brancos, de forma quase imperceptível, mas muito forte. A língua portuguesa do Brasil não apenas assimilou muitas palavras da língua indígena tupi-guarani, mas também a melodia e os conceitos – principalmente, do *kimbundu* de Angola –, que, por si só, já lhe legavam um acento musical. E a deusa do mar, originada na África Ocidental, Iemanjá, não é homenageada pelos cariocas brancos apenas na noite de ano-novo. A ela são oferecidos buquês de flores, pequenos barquinhos de papel com velas, flores e outros presentes, colocados no mar para que ela abençoe o ano que começa.

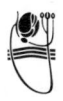

No palco

Já em 1902, Heitor Villa-Lobos terminava sua primeira apresentação no palco da música erudita como violoncelista, no Clube Bouquet, onde ele executou seleções de Rossini e Carlos Gomes. Em 12 de janeiro de 1903, seguiu-se a participação de um concerto na sala do *Jornal do Brasil*. Como violoncelista da orquestra do Teatro Municipal, Villa-Lobos logo começou a viver como um músico profissional. Em 21 de março de 1904, ele fez uma apresentação no Conservatório Livre de Música, em um concerto organizado pelo Clube Francisco Manoel. Algumas vezes, ele também escrevia críticas musicais e artigos com o pseudônimo – já usado por seu pai – Epaminondas Villalba, ao qual acrescentava um "Filho".

Foi de Ernesto Nazareth que Villa-Lobos recebeu as primeiras sugestões de como se devia escrever e executar música "nativa" e de como era possível fazer da impetuosa música de rua uma música artística virtuosa aperfeiçoada. Na *Suíte popular brasileira* para violão, surgida entre 1908 e 1912, Villa-Lobos compôs pela primeira vez essa música popular urbana. Cada um dos cinco movimentos da *Suíte popular brasileira* apresentava uma versão brasileira urbana de uma respectiva dança europeia. À *Suíte* não se seguiu, por muito tempo, nenhuma outra tentativa comparável, pois Villa-Lobos temia muito, já de início, ser rotulado como compositor de música popular, uma marca negativa que poderia prejudicar suas grandes pretensões. A maior ofensa para um músico daquela época era ser chamado de "compositor de maxixe", pois ao maxixe se associava o *milieu* pouco confiável das espeluncas e dos clubes noturnos. E um compositor sério, zeloso, contanto que as circunstâncias permitissem, mantinha-se afastado dessa borra da sociedade. Ele ambicionava, ao contrário, tocar sua música nos salões e nas salas de concerto. As típicas mãos de violonista, com calo nos dedos da mão esquerda, podiam por si só difamar um músico, pois o violão se relacionava ao choro e, por conseguinte, ao obscuro *milieu* da vida noturna.

Villa-Lobos ainda compartilhava do destino de todos aqueles que viviam entre dois estilos. Até esse ponto, ele, apesar de já haver composto o ambicioso poema sinfônico *Naufrágio de Kleônicos*, era pouco conhecido no meio acadêmico musical. A obra é escrita no melhor estilo de Saint-Saëns, inclusive com um movimento intermediário epigonal que, com o título *O canto do cisne negro*, se refere explicitamente a *O cisne* de Saint-Saëns.

Os chorões viam Villa-Lobos – com todo o respeito que tinham por ele – sempre com um pouco de distância e, de fato, nunca como um deles. Eles sentiam que o músico não ambicionava a uma carreira de sucesso como chorão nem via nisso sua vocação. Seu primeiro objetivo, provar para si mesmo sua capacidade prática de ser músico, bem como ser reconhecido no cenário do choro, já fora alcançado. Agora estava em jogo vencer a etapa seguinte: tornar-se um compositor sério e ao mesmo tempo criador, que se dedicasse inteiramente à música erudita e que pudesse fazer dela uma profissão. Para isso, ainda era necessário apropriar-se da linguagem musical de seu tempo. Tudo o que era considerado musicalmente moderno e contrariava qualquer coisa referente à ópera italiana vinha da França. E todos aqueles que, além disso, se julgavam revolucionários nos pequenos círculos de inovadores musicais do Rio de Janeiro – e que não compreendiam Richard Wagner – passavam obrigatoriamente pela música de Claude Debussy.

Como autodidata, Villa-Lobos vencia as dificuldades de algumas obras padrão de harmonia e instrumentação, como, em primeiro lugar, o *Cours de composition musicale*, do aluno de César Franck, Vincent d'Indy. Também através de sua atividade como violoncelista na orquestra do Teatro Estadual, ele aumentava continuamente seus conhecimentos de literatura e suas habilidades práticas. Em sua música de câmara há, na primeira fase, uma série inteira de obras para violoncelo e piano. Dentre elas estão algumas sonatas cujas características, todavia, correspondiam apenas em parte às expectativas comumente associadas a esse gênero clássico. Villa-Lobos sempre tratou livremente a forma-sonata e, geralmente, com um tom romântico fantasioso. Para o violoncelo, ele escreveu, em 1913, o *Grande concerto para violoncelo e orquestra n. 1*.

Dentre as primeiras obras mais extensas e mais ambiciosas está a *Sonata-fantasia* para violino e piano, de 1912, que tem como título adicional *Désespérance*. Aqui também se sobressaem algumas particularidades, encontradas mais tarde em quartetos de corda e sinfonias: a renúncia a uma indicação de tonalidade exata e a sinais musicais. O que se entende, tradicionalmente, por tema, exposição e desenvolvimento, faz-se ausente ou é tratado de forma pouco convencional, por exemplo, através da seriação de partículas de motivos musicais que não se desenvolvem em temas.

A segunda *Sonata-fantasia*, escrita dois anos mais tarde, sofreu, assim como a primeira, influências da linguagem musical francesa; a segunda, em maior proporção, de Debussy e de suas escalas de tons inteiros. Ritmicamente mais viva do que a primeira *Sonata-fantasia*, nela também se sente falta de qualquer alusão à música brasileira. Na terceira *Sonata*, para violino e piano, Villa-Lobos estende a tonalidade e o tema é dissipado em elementos melódicos e rítmicos mínimos.

A primeira sonata para violoncelo e piano, pressupostamente, perdeu-se, por isso adota-se para esse gênero a numeração iniciada pela segunda, que se assemelha àquela para violino e piano no tocante à sua proximidade da música francesa impressionista, romântica tardia, com o que é possível reconhecer, aí, uma afinidade com a linguagem musical de César Franck. Nos trios para piano, violino e violoncelo, ocorre algo semelhante, e algumas vezes, também, recorrências a Brahms, Wagner e Fauré. O *Trio n. 2 para piano, violino e violoncelo* foi executado em 1922, na Semana de Arte Moderna, e ainda se distancia consideravelmente do Villa-Lobos "brasileiro".

Lucília Guimarães

Quando Villa-Lobos conheceu a pianista Lucília Guimarães, no dia 1º de novembro de 1912, sua carreira musical sofreu uma reviravolta. Um amigo o levou à casa de Lucília e o apresentou a ela como violonista. Lucília lembrava-se do primeiro encontro:

A noitada de música correu muito bem, extremamente agradável, e para nós foi um sucesso o violão nas mãos de

Villa-Lobos. Terminando sua exibição, Villa-Lobos manifestou desejo de ouvir a pianista, e toquei, a seguir, alguns números de Chopin, cuja execução me pareceu ter impressionado bem, na técnica e na interpretação. Villa-Lobos, porém, se sentiu constrangido; talvez mesmo inferiorizado, pois naquela época o violão não era instrumento de salão, de música de verdade, e sim instrumento vulgar, de chorões e seresteiros. Subitamente, vencendo como que uma depressão, declarou que o seu verdadeiro instrumento era o violoncelo e que fazia questão de combinar uma reunião, em nossa casa, para se fazer ouvir em seu violoncelo[1].

Outro encontro foi marcado para o sábado seguinte, quando Villa-Lobos levou seu violoncelo. Ele havia, anteriormente, enviado algumas partituras a Lucília para que pudessem tocar juntos. Assim surgiu uma amizade musical, da qual aos poucos nasceu uma relação amorosa. Lucília morava com sua mãe e seus irmãos na rua Domício da Gama, hoje rua Haddock Lobo.

No dia 12 de novembro de 1913, Heitor e Lucília se casaram. A união selava para Villa-Lobos o fim da fase de infatigáveis andanças, e ele se mudou para a casa da família Guimarães na rua Fonseca Teles n. 7, no bairro São Cristóvão. Enquanto a mãe de Lucília aceitava a relação com reservas, já que via em Heitor um boêmio, a mãe dele saudava a união, com a qual ela se iludia quanto a uma estabilização da vida de seu filho. Lucília, que havia terminado seus estudos no Instituto Nacional de Música e trabalhava como professora de música no Colégio Sacré Coeur, de formação comum, ajudou seu marido como companheira perita e conselheira nas atividades de composição e na preparação

---

1. Guérios, 2003, p. 101 ss.

de concertos. Ela também deu a Heitor – um pianista inexperiente – aulas mais ou menos regulares de piano. Como consequência, seus esforços em compor para o piano se intensificaram: ele lidava com o instrumento até de madrugada, o consumo de papel pautado aumentou e os resultados de trabalhos incansáveis acumulavam-se pelos cantos. Lucília também trabalhava como regente de coral e transcreveu grande quantidade de canções para diversos coros, além de compor uma série de trabalhos para coral. Villa-Lobos incluiu algumas delas em seu repertório, principalmente o *Hino ao Sol*, que se tornou famoso. O músico entendia-se muito bem com Juca, irmão de Lucília, um talento natural ao piano. Ele não sabia ler partituras, mas era capaz de improvisar todo o repertório da música popular, o que Villa-Lobos descobriu ao escutá-lo, admirado.

Os primeiros concertos de Heitor e Lucília realizaram-se em janeiro e fevereiro de 1915 na pequena cidade de Friburgo, sendo o segundo deles no cinema da cidade. Esses concertos haviam sido imaginados como testes, antes de o casal se apresentar para o público mais exigente do Rio de Janeiro. Assim, eles se destinaram a um público, em sua maioria, composto de pessoas benévolas, sobretudo amigos e parentes. Lucília executou nesses concertos, pela primeira vez, *Farrapós*, uma das primeiras composições para piano solo de Heitor, das *Danças características africanas*.

O primeiro concerto exclusivamente com composições próprias foi realizado no dia 13 de novembro de 1915 no salão do *Jornal do Commercio*, para o qual ele contratou o violinista Humberto Milano, o violoncelista Oswaldo Allionni, o barítono Frederico Nascimento Filho e a pianista Sylvia de Figueiredo. Lucília participou como pianista. Antes disso, Villa-Lobos já havia convidado jornalistas e músicos para apresentar suas obras e comentá-las. Dois irmãos de Lucília ajudaram nas preparações dos concertos: Luiz Guimarães e Oldemar Guimarães. Foram organizadas listas de amigos, admiradores, colegas e conhecidos. Até dez bilhetes foram distribuídos ou enviados a eles, na esperança de que os distribuíssem. Além disso, distribuíram-se também entradas grátis a influentes incentivadores da música. Quase sempre os concertos terminavam no vermelho e, na maioria das vezes, não cobriam sequer o aluguel da sala.

Em fevereiro e novembro de 1917, seguiram-se outros concertos de música de câmara com algumas obras de própria autoria. O dia 3 de fevereiro foi o dia mais quente do ano e, ainda assim, um público numeroso, apesar do calor sufocante, marcou presença na sala do *Jornal do Commercio* para escutar o *Quarteto n. 2* e a *Sonata-fantasia n. 1 Désespérance*. Em novembro, o compositor e maestro Alberto Nepomuceno incluiu em seu repertório uma das peças de Villa-Lobos – a *Elegia*, composta em 1914 – por ocasião de um concerto da Sociedade de Concertos Sinfônicos, sob sua regência. Apesar das divergências estéticas com Villa-Lobos, Nepomuceno incentivava as obras da nova geração de compositores brasileiros, como já havia feito com Glauco Velásquez, fazendo-o, agora, com Villa-Lobos. Ele também o recomendou a seu editor, Arthur Napoleão, e permitiu que uma de suas obras fosse impressa no verso de sua própria edição.

Em seu quinto concerto, Villa-Lobos pretendia apresentar suas composições para orquestra, tendo contratado, para isso, não menos que 85 músicos. Faziam parte do programa: *Naufrágio de Kleônicos*, *Prelúdio sinfônico*, o quarto ato da ópera *Izaht*, bem como os poemas sinfônicos *Tédio de alvorada* e *Myremis*. Villa-Lobos associou o concerto a uma ideia filantrópica, também absolutamente efetiva como propaganda – de que se apresentasse um coro infantil de duzentas crianças. O lucro deveria ser repassado a orfanatos; contudo; apesar de tal anúncio no jornal diário *O Paiz*, o auxílio esperado não foi alcançado e o coral infantil não pôde se apresentar.

Em seus esforços para conseguir auxílios para a organização e incentivos ideais, Villa-Lobos esbarrava incessantemente em desinteresse, desorganização e ignorância. Para o dia 15 de agosto de 1918, estava planejado um concerto no Teatro Municipal, patrocinado pela Associação Brasileira de Imprensa, em benefício do Retiro dos Jornalistas. Devido à falta de colaboração da associação, o concerto foi um verdadeiro fracasso. O prejuízo foi tão grande que apenas em 1921 Villa-Lobos se atreveu a realizar novamente um evento de tais proporções. Entretanto, ele sempre obtinha êxito ao falar e percebeu que o público, a princípio, via seus esforços com benevolência. Até mesmo o influente crítico e, posteriormente, inimigo mortal de Villa-Lobos, Oscar Guanabarino, escreveu em 16 de agosto de 1918 sobre o concerto no *Jornal do Commercio*: "O talento do sr. Villa-Lobos manifestou-se de modo a merecer os aplausos de todos os brasileiros que se interessam pela arte musical"[2]. O *Correio da Manhã* também dava um tom encorajador: "O sr. Villa-Lobos, cremos, já foi julgado, e os seus talentos de compositor, ainda que se debatendo um tanto confusamente nos meandros da técnica musical [...] devem ser confirmados"[3].

O sexto concerto com composições suas – novamente música de câmara – realizou-se em novembro de 1919. Nesse ano, Villa-Lobos recebeu oficialmente a confirmação de que seus esforços haviam começado a render frutos: o presidente da República, Epitácio Pessoa, participara como representante do Brasil

2. Appleby, 2002, p. 51.
3. Guérios, 2003, p. 114.

da conferência parisiense para o fim da Primeira Guerra Mundial. Por ocasião de seu retorno ele foi saudado com um concerto, no qual foram executadas três peças encomendadas anteriormente, cada uma de um compositor brasileiro. As peças musicais tratavam justamente de temas em voga naqueles anos: guerra, vitória e paz, baseados em textos do poeta Escragnolle Doria.

A sinfonia *A Vitória* foi composta por Otaviano Gonçalves, que concluíra com distinção seus estudos de música, enquanto *A Paz* havia sido composta pelo decano Francisco Braga. A peça *A Guerra* foi incumbida primeiramente a Alberto Nepomuceno, que, depois de uma briga com os organizadores, se afastou. A incumbência foi passada a Villa-Lobos, que, apesar da enorme pressão de tempo de um mês, pôde ainda terminá-la no prazo. Para Lucília, esse período se tornou uma guerra de nervos, pois Villa-Lobos não escrevia, por dias, nenhuma nota; afirmava, contudo, que tinha a obra pronta em sua cabeça. Apenas poucos dias antes do ensaio geral, ele escreveu a sinfonia inteira, de uma só vez: uma forma de trabalho que, mais tarde, se tornaria típica dele. Apesar de suas condições de realização marcadas pela pressa, a *Sinfonia* de Villa-Lobos – era sua terceira – deixou a impressão mais forte entre os três trabalhos apresentados, como reproduziu o *Correio da Manhã*:

> O trabalho de H. Villa-Lobos, cheio de vida, rico de ideias, enérgico, movimentado, com caráter descritivo dos horrores e das sangueiras que enlutaram a humanidade durante cinco anos, provocou indescritível entusiasmo no auditório, que fez estrondosa ovação ao inspirado compositor, chamado cinco vezes à ribalta[4].

4. Ibid., p. 115.

Entusiasmado com esse sucesso, ele decidiu escrever uma sinfonia também sobre os outros temas. A *n. 4* originou-se, assim, sob o título *A Vitória*; a partitura da quinta sinfonia, *A Paz*, é tida como desaparecida até hoje, mas provavelmente nunca tenha sido escrita. Gino Marinucci foi o regente de dois movimentos da *Sinfonia n. 1* em um concerto em setembro de 1919, e a Associação Wagner, em Buenos Aires, incluiu um de seus quartetos de cordas em um programa dedicado a compositores brasileiros: Nepomuceno, Henrique e Alfredo Oswald. Estudantes e professores do conservatório começaram a incluir as obras de Villa-Lobos nos programas de seus recitais.

Em 1917, Villa-Lobos e Lucília mudaram-se para uma casa conjunta em um parque residencial na rua Dídimo, no centro do Rio de Janeiro. Ele compunha, entretanto, principalmente de cabeça e não precisava mais ficar experimentando ao piano, o que, no passado, sempre levava a barulhentas sessões noturnas. O pintor Emiliano Di Cavalcanti, que mais tarde teria participação decisiva nas atividades dos modernistas e também iria a Paris, lembrava-se da atmosfera de trabalho típica de Villa-Lobos:

> Na rua Dídimo, o Villa já era o Villa de toda a sua obra, que ele escrevia em uma desordem incrível, pelos cantos da mesa de jantar, com gente entrando e saindo: meninos travessos, credores, parentes pobres, moças assanhadíssimas, crianças insuportáveis[5].

Nos anos seguintes, a casa na rua Dídimo se tornaria palco de concertos privados para muitos dos amigos de Villa-Lobos. Arthur Rubinstein tocou ali, bem como o pianista Frutuoso Viana,

---

5. Horta, 1987, p. 25 ss.

o violinista belga Maurice Raskin, o violoncelista Iberê Gomes Grosso e muitos outros. Ao piano, Villa-Lobos tocava a quatro mãos, com o músico de samba Sinhô, choros e sambas, e mais de uma vez os saraus transformavam-se em festas que iam até tarde da noite e estafavam terrivelmente até mesmo a vizinhança, geralmente menos necessitada de silêncio no Brasil.

O maestro alemão Felix Weingartner incluiu em seu programa, por ocasião de sua turnê pelo Brasil em julho de 1920, a peça *Naufrágio de Kleônicos*, de Villa-Lobos, única peça de um compositor brasileiro no programa. Em setembro do mesmo ano, veio ao Rio de Janeiro o rei belga Alberto I. Para honrá-lo, foram executadas as sinfonias n. 3 e n. 4: o nome de Villa-Lobos, agora, era um conceito também na alta sociedade.

Seu segundo concerto sinfônico, em 13 de junho de 1921, foi patrocinado pela mecenas Laurinda Santos Lobo, que mantinha um dos salões mais importantes no Rio de Janeiro. As *soirées* na mansão de dona Laurinda, no bairro dos artistas Santa Teresa, eram conhecidas na cidade, e o seu convite tinha muito mais peso para a classe alta do que todos os esforços de organizadores de concertos ou mesmo de Villa-Lobos e Lucília. No dia 7 de setembro, o feriado nacional brasileiro, Villa-Lobos teve a oportunidade de apresentar o terceiro e o quarto atos de sua ópera *Izaht*. Um acento nacional marcou o jubileu, que se refletiu também em algumas obras que soaram naquela noite: *Choro n. 1*, *Lenda do caboclo*, *Viola* e *Sertão no estio*.

Em outubro de 1921, organizou-se pela oitava vez um concerto com obras de sua autoria, novamente com o patrocínio de dona Laurinda. Dessa vez, foram apresentadas obras influenciadas principalmente por Debussy, o *Quarteto simbólico*, as canções *Historietas*, bem como *A fiandeira*. O *Quarteto simbólico*, em três movimentos, com duração de aproximadamente vinte minutos, foi designado, posteriormente, apenas *Quatuor*, pois Villa-Lobos se distanciou muito decididamente, nos anos 1930, dos modelos franceses. Mais elucidativo é o subtítulo *Impressões da vida mundana*, que pode significar literalmente "vida mundana", mas também uma referência ao cotidiano brasileiro, cujos sons proporcionam um acesso crescente à sociedade aristocrática. À formação musical com flauta, saxofone alto, harpa e celesta acrescentou-se um coro feminino – em suma, o que havia, naquela época, de mais progressista que a música erudita poderia oferecer, tratando-se do Brasil. A celesta era uma nova invenção de 1886, raramente ouvida, que provavelmente deve ter causado nos contemporâneos uma sensação parecida com aquela causada pelo teclado eletrônico, décadas depois. Tanto a instrumentação como a parte do coro, que canta exclusivamente sílabas sem texto, usado como grupo instrumental complementar, foram inspiradas no último movimento *Sirenes*, dos *Nocturnes* de Claude Debussy. Não obstante esse perfil marcadamente francês, o *Quatuor* vai ao encontro da realidade brasileira de forma sutil, porém marcante. A condução da melodia pelo saxofone e pela flauta lembra o coro, e a rítmica é entrelaçada progressivamente com síncopes levemente oscilantes, lembrando, no último movimento, a *habanera* e o tango. A obra expressa o desejo de se fazer soar a essência brasileira na música, ainda sem características tipicamente brasileiras, como o emprego de instrumentos de percussão. A música da sutil aristocracia intelectual, altamente artificial, influenciada pelo Impressionismo, começava a dar espaço à música urbana.

    Convidados de outros lugares também vivenciaram as organizações de recitais de dona Laurinda. Vieram de São Paulo os poetas não aparentados Oswald e Mário de Andrade. Eles estavam à procura de companheiros musicais para a Semana de

Arte Moderna, planejada por eles em São Paulo, e tinham ouvido falar de Villa-Lobos. O que escutaram deve ter causado uma impressão positiva, pois, poucas semanas depois, veio para o Rio de Janeiro o principal organizador da Semana, o escritor e diplomata José Pereira da Graça Aranha, para convidar oficialmente Villa-Lobos. Com o músico, completava-se o espectro de artistas associados de todas as áreas que Graça Aranha reuniu para seu projeto de renovação da arte brasileira:

> A remodelação estética do Brasil, iniciada na música de Villa-Lobos, na escultura de Brecheret, na pintura de Di Cavalcanti, Anita Malfatti, Vicente do Rego Monteiro, Zina Aita e na jovem e ousada poesia, será a libertação da arte dos perigos que a ameaçam, do inoportuno arcadismo, academicismo e do provincianismo[6].

Villa-Lobos surgiu no grupo, para Aranha e para os Andrade, como o companheiro musical mais adequado; com efeito, ele era o único compositor do Rio de Janeiro que eles conheciam. Luciano Gallet, ao contrário – da mesma forma um potencial aliado musical – eles desconheciam. Por meio de infatigáveis esforços, Villa-Lobos conseguiu se estabelecer no cenário musical e despertar a atenção de intelectuais e artistas também fora do Rio de Janeiro.

A elite da música

O Conservatório Nacional desempenhou um papel central na vida musical do Rio de Janeiro. Sua história está insepa-

---

6. Guérios, 2003, p. 121.

ravelmente ligada ao nome de Francisco Manoel da Silva, que havia sido aluno de José Maurício Nunes Garcia, Marcos Portugal e Sigismund von Neukomm. Uma importância mítica, histórica, porém não comprovada, teve a Fazenda de Santa Cruz, no sul da cidade, fundada pelos jesuítas, projetada para o abastecimento da cidade em crescimento. Segundo a tradição, foi instalada ali pelos jesuítas uma escola de música, por assim dizer, um primeiro passo para o posterior conservatório. Os escravos que haviam recebido ali a formação teriam cantado e tocado no coro e na orquestra, em missas e ocasiões festivas. Em 1759, os jesuítas foram expulsos do estado, pois haviam se tornado poderosos com o seu "poder dentro do poder" e haviam já há bastante tempo despertado o receio da Igreja e da Coroa, não apenas no Brasil, mas também na Europa. Os jesuítas incluíam cada vez mais a música na catequização e a praticavam, algumas vezes, em um nível consideravelmente alto. É natural que também tenha havido atividades correspondentes na Fazenda de Santa Cruz, mas não há documentos que comprovem uma formação sistemática dos escravos em um nível que pudesse ser comparado ao do conservatório.

O Conservatório foi fundado em 1848 no salão de festas do Museu Imperial, primeiramente em uma ala da Escola Nacional de Belas-Artes. Em 1872, ele recebeu um prédio próprio na rua da Lampedusa e foi inaugurado pela princesa Isabel. Dentre os estudantes mais importantes estavam Carlos Gomes, compositor de ópera, e o maestro Francisco Braga.

Ali, o seguidor de Silva, Leopoldo Miguez – o primeiro diretor do conservatório após a proclamação da República –, lutou para melhorar a situação financeira do instituto. Em uma incumbência oficial, Miguez viajou à Europa para se informar sobre a situação e organização dos conservatórios. Miguez era adepto de uma nova estética musical, de Wagner e de Saint-Saëns, em vez da ópera italiana, a qual via de forma tão crítica que chegou mesmo a suprimir, temporariamente, a cátedra de Canto Lírico. Miguez trouxe da Europa partituras e instrumentos e, da Alemanha, um grande órgão de tubos da marca Wilhelm Sauer. Ele fez um estudo comparativo das instituições musicais europeias, chegando à conclusão de que os conservatórios alemães eram os mais bem organizados. Seu sucessor, Alberto Nepomuceno, que dirigiu o instituto até 1916, simpatizava igualmente com a vida musical alemã e apresentou, em 1909, a proposta de formar uma orquestra sinfônica. Ele teve de lutar muito contra problemas organizacionais e financeiros e defendia a língua portuguesa na música: "Não tem pátria um povo que não canta em sua língua"[7].

Nepomuceno, que havia estudado de 1888 a 1895 em Roma e em Berlim, trouxe, em seu retorno ao Brasil, partituras de Wagner e de Debussy e dedicou-se fortemente a compositores desconhecidos no Brasil, como Albert Roussel, Alexander Glasunov e Nikolai Rimsky-Korsakov. Ele organizou os primeiros recitais com canções em língua portuguesa, o que lhe rendeu a amarga adversidade de Oscar Guanabarino. Sua coletânea *Doze canções*, de 1904, contém doze canções em português. A ópera de Nepomuceno, *O garatuja*, de 1904, sobre um texto de José de Alencar, é a primeira ópera inconfundivelmente brasileira, em que ritmos nativos como lundu e maxixe são utilizados. Em 1913, ele inaugurou o primeiro Festival-Wagner no Rio de Janeiro e musicou também poetas alemães, como Nikolaus Lenau. Nepomuceno traduziu a *Harmonielehre* de Schönberg e tentou, em vão, incluí-la no currículo do instituto. Seu último concerto

---

7. Corrêa, 1996, p. 9.

foi realizado em 1917, no Teatro Municipal. Ele morreu em 1920, enfraquecido e consumido por problemas financeiros. O escritor João Silvério Trevisan tratou da vida de Alberto Nepomuceno e de Julia Mann – a mãe teuto-brasileira de Thomas Mann – em 1994, no romance *Ana em Veneza*.

Sob a direção de Luciano Gallet, o instituto passou a integrar a Universidade Federal do Rio de Janeiro. O salão de conferências Leopoldo Miguez, acusticamente primoroso, construído segundo o modelo da famosa Salle Gaveau de Paris, foi inaugurado em 1922. Villa-Lobos pôde contar com muita compreensão por parte dos diretores e professores do instituto. Nesse ponto, a restrição acadêmica, da qual Villa-Lobos gostava de falar – "com um pé na academia desperdiça-se seu talento" –, não correspondia totalmente à verdade. Embora muitos professores seguissem um ideal artístico ultraconservador, estavam à frente do instituto inovadores cada vez mais abertos, como Miguez, Nepomuceno e Braga. Villa-Lobos era, por simplicidade, demasiadamente teimoso e individualista – e também muito desinteressado pelo programa obrigatório – para se submeter a um plano de ensino que, segundo sua interpretação, distanciava-se do trabalho criativo de composição. Por outro lado, o músico logo esbarraria na resistência mais séria e decisiva da imprensa e dos críticos musicais.

Villa-Lobos, por dispor de pouco poder e influência, já que era relativamente desconhecido da imprensa e de críticos musicais, não lhes causava nenhuma ofensa. Todavia, o caminho do sucesso que aos poucos se construía começou a despertar a reação dos adversários no tocante a seus princípios de composição. Oscar Guanabarino, que escrevia uma coluna semanal no *Jornal do Commercio*, já havia publicado alguns comentários benevolentes sobre ele, porém seu tom, paulatinamente, se tornava mais áspero:

O sr. Villa-Lobos tem talento e conhecimentos capazes da mais alta produção musical, mas deve começar pela escolha do libreto e acabar submetendo-se ao meio estético que foi criado pelos gênios e não pelos artistas desvairados que pretenderam reformar a alma humana, desviando-se de sua tendência natural[8].

Oscar Guanabarino era um pianista de boa formação e se destacara, no início, por suas críticas exigentes sobre as artes e por outras sobre cultura. Para ele, as questões estéticas e estilísticas constituíam parte inalterável de uma concepção de mundo à qual, não por último, pertencia a música clássica, que não estava à disposição e que não podia simplesmente ser substituída por uma nova estética ou arte.

A ira pouco benévola de Guanabarino contra o suposto "ovelha negra" Villa-Lobos tinha ainda, evidentemente, um outro pano de fundo: seu pai, Joaquim Silva, fora um dos empresários responsáveis pela ópera nacional e italiana, em sucessão ao projeto de ópera de José Amat. Sua base de existência ideal e material era a ópera italiana, que devia ser defendida e preservada de todas as tentativas de reforma. Além disso, Joaquim Silva foi acusado de se corromper e viu-se – desde a aproximação estética entre o Instituto Nacional de Música e a França e a Alemanha, intensificada por Leopoldo Miguez – cada vez mais posto contra a parede. As frentes de guerra estavam, portanto, definidas. José Rodrigues Barbosa, ao contrário, um dos diretores anteriores do Conservatório e, da mesma forma, um crítico musical reconhecido, com quem Guanabarino já havia tido uma séria discussão, louvava Villa-Lobos e sua música:

8. Guérios, 2003, p. 119.

"Villa-Lobos é sempre o mesmo talento, fecundo e original, em qualquer ramo de sua arte, porque ele se dedica com igual felicidade a todos os gêneros. Nesse concerto, quantas belezas se ouviram!"[9].

Villa-Lobos tinha definitivamente conseguido tornar-se assunto e polarizar. Bastou conseguir um inimigo famoso – a saber, Oscar Guanabarino – que passaram para seu lado também correligionários e admiradores. Foi justamente esse compositor em ascensão que Oscar Guanabarino escolheu como alvo, redigindo uma série de artigos nos quais atacava duramente o novato, em sua opinião, presunçoso e desrespeitoso demais. Disso surgiu uma inimizade que duraria a vida toda:

> Sem meditar o que escreve, sem obediência a qualquer princípio, mesmo arbitrário, as suas composições apresentam-se cheias de incoerências, de cacofonias musicais, verdadeiras aglomerações de notas sempre com o mesmo resultado, que é dar a sensação de que a sua orquestra está afinando os instrumentos e que cada professor improvisa uma maluquice qualquer. Muito moço ainda, tem o sr. Villa-Lobos produzido mais do que qualquer verdadeiro e ativo compositor no fim da vida. O que ele quer é encher o papel de música sem saber, talvez, qual seja o número exato das suas composições, que devem ser calculadas pelo peso do papel consumido, às toneladas, sem uma única página destinada a sair do turbilhão da vulgaridade[10].

Outras vozes se expressavam de modo diferente, porém não sem um tom concomitantemente crítico, que, gradualmente, começou a predominar em todas as críticas feitas a seus concertos:

9. Ibid., p. 120.
10. Mariz, 1989, p. 47 ss.

Pensamos que o *Concerto* (para violoncelo), como todas as composições do sr. Villa-Lobos, nada mais é do que o desperdício de um extraordinário talento, a que falta única e exclusivamente a necessária disciplina na observância das regras da estética e a sinceridade no desenvolvimento das ideias[11].

Villa-Lobos reagia surpreendentemente sempre com acentuada apatia às críticas destrutivas e aos ataques, embora com frequência se informasse, ainda que em segredo, de como sua música fora recebida pela plateia. Assim, ele pedia aos irmãos de Lucília que ouvissem discretamente e recolhessem a opinião do público. Os mais íntimos também percebiam nele uma crescente necessidade de justificativas, que, algumas vezes, se expressava em delongadas explicações sobre suas intenções de composição.

Desafios

Villa-Lobos não era um pianista habilidoso, contudo, justamente por seu acesso não convencional e não profissional ao piano produzia resultados pouco comuns, como saltos incomuns sobre o teclado, uma distribuição pouco convencional de notas na mão esquerda e na direita, ou representações sonoras a que ele chegou através da experimentação pouco séria e nem tanto por experiência. Apesar dessas dificuldades iniciais, o piano tornou-se o instrumento mais importante para sua atividade de composição. No total, Villa-Lobos escreveu mais de duzentas peças para piano, além de música de câmara com piano.

11. Horta, 1987, p. 31.

As primeiras composições para piano eram pequenas valsas, mazurcas, transcrições de melodias populares e infantis, que ele, em parte, assinava com seu pseudônimo Epaminondas Villalba Filho. Às vezes, apareciam desenhos melódicos que tinham origem em técnicas típicas do violão. Sobreviveram dois ciclos mais pretensiosos de seis movimentos cada, que funcionam como trabalhos preliminares para ambas as séries *A prole do bebê*: *Brinquedo de roda* e *Petizada*. Uma das primeiras peças, que foi novamente composta e organizada com a ajuda de Lucília, é o *Movimento de tarantela para piano a quatro mãos, opus 30*. Duas séries com a designação *Suíte infantil* foram, do mesmo modo, inspiradas na execução de Lucília: as *Kinderszenen* [Cenas infantis] e o *Album für die Jugend* [Álbum para a juventude] de Robert Schumann contavam entre suas peças prediletas.

As primeiras peças de peso, claramente originais, surgidas em 1914 e 1915, foram as *Danças características africanas*, resultantes do *gestus* romântico e que também ficaram conhecidas como *Danças indígenas* ou *Danças dos índios mestiços do Brasil*. Três foram as peças avulsas que Villa-Lobos organizou em um número de *opus* próprio, embora ele sempre as tenha reunido sob o título *Danças características africanas*:

Farrapós – Dança dos moços, op. 47
Kankukús – Dança dos velhos, op. 57
Kankikis – Dança dos meninos, op. 65

Já nessas peças, Villa-Lobos começou a revelar ao mundo as lendas que lhe eram tão típicas. Ele afirmava que não apenas a música, mas também as designações eram de origem africana e remetiam a conhecimentos populares antigos: *Farrapós* era o ritmo da "idade de ouro", que incorporava a força vital da juventude. *Kankukús* correspondia à "idade de bronze", em que os desejos e sonhos não podiam mais se realizar, e *Kankikis* à "idade de cristal", à infância, com suas expressões serenas de alegria e entusiasmo pela vida. Posteriormente, ele acrescentou sobre esse material a afirmação de que os motivos musicais remetiam à música dos índios caripunas, no Mato Grosso do Sul, sendo que, no entanto, as suas aldeias tradicionais ficavam muito distantes, ao norte do Mato Grosso, no oeste amazonense. Em uma outra variante, Villa-Lobos discorreu sobre os mestiços afro-indígenas, que utilizavam tons inteiros típicos da marimba, que, no entanto, eram também característicos de Debussy. O pianista e compositor Frutuoso Viana relatou que Villa-Lobos havia submetido a peça à sua apreciação, primeiramente com o título *Danças dos negros de Barbados*.

Além disso, a designação especial *Danças características de índios africanos* entrou furtivamente em um programa do Carnegie Hall, de 27 de novembro de 1928, quando Leopold Stokowski regeu a versão da peça para orquestra. As *Danças* foram transcritas por Villa-Lobos para octeto (flauta, clarinete, piano, quinteto de cordas) e para orquestra. Em seus pormenores, elas não apresentam elementos africanos nem indígenas. Ao contrário, as figuras rítmicas – como a combinação de semicolcheias/colcheias/semicolcheias, frequente na música popular brasileira, principalmente na mão esquerda – revelam empréstimos da música urbana do Rio de Janeiro, com seus choros, tangos e maxixes, e lembram, além disso, o *ragtime*.

Apenas com *A prole do bebê*, Villa-Lobos conseguiu produzir uma obra que chamava a atenção. Os oito movimentos da suíte irradiam um frescor que lembra a pintura *naiv*. Não se transmite mais o aproveitamento epigonal de melodias já conhecidas, ao contrário, escuta-se o compositor que começou a descobrir sua própria voz. Aqui Villa-Lobos empregou, pela primeira vez de forma convincente, o contexto bicultural: de um lado, as técnicas de normas de composição europeias, segundo as quais ele tinha de se orientar, caso quisesse ser reconhecido. De outro lado, o repertório brasileiro de canções e uma rítmica dançante, que o cerceavam constantemente em seu dia a dia. As bonecas do bebê, construídas de diferentes materiais como porcelana, barro, madeira, trapo, dentre outros, organizadas segundo determinada etnia – mulata, branca, negra – ou classe social – *Os pobres* –, eram transpostas em caracterizações musicais.

A ideia de uma criança que brinca com a boneca tem seu correspondente musical em acordes surpreendentes, semelhantes a acordes de *jazz*, *glissandos*, escalas de tons inteiros e réplicas pentatônicas. Quadros programáticos são transpostos sonoramente, indo do motivo da caixinha de música do primeiro movimento – *A boneca de louça* –, passando pelos movimentos corpóreos elásticos de *A boneca de borracha* – representados ritmicamente pelo contraste de duas semínimas contra três, até *A boneca de barro*, que se movimenta em ritmo de tango. O palhaço do último movimento – *Polichinelo* – dança cheio de vida ao som de cantigas de roda e canções infantis. Aqui, a entrada do pianista evolui para uma seção reluzente de fogos de artifício, com oitavas marteladas e acordes brilhantes. A temática infantil ocupava cada vez mais Villa-Lobos, e ele a empregou ainda de outras formas, por volta de 1919, nas séries para piano *Histórias da carochinha* e, em 1920, no *Carnaval das crianças brasileiras*.

Paralelamente à ocupação com o piano, cresceu também a ambição de Villa-Lobos por trabalhar com grandes formações musicais e, como a maioria dos músicos principiantes, ele passou a ver na sinfonia seu maior desafio. Ele escreveu sua primeira sinfonia em 1916; e a 12ª em 1957, de forma que, nesse conjunto de obras, é possível apontar uma grande variedade de conteúdos e estilos. As cinco primeiras – das quais a quinta se perdeu – surgiram até 1920; as sete últimas, a partir de 1944.

Todavia, há alguns elementos estilísticos comuns: a manutenção, a princípio, da forma clássica da sinfonia com seus quatro movimentos e também da forma-sonata, que, entretanto, sempre variava ou era tratada de forma imprevisível. Frequentemente falta também a concatenação temática entre os movimentos isolados, de forma que algumas sinfonias mais parecem partitas ou suítes. Também no *corpus* sonoro das sinfonias, encontramos particularidades que se repetem em outras obras orquestrais, como nos *Choros* para orquestra: uma seção de instrumentos de percussão de dimensões acima da média, enriquecida com instrumentos de percussão nativos brasileiros. Na seção de instrumentos de madeira, inclui-se com frequência o saxofone, enquanto os dois pianos, muito usados, se integram ao acontecimento musical, ora marcando ritmos, ora fazendo solos.

As sinfonias da primeira fase apoiam-se nos princípios de Vincent D'Indy. Mais tarde surge, então – como na décima sinfonia, *Ameríndia* –, a orientação pan-brasileira, marcante também para os *Choros* e para os poemas sinfônicos. Há muitos problemas para a condução das sinfonias – algo ainda muito raro –, como a falta de confiança nas inúmeras partituras cheias de erros de impressão. As indicações de condução e indicações exatas do andamento – bem como a dinâmica – existem, habitualmente, apenas de maneira rudimentar, e a cada maestro interessado soma-se o trabalho de revisor.

A *Sinfonia n. 1*, surgida no Rio em 1916, recebeu o número *opus 112*, bem como o subtítulo *O imprevisto*. O segundo e o terceiro movimentos foram executados pela primeira vez em 29 de setembro de 1919, com a Grande Companhia de Ópera Italiana, sob regência de Gino Marinuzzi. No ano que se seguiu, o próprio Villa-Lobos regeu a orquestra da Associação para Concertos Sinfônicos, no Teatro Municipal, no Rio, onde ocorreu a *première* da obra completa. À sinfonia acrescentou-se um programa que tratava da "alma do artista", contido no caderno de programas da estreia completa. O texto é de 1907, e Villa-Lobos o teria escrito sob o pseudônimo de Epaminondas Villalba Filho, usado por ele de vez em quando. Contudo, não há uma relação do texto com o conteúdo musical, já que este deve ser compreendido antes como comentário poético do compositor acerca de seu próprio trabalho.

O imprevisto
No turbilhão dos mundos, como remota sombra da Terra, surge a velha CONSCIÊNCIA.
Diante dela desenrola-se a Visão misteriosa do Cosmo.
Envolve-a a poalha luminosa do Além.
E, dentro desse turbilhão que nunca se acalma e rodopia na vertigem do movimento infinito, a velha Consciência descobre a Alma do Artista [...]

A *Sinfonia n. 1* segue o modelo clássico de quatro movimentos, com forma-sonata e tonalidade funcional. Os quatro movimentos são ligados por um tema cíclico recorrente. O primeiro começa com o tema principal bastante acentuado; já o segundo tema, ao contrário, é lírico e composto em dois modos. O segundo movimento é executado na forma A-B-A, na parte intermediária aparece novamente o tema cíclico. Na coda, acrescenta-se um terceiro tema. A obra inteira apresenta falta de clareza tonal, e a instrumentação é de caráter impressionista romântico-tardio. No primeiro ressoar do material temático, predominam os timbres graves: clarinete baixo, fagote e contrafagote, violoncelos e contrabaixos. O *scherzo* é jocosamente irônico. O último movimento é ritmicamente turbulento.

A *Sinfonia n. 2, Ascensão*, surgiu em 1917. O número de *opus* 160 soa muito estranho, como também o número de *opus* da *Sinfonia n. 1*, pois Villa-Lobos não poderia ter escrito tantas obras até esse período. A *première* ocorreu quase trinta anos mais tarde, no dia 6 de maio de 1944, com a Orquestra da Rádio Nacional, sob regência de Villa-Lobos, que também apresentou a sinfonia em 26 de novembro de 1944 em Los Angeles com a Janssen Symphony. Devido a essa grande demora, não fica claro se a obra não teria surgido, mesmo, apenas nos anos 1940.

A *Sinfonia n. 3, A Guerra*, foi escrita em 1919. A *première* ocorreu em 31 de julho de 1919 em um concerto para homenagear o presidente brasileiro Epitácio Pessoa. Villa-Lobos regeu a obra completa em 31 de outubro de 1919 no Teatro Colón. Ela formava, junto com a *Sinfonia n. 4, A Vitória*, e a *Sinfonia n. 5, A Paz*, que foi perdida, uma trilogia denominada tricíclico simbólico.

Mais uma vez, o compositor acrescentou à obra um texto do poeta Escragnolle Dória e também antepôs aos movimentos isolados um subtítulo:

1. *Allegro quasi giusto* – A vida e o labor.
2. *Como scherzo* – *Intrigas e cochichos*: a paz torna-se frágil, a ameaçadora eclosão da guerra é pressagiada, também através das intrigas e dos cochichos dos políticos que a preparam. A uma única melodia, juntam-se, pouco a pouco, novas linhas, a energia conflituosa intensifica-se de forma ameaçadora.

3. *Lento e marcial* – *Sofrimento*: o sofrimento e os horrores das pessoas e as perdas que elas sofrem: um grito é projetado como escala menor ascendente. Um segundo tema doloroso é entoado pelo oboé e acompanhado por trompas e sons agudos de contrabaixos, seguidos por sons compactos sombrios.
4. *Allegro impetuoso* – *A batalha*: um panorama das devastações e do horror da guerra. Escalas cromáticas ascendentes invocam o caos, acompanhadas por efeitos de percussão e de metais e por padrões rítmicos agitados. A última parte, no final, inicia-se com citações do hino nacional brasileiro; segue uma citação de *A Marselhesa*. Na coda, isso se transforma em uma explosão simbólica, em que todos os temas de guerra soam mais uma vez de forma aflitiva.

A *Sinfonia n. 4, A Vitória*, de 1919, expressou, junto com as sinfonias *n. 3* e *n. 5*, os sentimentos do compositor em relação à Primeira Guerra. Ela foi executada em 1920 no Rio de Janeiro por ocasião da visita oficial do casal real belga ao Brasil. A *première* em Paris ocorreu em 6 de junho de 1955 sob a regência de Villa-Lobos no Théâtre des Champs Elysées, com a orquestra da rádio francesa.

No *andante*, soa novamente uma citação de *A Marselhesa*. O caráter vitorioso do tema inicial expressa-se nas fanfarras dos sopros de metal e estabelece a relação com o motivo da peça. Aqui, o tema é mais uma vez estruturado como elemento cíclico de ligação. Depois disso, Villa-Lobos cita um motivo do final de sua *Sinfonia n. 3*. No final do primeiro movimento, soam sinos da paz.

O *andante* tem a forma de uma marcha fúnebre, dedicada aos mortos em combate na guerra, com o corno inglês, o clarinete-baixo e o fagote em uníssono, com acompanhamento de harpa, celesta, piano e sinos. No último movimento, entram estridentes fanfarras de trompetes, depois a seção de percussão, bem como o naipe de madeiras, com uma ampla melodia que tem o efeito de um corpo estranho de uma colagem. Porém, no fim, o *leitmotiv* conduz novamente para o tema da vitória.

A *Sinfonia n. 5, A Paz*, deveria encerrar o ciclo da guerra, com emprego do coro com textos onomatopaicos. Dizem os boatos que Lucília possivelmente reteve a partitura também dessa sinfonia, pois a *Sinfonia n. 3* surgiu depois de muito tempo. Por outro lado, há alguns indícios de que Villa-Lobos, com o passar do tempo, tenha perdido o interesse pela temática da guerra. Em todo caso, a partitura da *Sinfonia n. 5* nunca foi encontrada. Além disso, não há artigos de jornal nem relatos de contemporâneos sobre a execução da obra. Tudo indica que Villa-Lobos nunca a tenha escrito e que, para ele, outros gêneros tenham se tornado mais importantes. Assim, não levou menos de um quarto de século para que o músico compusesse sua próxima sinfonia.

Milhaud e Rubinstein

Um acaso feliz para Villa-Lobos trouxe ao Rio de Janeiro, em 1º de fevereiro de 1917, o compositor francês Darius Milhaud. Este pertencia à comitiva do poeta Paul Claudel, que havia sido nomeado, em Paris, embaixador francês no Brasil. Primeiramente, Villa-Lobos tratou com frieza e reserva o jovem francês de comportamento presunçoso, porém logo quebrou o gelo. Ele levou Milhaud aos pontos de encontro dos chorões, apresentou-lhe o samba e o carnaval e também lhe mostrou rituais afro-brasileiros religiosos, como a macumba. Milhaud familiarizou Villa-Lobos com suas próprias obras e com a mais nova música francesa. Não se pode, todavia, reconstruir até que ponto ele também tenha informado algo sobre Stravinsky a Villa-Lobos. É de se supor que Stravinsky, com suas obras revolucionárias executadas pela primeira vez alguns anos antes, em Paris, como *Sacré du printemps* [*Sagração da primavera*], tenha sido tema de conversas entre eles. Menos provável, ao contrário, é que Milhaud tenha trazido partituras de Stravinsky para o Rio de Janeiro, pois, já em seus anos de juventude, ele era um compositor aplicado e muito produtivo, que por isso seguia seu próprio estilo e não se apoiaria em exemplos de obras de terceiros.

Pouco tempo depois de sua rápida estadia de dois anos no Brasil e de seu retorno à França, Milhaud aderiu ao grupo de artistas "Les six". Ele utilizou suas impressões recolhidas na América do Sul em uma série inteira de obras, como em ambas as suítes *Saudades do Brasil* e na ópera *Christoph Colomb*, com libreto de Paul Claudel. Ele se expressava sobre a música brasileira de forma muito minuciosa e crítica, repudiava o acesso epigonal da maioria dos compositores brasileiros; louvava, ao contrário, a música popular e seus extraordinários representantes, como Ernesto Nazareth. Ele não mostrou nenhum interesse significativo pela obra de Villa-Lobos, porém respeitava seu compromisso pessoal, desenvolvendo por ele sincera simpatia.

Em um artigo intitulado "Brésil", publicado na *Revue Musicale* depois de seu retorno à França em 1920, Milhaud reclamava do desinteresse dos músicos eruditos e compositores do Rio de Janeiro pela música popular de seu próprio país. Os compositores franceses, por outro lado, gozavam de um enorme prestígio junto aos zelosos compositores urbanos, e as predileções dividiam-se de forma diferente, conforme a geração:

É lamentável que todas as composições de compositores brasileiros, desde as obras sinfônicas ou de música de câmara dos srs. Nepomuceno e Oswald até as sonatas impressionistas do sr. Oswaldo Guerra ou as obras orquestrais do sr. Villa-Lobos (um jovem de temperamento robusto, cheio de ousadias), sejam um reflexo das diferentes fases que se sucederam na Europa de Brahms a Debussy, e que o elemento *nacional* não seja expresso de uma maneira mais viva e mais original. A influência do folclore brasileiro, tão rico de ritmos e de uma linha melódica tão particular, se faz sentir raramente nas obras dos compositores cariocas. Quando um tema popular ou o ritmo de uma dança é utilizado em uma obra musical, esse elemento indígena é deformado porque o autor o vê através das lentes de Wagner ou de Saint-Saëns, se ele tem sessenta anos, ou através das de Debussy, se ele tem apenas trinta[12].

Em contrapartida, Milhaud louvava os músicos populares do Rio de Janeiro:

> Seria desejável que os músicos brasileiros compreendessem a importância dos compositores de tangos, de maxixes, de sambas e de cateretês como Tupinambá ou o genial Nazareth. A riqueza rítmica, a fantasia indefinidamente renovada, a verve, o ânimo, a invenção melódica de uma imaginação prodigiosa, que se encontra em cada obra desses dois mestres, fazem deles a glória e a alegria da arte brasileira[13].

12. Guérios, 2003, p. 131 ss.
13. Ibid., p. 132.

Ao lado do pianista Ernesto Nazareth, Milhaud destacava Marcelo Tupinambá, que escrevera peças de canto para *revues* musicais e deixou algumas centenas de canções. De ambos, Milhaud assimilou diversas melodias, utilizando-as, em 1919, em sua música de balé *Le bouef sur le toit*. O músico francês mostrou-se muito interessado por algumas obras de Glauco Velásquez. Este, nascido em Nápoles em 1884, já havia morrido em 1914, três anos antes da vinda de Milhaud para o Rio de Janeiro e, em sua breve fase produtiva, havia sido reconhecido como um talento bastante promissor. Ele havia deixado obras de música de câmara, um fragmento de ópera e uma série de canções em português, nas quais se percebe a influência de Wagner e de César Franck. Milhaud mostrou-se admirado com a originalidade de Velásquez e percebeu uma grande semelhança estilística com a obra do compositor belga Gillaume Lekeu, também morto precocemente. O francês honrou Velásquez, colaborando para a apresentação de seu *Trio n. 2* no Lycée Français e tendo terminado de escrever o inacabado *Trio n. 4*. Velásquez é considerado o único talento contemporâneo de Villa-Lobos que se iguala a ele e que possivelmente poderia ter disputado com o mestre a futura posição de liderança, incólume, no cenário musical do Rio de Janeiro.

O pianista virtuoso polonês Arthur Rubinstein, a quem o maestro Ernest Ansermet, em Buenos Aires, falou de um músico brasileiro digno de ser conhecido, veio em 1918 pela primeira vez ao Rio de Janeiro para realizar catorze concertos. Em um jantar na casa do compositor Henrique Oswald, ele conheceu Darius Milhaud, que julgou ser, primeiramente, Villa-Lobos. Desfeito o mal-entendido, ele continuou perguntando pelo compositor brasileiro:

Ao querer saber de Villa-Lobos na casa de Oswald, ouvi apenas coisas ruins sobre ele, como suas insolências no conservatório e sua soberba. O professor Nepomuceno disse, com desprezo, que ele se achava o mais importante compositor brasileiro[14].

Depois de um encontro com representantes do conservatório, ele pôde mais uma vez seguir a pista do brasileiro misterioso. Rubinstein foi levado ao Cine Odeon por alguns caçadores de autógrafos a quem havia falado de Villa-Lobos:

> Nós entramos em um cinema escuro, que, àquela hora do dia, estava quase vazio. Na tela chuviscava um melodrama americano, e para cada cena era tocada uma música. Houve uma pausa, as luzes foram acesas, e os cinco músicos acenaram para seus amigos. Parecia que me conheciam também. Depois de pouco tempo, eles continuaram sua música, mas dessa vez era música de verdade: ritmos brasileiros, que identifiquei sem esforço, arranjados de forma totalmente original, de algum jeito desconcertante, disforme, mas extremamente interessante. Meus acompanhantes sussurraram: "Ele a chama *Amazonas*. Um choro para orquestra". Eu não entendia muito daquilo, mas me deixei apresentar a Heitor Villa-Lobos, um homem de baixa estatura, pele escura, de barba muito benfeita, cabelos desordenados, grandes olhos melancólicos. O mais interessante eram suas mãos, vivas, sensitivas e de esplêndido formato. Falei com ele em meu português quebrado, e ele respondeu num francês também quebrado. Eu lhe disse que o que

---

14. Rubinstein, 1988, p. 123.

acabara de ouvir havia me interessado muito e perguntei se também compunha alguma coisa para piano. De súbito, ele se tornou muito rude: "Os pianistas não estão nem aí para os compositores. Todos eles querem apenas fama e dinheiro". Isso me ofendeu. Virei as costas e saí[15].

É bastante questionável se essa passagem das memórias de Rubinstein é uma referência à época verdadeira de surgimento do poema sinfônico revolucionário *Amazonas*, por volta do fim da Primeira Guerra Mundial. Primeiramente, Rubinstein escreveu suas memórias em idade avançada, aos 90 anos, e parece ser humanamente impossível conseguir datar com exatidão todos os acontecimentos de uma vida tão longa. Segundo, não é impossível que Villa-Lobos se concentrasse, nessa época, nos esboços e trabalhos preliminares da obra planejada e que tenha experimentado parte dela no ambiente bastante inofensivo de um cinema. Contudo, é pouco provável que Rubinstein tenha presenciado justamente a característica mais original e mais extraordinária da posterior versão para orquestra, em uma formação de apenas cinco músicos. Segundo outra versão, Villa-Lobos tocou, no episódio narrado por Rubinstein, as *Danças características africanas*, que também teriam sido, fundamentalmente, mais adequadas para o ambiente do cinema.

Poucos dias depois, Villa-Lobos apareceu às oito horas da manhã com seus músicos em frente ao quarto de hotel de Rubinstein e pediu permissão para mostrar ao pianista algumas de suas peças. Depois de algum arrastar de móveis, soou um quarteto de cordas e um choro para flauta e clarinete, possivelmente um trabalho preliminar para o *Choro n. 2*, executado pela

15. Ibid., p. 123.

primeira vez em 1924, em Paris. Em seguida, houve outros encontros entre Rubinstein e Villa-Lobos, que resultaram em uma longa amizade. A afirmação posterior de Villa-Lobos de que Rubinstein não apenas teria encomendado o concerto improvisado, mas também pagado por isso, não o chateou. Rubinstein ficou, desde então, convencido do talento do jovem brasileiro, e assegurou-lhe seu apoio, passando a visitar o casal Villa-Lobos também em casa.

Nessa oportunidade, Villa-Lobos apresentou algumas composições para piano, como também a suíte *A prole do bebê n. 1*, escrita para Lucília. Rubinstein passou os olhos pela obra, executando-a com crescente entusiasmo, e prometeu incluí-la em seu repertório. Por ocasião de um concerto no dia 8 de julho de 1922, Rubinstein tocou quatro peças da série: *Branquinha*, *Negrinha*, *A pobrezinha* e *O Polichinelo*. O público do Rio de Janeiro, entretanto, reagiu primeiramente com irritação ao trabalho com as melodias universalmente conhecidas, transcritas de forma pouco comum para os ouvidos conservadores. Rubinstein gostou especialmente do último movimento da suíte – *O Polichinelo* –, com seu conjunto de acordes brilhantes que encobriam a tonalidade, passando, daí em diante, a tocá-la sempre como bis.

Villa-Lobos, animado, quis aproveitar a ocasião para que o mestre ouvisse o maior número possível de obras de sua autoria para piano e forçar Lucília a tocar todas as disponíveis. Ela não suportou a pressão de ter de tocar na frente do mestre internacionalmente reconhecido e rompeu em lágrimas. Rubinstein atenuou a situação acalmando Villa-Lobos e – um completo cavalheiro polonês – lisonjeando Lucília, elogiando a maneira como tocava. Ele mesmo se sentou, em seguida, novamente ao piano, dedilhou resoluto as teclas e fez soar uma peça virtuosa como reluzentes fogos de artifício, de De Falla e Albéniz, até que os vizinhos, mais uma vez, proferiram gritos desesperados. Apesar das deficiências quanto à forma, que Rubinstein identificou com olhar certeiro nas obras de Villa-Lobos, ele se manteve sem reservas ao lado do amigo brasileiro e, posteriormente, fez valer sua notável reputação para contribuir com a divulgação do compositor, ainda totalmente desconhecido internacionalmente: "Apesar de tudo, esse é o músico mais digno de observação em toda a América"[16].

Oscar Guanabarino, impressionado pelo virtuosismo de Rubinstein, também escreveu uma crítica por ocasião do concerto de 8 de julho de 1922, em que se esforçava para ser simpático:

> Se o programa não nos revelasse o nome do compositor, acreditaríamos tratar-se de algumas páginas de Debussy não publicadas, em homenagem ao Brasil, pois o material musical consistia principalmente de canções de ninar e canções populares, apresentadas com determinada graça. Foram bem acolhidas principalmente *Caboclinha*, *Negrinha* e *O Polichinelo*. As duas últimas tiveram de ser repetidas. Houve muitos aplausos cordiais[17].

Rubinstein ajudaria seu amigo brasileiro inúmeras vezes a superar as dificuldades em seu caminho para o sucesso. Assim, nos primeiros anos, ele auxiliou Villa-Lobos, sempre em apuros financeiros, pedindo com discrição e elegância repetidas vezes para adquirir alguns originais de suas composições, por incumbência de um colecionador que gostaria de ficar no anonimato.

---

16. Mariz, 1994, p. 146.
17. Peppercorn, 1989, p. 42.

Anos mais tarde, Villa-Lobos, para sua grande perplexidade, descobriu algumas dessas obras com Rubinstein, que havia inventado o colecionador secreto para que ele mesmo as comprasse.

Na segunda série *A prole do bebê n. 2*, de 1921, Villa-Lobos afastou-se mais um pouco dos modelos franceses da primeira fase produtiva. As bonecas daquela fase foram substituídas, nesta, por animais – *Os bichinhos* –, e a linguagem musical é mais abstrata, mais dura. Enquanto a primeira série era influenciada pela *Children's corner* de Debussy, na segunda se revelava, antes, uma afinidade intelectual com Bela Bartók, Prokofiev e Scriabin. O material de que são feitos os animais é designado nos títulos dos movimentos isolados: *O cavalinho de pau*, *A gatinha de papelão*, *O boizinho de chumbo*. Comparado à melodiosa voluptuosidade da série *Bonecas*, predominam, na suíte *Animais*, a rítmica e o emprego de melodias originais conhecidas, conduzidas cada vez mais à atonalidade. Também em *A prole do bebê n. 2* são utilizadas canções infantis e canções populares como material temático, por exemplo, em *A baratinha de papel*, em que, depois de uma introdução dançante acentuadamente urbana, soa a conhecida canção infantil *Fui no Tororó*. Em *O ursinho de algodão*, ouve-se *Carneirinho, carneirão*, o que ocorre igualmente em toda a série. Assim, a sétima peça da série – *O passarinho de pano* – não é nenhuma imagem sonora impressionista em que se identificam mais uma vez os gritos de pássaros e melodias frequentemente ouvidas em outras obras de Villa-Lobos. Pelo contrário, a associação "pássaro" produz efeitos sonoros que se distanciam incessantemente do ponto de partida e criam uma dimensão sonora reluzente própria, composta de trêmulos, trinados e aglomerados de notas.

O lobozinho de vidro foi interpretado como autorretrato do compositor, por causa da relação com seu nome. É a peça que encerra a série e, ao mesmo tempo, a mais longa. A variedade de expressão é, do mesmo modo, a maior e mais colorida de todas as nove peças, abundante em *ostinati* de uma nota, que se estende, através do acréscimo de outras notas, para *clusters* atonais. No final, ela evolui para um fortíssimo quádruplo tocado com a palma da mão sobre o teclado.

Retoques e metamorfoses

Os poemas sinfônicos *Amazonas* e *Uirapuru* sempre são usados como exemplos para mostrar que a genialidade de Villa-Lobos se revelava em impulsos de inovação descontínuos, incalculáveis, e que não obedeciam a um desenvolvimento orgânico. Isso também encontra correspondência no gênio enérgico do mestre e em suas inspirações espontâneas, não submetidas a modelos acadêmicos. Villa-Lobos afirmava – o que é aceito consensualmente pela maioria dos biógrafos – que havia escrito ambas as obras já em 1917.

É possível, contudo, aventar-se que tanto *Amazonas* quanto *Uirapuru* tenham surgido apenas no final dos anos 1920. As datas das respectivas *premières* também são bastante posteriores à data de surgimento afirmada: *Amazonas* foi executada pela primeira vez em 1929, em Paris; e *Uirapuru*, apenas em 1935, em Buenos Aires, quando Villa-Lobos acompanhava o presidente Getúlio Vargas em uma viagem política à Argentina. Mais improvável ainda parece que Villa-Lobos tenha retido ambas as composições em razão de suas incontestáveis qualidades. O mais natural seria que tivesse executado ambas as peças logo depois de sua primeira temporada na França, em 1923, ou o mais tardar durante sua segunda temporada em Paris. Todavia, parece que

Villa-Lobos tentou mostrar-se retroativamente como um "Stravinsky brasileiro", que teria chegado então, já em 1917, a resultados artísticos totalmente semelhantes por força própria e sem a influência do fervoroso maestro russo, admirado em segredo, portanto, antes de ter ouvido sua obra pela primeira vez. Villa-Lobos insistia, além disso, na data, possivelmente para adequar de forma efetiva ambas as obras na cronologia de sua obra completa e posicioná-las de forma vantajosa na história da música.

Amazonas e Uirapuru baseiam-se nos poemas sinfônicos Myremis e Tédio de alvorada. Depois de sua chegada a Paris, Villa-Lobos revisou completamente Myremis e o reapresentou como Amazonas. Ele procedeu com Tédio de alvorada e Uirapuru exatamente da mesma forma. Um caderno de programa de um concerto realizado no dia 21 de abril de 1923, em São Paulo, que contém um catálogo das obras de Villa-Lobos surgidas até esse ponto, prova que tanto Amazonas quanto Uirapuru foram compostos apenas no final dos anos 1920. Estranho é que faltam algumas obras que, acreditando-se nas datas de Villa-Lobos, já existiam em 1923 e, por isso, deveriam ter sido catalogadas: Trio para oboé, clarinete e fagote, Amazonas e Uirapuru, bem como as Canções típicas brasileiras, datadas de 1919. Tédio de alvorada e Myremis, ao contrário, constam da lista e também do programa do concerto para a Associação de Jornalistas em 16 de agosto de 1918. Tédio de alvorada foi executado no primeiro concerto que Villa-Lobos fez em São Paulo, depois da Semana de Arte Moderna, e também em um dos concertos que ele organizou no Rio de Janeiro em 1922 para o financiamento de sua viagem a Paris. Às vésperas de viajar para a Argentina, em 1925, Villa-Lobos foi aclamado pela imprensa de São Paulo como o "extraordinário criador de Myremis" – mas não, por exemplo, de Amazonas ou Uirapuru.

Villa-Lobos nem mesmo se esforçava para esconder de seus conhecidos e amigos sua forma de datação arbitrária. Ele costumava definir uma data usando como critério o momento em que havia "concebido espiritualmente" a obra em questão. Mário de Andrade também sabia das liberdades de Villa-Lobos: "Essa explicação fora inventada pra justificar suas audácias, mas desde muito me sinto na obrigação de duvidar das datas com que o grande compositor antedata muitas das suas obras, na presunção de se tornar genial pioneiro em tudo"[18].

Viola quebrada, das *Canções típicas brasileiras*, baseava-se em um tema de Mário de Andrade e foi dedicada a Tarsila do Amaral e Oswald de Andrade, que, contudo, em 1919 – no pressuposto ano de surgimento –, ainda não haviam se unido.

As partituras de *Myremis* e *Tédio de alvorada* – a última sobrescrita por Villa-Lobos com o novo título *Uirapuru* – foram submetidas, depois da experiência da audição da *Sagração da primavera*, em Paris, a uma enorme modernização. Em ambas as peças foram incluídos compassos e vozes dissonantes de metais, a seção de percussão foi aumentada e o texto musical, em suma, recebeu acentos rítmicos. *Amazonas* e *Uirapuru* despertaram a atenção menos pelos instrumentos de percussão brasileiros já incluídos nos choros, porém mais pelos instrumentos exóticos, como o violinofone, o sarrussofone e a *viola d'amore*, muito pouco usada no Brasil. Enquanto é possível reconhecer em *Amazonas* reflexos da *Sagração da primavera*, de Stravinsky, o *Uirapuru* parece ser uma variante brasileira do *Pássaro de fogo*. Em *Amazonas*, encontra-se uma série de características que remetem a Stravinsky, como acordes alterados, *clusters*, passagens bitonais e politonais e, principalmente, a rítmica dominante,

---

18. Guérios, 2003, p. 146.

com passagens polirrítmicas complexas. Há citações ou reminiscências melódicas da música dos índios – da forma como Villa-Lobos sempre as emprega a partir do *Choro n. 3* – no início, quando soa o conhecido tema de Jean de Lery, contudo elas não assumem nenhuma função estrutural no decorrer da obra. Assim, o subtítulo *Bailado indígena brasileiro*, que Villa-Lobos deu à versão para piano em 1932, é, antes, uma indicação simbólica da atmosfera ambiciosa da peça.

Em suma, *Amazonas* apresenta-se como uma música programática sobre a paisagem tropical brasileira com suas florestas tropicais, rios, pássaros, peixes e o mundo misterioso das sagas dos nativos. Ela se entrelaça com uma lenda dos índios, escrita ainda pelo pai, Raul, e adaptada por ele: uma virgem consagrada pelos deuses da floresta tropical do Amazonas, ao banhar-se no rio, saúda a Aurora. O rio Marajoara está bravo com as filhas da Atlântida, mas acalma suas ondas ao vislumbrar sua beleza. A índia virgem adora o sol, dança sob os seus raios e sua imagem reflete-se na água. O deus dos ventos tropicais sopra sobre ela perfumando-a com seu aroma, porém a virgem não dá atenção a essa prova de amor e continua a dançar anarcisada. Indignado com tanto desprezo, o ciumento deus dos ventos sopra o perfume da virgem até a região dos monstros. Um deles sente o seu cheiro e aproxima-se voluptuoso, destruindo tudo por onde passa. Pouco antes de chegar a seu objetivo, ele para e tenta se esconder. Todavia, ela vê sua sombra e precipita-se no "abismo de seus desejos", perseguida pelo deus dos ventos.

A obra transcreve o movimento ininterrupto das águas do Amazonas num amplo *ostinato* executado pelo naipe das madeiras em quintas paralelas. Os pontos de clímax, em que explodem os conflitos entre o monstro da floresta e a virgem, são executados pelo naipe de metais. A seção de cordas é dividida em até oito subgrupos, nos quais se incluem todos os tipos possíveis de colorido sonoro, bem como técnicas de execução *con sordino*, harmônicos, efeitos *sul ponticello*. Isso cria um panorama sonoro suspenso, brilhante, no qual se reflete a atmosfera fumegante da floresta. A oração e a dança da virgem são indicadas com cores melodicamente graciosas, antes que a calamidade chegue ao clímax no final na peça, em uma apoteose da percussão.

A primeira execução de *Amazonas* deu-se junto com a execução de *Amériques* [Américas], de Edgar Varèse, em 1929, em Paris, e despertou grande interesse no público e na crítica, que aprenderam a apreciar Villa-Lobos como um exótico original. O crítico Adolphe Piriou escreveu em *Le Monde Musical*:

> Essa obra, evidentemente distante de nossas tradições europeias, denota um temperamento musical rico, poético e sonhador e ao mesmo tempo violento e bárbaro. Excelentemente executado pela orquestra e seu valoroso maestro, ela foi acolhida de forma muito calorosa[19].

Os críticos brasileiros mais abertos, como Renato Almeida, festejaram *Amazonas*, desde então, como a música congenial dos trópicos brasileiros:

> Esse gigante afresco evoca o segredo de Amazonas, a forte poesia da terra, da água, da floresta e dos nativos. Esse mundo ilusório e pesadamente úmido, que se mostrou inexpugnável pela civilização, foi a motivação de Villa-Lobos para esta partitura[20].

19. Ibid., p. 157 ss.
20. Tarasti, 1995, p. 360.

O poema sinfônico *Uirapuru*, que fora concebido ao mesmo tempo como balé, baseava-se na lenda do pássaro amazonense homônimo. Esse é um pássaro raro que só existe na região do Amazonas, com plumagem verde-oliva e de canto extraordinário. Segundo a lenda, ele canta muito raramente, e quem ouve seu canto passa a ter sorte. Ele foi descrito pela primeira vez na metade do século XIX, quando também seu canto foi registrado. Para os índios, ele é considerado o pássaro do amor e da fortuna e é vendido empalhado como amuleto. Se for atingido por uma flecha – segundo a saga – ele se transforma em um homem. Se morrer em sua forma humana, transforma-se novamente em pássaro. Em *Uirapuru*, Villa-Lobos utilizou registros das ciências naturais do canto desse pássaro, que deve ter ouvido, provavelmente, apenas em Paris, o que, do mesmo modo, remete a um surgimento posterior a 1917. Em todo o caso, a pressuposição de que Villa-Lobos tenha se posto à procura do pássaro raro e que tenha gravado seu canto no meio da floresta tropical é tão duvidosa quanto suas supostas pesquisas etnológicas musicais.

Na obra, um velho índio começa a tocar a flauta nasal – reproduzida, na partitura, por um violinofone, um violino com uma corneta de metal. Na floresta tropical, a fauna faz-se sentir – vaga-lumes, grilos, corujas, sapos, morcegos, lagartos. Uma amazona ouve o canto, mata o uirapuru com uma flechada e ele se transforma em um jovem índio, que a segue. O velho índio com a flauta, por ciúmes, mata o jovem, que novamente se transforma no uirapuru. O pássaro desaparece na floresta. Apenas seu canto permanece, ecoando algumas vezes. Não são utilizadas melodias indígenas originais na peça, ao contrário, o *leitmotiv* da obra é o canto do uirapuru. A forte referência à rítmica de Stravinsky é encoberta por uma reminiscência do mundo impressionista de

Debussy, de forma que a obra é interpretada como transição da esfera de influência de um para a do outro. Além disso, *Uirapuru* é uma colagem bem-sucedida de elementos divergentes – no que diz respeito ao período – que se sobrepõem e interpenetram. A utilização do xilofone lembra Stravinsky da mesma forma que os trombones, que soam burlescos, lembram Satie, ambos elementos estilísticos que tornam provável o seu surgimento durante a primeira temporada de Villa-Lobos em Paris. Apesar do impulso inspirador de Stravinsky, nem *Amazonas* nem *Uirapuru* soam como réplicas epigonais, mas se constituem obras inconfundivelmente independentes, plenas de originalidade e de brasilianidade revigorantes.

O florescimento das artes

"Eu sou um índio tupi que toca o alaúde." Esse verso, da obra *Pauliceia desvairada*, de Mário de Andrade, pode ser considerado o lema do Modernismo brasileiro, constituído durante a Primeira Guerra Mundial. O índio selvagem, supostamente sem cultura, começava aí a entoar sua própria melodia – conforme a metáfora usada por Andrade – e utilizava-se, para isso, dos sons dos veneráveis ancestrais, trazidos à luz no Novo Mundo pelos europeus. O Brasil, submisso aos europeus e colonizado por eles, desviava seu olhar dos centros do estrangeirismo, de Paris, Lisboa e Londres, contemplava-se no espelho e, por baixo da máscara colocada pelos conquistadores, buscava reconhecer seu próprio rosto. O mundo que, longe dos campos brasileiros, por muito tempo determinara o destino do país estava em vias de se modificar completamente. O *fin de siècle*, época decadente, afundava-se nas tempestades de aço de Verdun e ao mesmo tempo, por trás dos abismos de sofrimento e violência, faziam-se visíveis novas possibilidades ainda não imaginadas. Arte e literatura, música e teatro renovaram-se completamente: Pablo Picasso, Arnold Schönberg e Jean Cocteau tornaram-se representantes de uma nova estética. A revolução de outubro na Rússia entrou em uma fase intensa e extremamente criativa do novo advento artístico. O Modernismo foi o mais importante movimento de renovação intelectual e artística na história do Brasil, recebeu impulsos do Cubismo e do Futurismo e foi transmitido ao público em fevereiro de 1922, na Semana de Arte Moderna, em São Paulo.

No âmago de toda a sua diferenciação intelectual e variedade estilística, os poetas, ensaístas, artistas plásticos e músicos que pertenciam ao Modernismo concordavam em uma coisa: a Europa e Portugal, o velho poder colonial, haviam se tornado inválidos como modelo cultural para o Brasil depois da Primeira Guerra Mundial. Já era tempo de se separarem do Velho Mundo e se dedicarem a seu próprio país, de reconhecerem sua identidade e cultura e de chegarem a um próprio cânone artístico que fosse expressivo. Os alvos dos primeiros modernistas eram bens culturais importados da França, como a lírica dos parnasianos e dos simbolistas, que haviam se dedicado, no fim do século XIX, a uma poesia distante de todas as realidades sociais e culturais. Estava declarada a luta contra essa "literatura de entretenimento social" e contra todo o seu epígono onipresente no Brasil.

O índio tupi, pertencente à grande etnia indígena do Brasil, por muito tempo desprezado e transfigurado em herói nobre durante o Romantismo, se tornara, depois de séculos de submissão, repressão e roubo, a figura ideal de projeção para os objetivos do Modernismo. Ele se tornara representante do Brasil nação ainda jovem, que – depois da proclamação da independência e da abolição da escravatura – tinha de encontrar também uma identidade cultural. A cultura padrão do Brasil, orientada pela europeia, devia ser purgada, para que tomasse consciência das próprias origens. Ronald de Carvalho lembra uma frase de Eça de Queiroz, que tinha do Brasil a impressão de um "jardim magnífico sobre o qual se colocou um tapete empoeirado"[1].

Com uma metáfora provocante, o poeta Oswald de Andrade exortava à "antropofagia", ao canibalismo. Ele aludia ao canibalismo dos índios tupis, dos quais não poucos dos primeiros conquistadores europeus foram vítimas. O aventureiro náufrago alemão Hans Staden, que ficou preso por dez meses nas mãos dos tupis, em 1553, relatou o caso de um infeliz francês, devorado logo após o alegre clamor dos índios: "Ali vem nossa comida pulando".

Em 1557, Staden publicou em Marburg seu relato de viagem *Wahrhaftige Historia und Beschreibung eyner Landtschafft der Wilden Nacketen, Grimmigen Menschfresser-Leuthen in der Newenwelt America gelegen* [Verdadeira história e descrição de uma paisagem dos antropófagos selvagens, nus e furiosos localizada no Novo Mundo América]*. O livro tornou-se *best-seller* e teve mais de oitenta edições, das quais quinze em língua portuguesa e 25 em língua alemã. É a obra mais antiga com uma descrição exata da parte costeira entre São Vicente e Ubatuba, da população nativa bem como de sua fauna e flora, postas em evidência ao leitor com precisão científica e evidentemente moderna.

Oswald de Andrade interpretou o episódio narrado por Hans Staden e conhecido de qualquer brasileiro instruído em um sentido totalmente modernista: a cultura europeia tem valor apenas como alimento com prazo de validade, deve ser rapidamente ingerida e minuciosamente digerida. Uma última vez ela

---

1. Mariz, 1989, p. 56.
* Publicado no Brasil com o título: *Duas viagens ao Brasil*. Belo Horizonte, Ed. Itatiaia; São Paulo, Ed. Universidade de São Paulo, 1974. (N. E.)

daria energia vital ao Brasil, para, somente depois de seu definitivo desaparecimento, possibilitar que se recorresse à cultura brasileira própria. Além disso, Oswald de Andrade marcou, com seu jogo de palavras eventualmente provocador "*Tupi or not tupi, that is the question*", a máxima do Modernismo.

A ênfase do nacional foi motivo para um grupo de modernistas, liderado pelo posterior político fascista Plínio Salgado, separar-se e fundar uma orientação ultranacionalista que se tornou conhecida como "Verde-Amarelismo" – em alusão às cores verde e amarela da bandeira brasileira. O índio tupi, e não o branco, foi elevado a ideal de raça, pois, dessa forma, separava-se definitivamente o Brasil da Europa.

Nas artes plásticas, o amigo de Villa-Lobos, Emiliano di Cavalcanti, tornou-se o artista mais importante do Modernismo. Com seus motivos do bairro de artistas, a Lapa, no Rio de Janeiro, ele trouxe ao cenário um colorido local variado. Suas mulatas dançando samba e divertindo-se nos bares são uma declaração de amor ao próprio país, em uma sensualidade plena sem precedentes. Di Cavalcanti, bem como algumas capas de livro desenhadas por Mário de Andrade, como *Pauliceia desvairada* e *O losango cáqui*, davam forma às revistas e aos programas dos modernistas. Depois da Semana de Arte Moderna, ele foi para Paris, onde trabalhou como correspondente do *Correio da Manhã* e manteve estreito contato com Picasso, Braque, Matisse e Léger. O ítalo-brasileiro Victor Brecheret foi o primeiro escultor importante do Modernismo, tendo se tornado famoso por sua obra *Monumento às bandeiras*. A artista plástica Tarsila do Amaral contribuiu, com seu quadro *Abaporu* – "canibais", em tupi-guarani –, com a correspondência visual do *Manifesto da antropofagia*, de seu futuro esposo Oswald de Andrade, um dos porta-vozes dos jovens vanguardistas.

A Semana de Arte Moderna

O Modernismo foi apresentado em fevereiro de 1922 em São Paulo, com a Semana de Arte Moderna, no Teatro Municipal. Primeiramente, os organizadores haviam pensado em promover a Semana no Rio de Janeiro, porém, São Paulo parecia mais adequada como um lugar decisivo para um debate previsivelmente deveras controverso. Em comparação com o Rio de Janeiro, conservador e fortemente preso a suas tradições coloniais, São Paulo, urbana, influenciada por suas correntes de imigrantes sempre constantes, parecia mais despreocupada e aberta a uma série de eventos cujo objetivo era uma ampla renovação cultural. A povoação de São Paulo de Piratininga, que remonta à fundação de um mosteiro jesuíta em 1554, ficou por muito tempo à sombra do desenvolvimento econômico do Brasil. Apenas com a plantação de café, na metade do século XIX, impôs-se a rasante prosperidade para a maior metrópole do país. Com a fundação de sua própria Faculdade de Direito, São Paulo tornou-se também um centro da inteligência urbana.

O governo do estado de São Paulo assumiu o patrocínio da Semana e mesmo o jornal *Correio Paulistano*, o órgão de imprensa da velha oligarquia, incentivou o projeto. Os mecenas culturais mais importantes e ativistas surgiram da burguesia de paulistanos que enriqueceram com o café, como Olívia Guedes Penteado e Paulo Prado. Porém, apesar da mais alta proteção, o evento variou de turbulento a caótico, e a ressonância para o grande público foi muito pequena; não poucos dos visitantes ridicularizavam as exposições ou perturbavam as leituras e palestras. Na segunda-feira de abertura, o dia 13 de fevereiro, Graça Aranha fez uma palestra provocadora e enérgica sobre a "emoção estética" da Arte Moderna. Nela, para deleite do público, ele enfatizou ícones da cultura clássica ocidental, como Bach, Beethoven e Wagner. Contudo, assim que atentou contra o compositor de ópera brasileiro Carlos Gomes – cuja cidade natal, Campinas, fica na vizinhança direta de São Paulo –, borbulharam os barulhentos protestos. Pouco depois, a indisposição resultou em um tumulto controlado apenas com intervenção policial.

O dia 15 de fevereiro foi dedicado à literatura. Tanto a palestra de Menotti del Picchia sobre as novas tendências da literatura como a leitura do poema "Os sapos", de Manuel Bandeira, provocaram risos e protestos no público. Mário de Andrade ainda divulgava, nos intervalos, com temperamento incansável, os princípios aos quais os artistas estavam ligados e expunha-se a seus inúmeros adversários, que o provocavam com interrupções, cobrindo-o de insultos.

Villa-Lobos havia confirmado sua participação na Semana, e o mecenas Paulo Prado assumiu os custos da viagem do compositor com problemas financeiros crônicos. Ele não apenas foi o único compositor brasileiro a participar, mas também o único a receber um honorário de 12 mil réis, hoje, aproximadamente 3,2 mil reais. Villa-Lobos veio a São Paulo acompanhado de seus músicos, dentre eles o compositor e pianista Ernani Braga, Frutuoso Viana, a pianista Guiomar Novaes, bem como sua mulher, Lucília. Villa-Lobos não havia se mostrado, à época da Semana, de forma alguma tão engajado na causa nacionalista, como mais tarde. Ele também não ansiava febrilmente pela Semana como revelação de autorrealização artística. Ao contrário, ele defendia, ainda pouco antes do evento, uma concepção de mundo histórico-cultural bastante tradicional, na qual ele se esforçava para integrar a cultura brasileira e, com isso, também a sua obra:

As eras assírias, as relíquias esculturais da Coreia, o misticismo da Índia, o amor abnegado do culto à beleza entre os visigodos, a melopeia romana, a epopeia grega, as excursões gregorianas, que legaram à humanidade essa beleza eterna do cantochão, influíram fortemente sobre certos aspectos de minha estética[2].

Villa-Lobos não compôs nenhuma obra nova para a Semana, apenas terminou a harmonização dos *Epigramas* de Ronald de Carvalho e viajou com algumas peças ainda não apresentadas. Apesar disso, ele foi o curinga musical do evento e esperado veementemente pelos organizadores, como já informara Oswald de Andrade no *Correio de São Paulo*:

> Felizmente, a Itália, que chegou a dar a degradação verista, tem hoje a genialidade moderníssima de Malipiero e Casella. Felizmente nós temos hoje a imprevista genialidade de Villa-Lobos. São Paulo vai ouvi-lo. E como São Paulo é a cidade dos prodígios – herdeira das migrações e das entradas –, vai aceitá-lo. O nosso velho e caduco ambiente de musicalidade decadente e convencional estalará ao peso da mão genial do compositor de *Kankikís* e *Kankukús*[3].

No final, foram executadas as *Danças características africanas*, às quais pertenciam as peças *Kankikís* e *Kankukús*, excertos da *Simples coletânea* e da *Suíte floral*, os *Trios nn. 2* e *3* e o *Quarteto n. 3*, bem como o *Quarteto simbólico* para saxofone, flauta,

---

2. Guérios, 2003, p. 101.
3. Mariz, 1989, p. 56.

celesta, harpa e coro feminino. Este último havia sido apresentado pela primeira vez no Rio de Janeiro no ano anterior. De caráter novo e que chamou a atenção na execução do dia 17 de fevereiro, o último dia da Semana de Arte Moderna, foi a inclusão de efeitos de luzes. Villa-Lobos disse a esse respeito: "Consegui uma execução perfeita, com projeções de luzes e cenários apropriados a fornecerem ambientes estranhos, de bosques místicos, sombras fantásticas, simbolizando a minha obra como eu imaginei"[4].

A aparência do compositor causou irritações: ele calçava apenas um sapato, enquanto o outro pé estava envolto em uma faixa grossa, calçado com uma sandália, pois ele sofria de ácido úrico e seu dedão tinha acabado de inflamar. O aparecimento de Villa-Lobos coxo – como sempre com os cabelos bagunçados – foi tomado pelo público como um insulto a mais, interpretado como encenação casual e ora com palmas no ritmo dos passos, ora com assobios e vaias, o público proporcionalmente saudava: "Fora com o aleijado!".

Em uma carta a Iberê Lemos, Villa-Lobos relatou suas impressões:

> Ainda capengando, parti com os meus melhores intérpretes para São Paulo. Demos três concertos, ou melhor, três festas de arte. No primeiro, o amigo Graça Aranha fez uma conferência violentíssima, derrubando quase por completo todo o passado artístico. [...] Como deves imaginar, o público levantou-se indignado. Protestou, blasfemou, vomitou, gemeu e caiu silencioso. Quando chegou a vez da música, as piadas das galerias foram tão interessantes, que

---

4. Horta, 1987, p. 41.

quase tive a certeza de a minha obra atingir um ideal, tais foram as vaias que me cobriram de louros[5].

Foram apresentadas as seguintes obras de Villa-Lobos:
No dia 13 de fevereiro de 1922:
- a *Sonata n. 2*;
- o *Trio n. 2* e a *Valsa mística*;
- *Rondante*;
- *A fiandeira* e as *Danças africanas* para piano.

No dia 15 de fevereiro de 1922:
- *O ginete do pierrozinho*;
- *Festim pagão*;
- *Solidão*;
- *A cascavel*;
- o *Quarteto n. 3*.

No dia 17 de fevereiro de 1922:
- o *Trio n. 3*;
- *Historietas*: a) *Lune de octobre*, b) *Voilà la vie*, c) *Je vis sans retard, car vite s'écoule la vie*;
- a *Sonata n. 2*;
- *Camponesa cantadeira* (da *Suíte floral*);
- *Num berço encantado* (da *Simples coletânea*);
- *Dança infernal*;
- *Quatuor*.

A Semana foi profícua à carreira pessoal de Villa-Lobos, pois permitiu-lhe ampliar consideravelmente seus contatos.

---

5. Ibid., p. 40.

Pela primeira vez, ele pôde apresentar suas composições fora do Rio de Janeiro. Outros convites se seguiram imediatamente, como para os Concertos Sinfônicos, organizados pela Sociedade de Cultura Artística. Seu resultado geral para a música brasileira, contudo, foi bastante decepcionante: "A Semana de Arte Moderna fez um bem tremendo ao romance e à poesia brasileira, mas não contribuiu em nada com a música"[6].

A imprensa paulista defrontou Villa-Lobos de forma mais positiva do que a do Rio de Janeiro, mesmo que aí também a iniciativa Semana de Arte Moderna tenha sido vista de forma crítica:

> Representou-se ontem o último ato da bambochata futurista. O senhor Villa-Lobos, pelo seu talento musical, bem merecia não se ter metido com a meia dúzia de cretinos que transformaram o nosso Municipal em dois espetáculos memoráveis pela sandice, numa desoladora grita de feira[7].

De resto, também houve, por parte dos músicos que participaram da Semana, opiniões divergentes. Assim, por exemplo, Oswald de Andrade deixou-se acompanhar, em sua palestra, pelo pianista Francisco Ernani Braga, que tocou excertos dos *Embryons desséchés* de Eric Satie. Havia aí uma paródia da *Marcha fúnebre* de Frédéric Chopin, o que provocou o protesto da pianista Guiomar Novaes. Ela expressou à imprensa sua opinião:

> Em virtude do caráter bastante exclusivista e intolerante que assumiu a primeira festa de arte moderna, realizada na

---

6. Mariz, 1989, p. 61.
7. Ibid., 1994, p. 147.

noite de 13 do corrente no Teatro Municipal, em relação às demais escolas de música, das quais sou intérprete e admiradora, não posso deixar de aqui declarar o meu desacordo com esse modo de pensar. Senti-me sinceramente contristada com a pública exibição de peças satíricas, alusivas à música de Chopin[8].

Já em abril, Villa-Lobos voltou para São Paulo, onde havia encontrado em Mário de Andrade um confiável companheiro de publicidade, de forma que a cidade se tornava para ele progressivamente um lugar de apresentações, uma alternativa ao Rio de Janeiro, propósito para o qual ele se via encorajado pela imprensa. A Semana teve um efeito simbólico contínuo sobre o cenário intelectual do Brasil, mesmo que o círculo dos participantes diretos e do público tenha sido, primeiramente, muito restrito. As diretrizes e os pensamentos fundamentais dos modernistas, contudo, se tornariam, nos meses e anos seguintes, patrimônio dos artistas, poetas e músicos.

Mário de Andrade

Mário de Andrade, nascido em São Paulo, foi o "papa do novo credo" do Modernismo e, com seus escritos e comentários, bem como com suas obras literárias, influenciou a programática do movimento. Andrade pertencia aos jovens intelectuais e artistas que visitaram, em 1917, a exposição fortemente debatida da artista plástica expressionista Anita Malfatti – que havia estudado, dentre outros, com Lovis Corinth em Munique e em Berlim – e receberam impulsos decisivos dela. Principalmente seu

---

8. Ibid., p. 60.

quadro *O homem amarelo* o impressionou. Ele se tornou amigo dela e a convidou para participar da Semana de Arte Moderna. Em 1917, também, Andrade publicou seu primeiro volume de poesias *Há uma gota de sangue em cada poema*, sob o pseudônimo de Mário Sobral. Apesar da influência inconfundível da lírica francesa, ainda é possível reconhecer aí um primeiro tratamento da identidade brasileira. Já nessa época, Mário de Andrade começara suas andanças pelo interior do país, deixando cada vez mais frequentemente a grande São Paulo para conhecer e documentar a cultura popular. Logo ele começou a escrever artigos sobre a relação entre cultura padrão e cultura popular e a se interessar pela cultura afro-brasileira e ameríndia. A partir de 1927, seus relatos passaram a ser publicados no jornal *O Diário Nacional* sob o título *O turista aprendiz*.

Mário de Andrade originava-se de uma família há muito tempo estabelecida, que se encontrava em decadência econômica. Ele iniciou seus estudos de piano apenas aos 16 anos, mas a música o cativou de tal forma, que decidiu se tornar concertista. A morte repentina de seu irmão de 14 anos durante uma partida de futebol, contudo, traumatizou tão profundamente o jovem que suas mãos foram acometidas de uma tremedeira que não pôde mais ser controlada. Tímido e inibido, devido à sua pele de cor escura, Mário tinha, contudo, um gênio simpático e podia expressar-se brilhantemente, de forma que logo passou a lecionar história da música e estética, primeiro para alunos particulares e posteriormente no Conservatório. Seu interesse logo se deslocou da virtuosidade instrumental para questões teóricas e filosóficas. Ele se ocupava como crítico musical e pesquisador, tornou-se o interlocutor mais importante de Villa-Lobos e mentor de jovens compositores como Francisco Mignone e Camargo Guarnieri. Suas atividades próprias de composição não passaram de rudimentos; sua obra mais conhecida, *Viola quebrada*, baseia-se na canção *Caboca di Caxangá*, de João Pernambuco. Entretanto, Andrade encontrou no magistério sua vocação, e sua paixão era dedicada à discussão engenhosa com correligionários sobre os mestres da história da música e a identidade da música brasileira.

Como Andrade lutava, na literatura, para a submissão do intelectual ao subconsciente e exigia espontaneidade, agilidade e polifonia no processo criador, queria, então, encontrar um interlocutor musical capaz de transferir tais exigências de forma semelhante para a música. Em seu ensaio, publicado em 1928, sobre a música brasileira, ele postula: "Todo artista brasileiro que no momento atual fizer arte brasileira é um ser eficiente como valor humano. O que fizer arte internacional ou estrangeira, se não for gênio, é um inútil, um nulo"[9].

O romance *Macunaíma*, de Andrade, tornou-se a pedra fundamental literária do Modernismo. Macunaíma, o *herói sem nenhum caráter* – assim é o subtítulo do romance –, é um índio que vai a São Paulo para aprender ambas as línguas da cidade: o português escrito e o brasileiro falado. Elementos linguísticos urbanos e rurais, modernos e primitivos, esbarram-se. O tema canibalismo – um *leitmotiv* do Modernismo – vem novamente à tona, pois aí se descreve como uma cultura "devora" a outra. O romance termina com uma perspectiva pessimista: Macunaíma destrói a própria vila, e o encontro de culturas termina de forma violenta. Para os trabalhos preliminares de *Macunaíma*, Andrade utilizou os mitos e as lendas indígenas reunidos no

---

9. Ibid., p. 13.

Brasil nos anos que sucederam a Primeira Guerra Mundial, coletados pelo etnólogo alemão Theodor Koch-Grünberg.

Desde o início, Andrade se entusiasmara espontaneamente com a música de Villa-Lobos, reconhecendo no compositor o potencial de aproximar-se da concreção do ideal ansiado e ambicionado por ele e por outros modernistas. Em algumas ocasiões, houve rompimentos entre ambos. Assim, a *Suíte para voz e violino*, escrita por Villa-Lobos em 1923, surgiu com base no modelo do "Poema de criança e de sua mama", de Andrade, miniaturas que transpõem os padrões modernistas ideais típicos. Andrade via a música progressivamente no centro dos esforços por uma expressão artística nacional:

> Faz muitos anos que, escutando amorosamente o despontar da consciência nacional, cheguei à conclusão de que, se esta alguma vez já se manifestou com eficiência em arte, unicamente o fez pela música. Nós podemos afirmar que existe hoje música brasileira, a qual, como tudo o que é realmente nativo, nasceu, formou-se e adquiriu suas qualidades raciais no seio do povo inconsciente[10].

A relação de Villa-Lobos e Mário de Andrade era, desde a experiência de trabalho conjunto, na Semana, íntima e amigável, divergindo consideravelmente das outras amizades de Mário. Enquanto Andrade dava livre curso à sua paixão por escrever cartas, ao trocar ideias com seus amigos Manuel Bandeira e Prudente de Moraes Neto, atenta ao fato de ter escrito apenas raramente a Villa-Lobos, mas quase que exclusivamente sobre ele. Por um lado, isso pode remeter à relação complementar entre

---

10. Kiefer, 1986, p. 82.

gênios totalmente diferentes: Villa-Lobos incorporava o homem de ações mais robusto, ao qual, na verdade, não eram estranhos caprichos sentimentais e que, contudo, não tinha disposição nem para a reflexão introvertida nem para a teorização abundante. A reflexão cheia de dúvidas, infatigável, sobre assuntos difíceis e complexos temáticos variados, por outro lado, era para Mário de Andrade uma expressão de vida da qual não podia se abster:

> Algumas vezes, penso tão rapidamente que não consigo acompanhar a velocidade de meus pensamentos. Então, não sei mais para onde me conduzir e acabo me confundindo. Assim como os corredores, que são levados pela sua velocidade a tropeçar e cair. É um martírio[11].

Para Andrade, Villa-Lobos era um feliz acaso caído inesperadamente do céu, que devia ser analisado em suas partes, para que seu sucesso pudesse ser explicado também com fundamentação teórica. Incessantemente, Andrade indicava com olhar incorruptível as fraquezas de técnica de composição de Villa-Lobos e suas deficiências intelectuais. Seu gênio criador, contudo, ele nunca contestou, o qual, em sua opinião, nenhum outro compositor brasileiro contemporâneo poderia mostrar de forma semelhante:

> O que atrapalha Villa-Lobos é a fantástica falta de organização intelectual. A cabeça dele, cheia de ensinamentos maldigeridos, com falhas enormes de instrução, mesmo musical, não lhe permite uma visão estética segura nem do momento,

11. Camargo Toni, 1987, p. 1.

nem da própria obra. É incontestavelmente o mais "genial" de nossos músicos, o que tem invenções mais fortes, mais originais, o de brasilidade mais livre e audaciosa; porém, em geral, o mérito dele se resume a essas invenções[12].

Ele também reconhecia a persistente dependência que Villa-Lobos tinha da música francesa, fazia alusões à forma original com que este não desenvolvia os motivos, mas sim com que variava as melodias por livre associação. De forma crítica, Andrade notou que esse método não servia para conferir estrutura a obras mais longas. Por conseguinte, os verdadeiros pontos fortes e a originalidade de Villa-Lobos estavam nas composições breves, nas peças para piano, na canção e nas obras curtas para música de câmara. O diálogo entre Mário de Andrade e Heitor Villa-Lobos se interrompia regularmente, tão logo se tratasse de reflexões teóricas sobre arte e música. Andrade sempre voltava a se admirar de quão pequeno era o interesse do amigo em discutir questões fundamentais filosóficas e estéticas:

> Villa começou ao acaso a falar de sua arte, de seus projetos e teorias. E que teórico miserável é Villa-Lobos! Quão longe suas teorias ficam atrás de sua arte! Aliás, "teorias" aqui não é o termo apropriado. Villa-Lobos é obcecado, de tal forma, pela obstinação da crítica nativa e pela aversão a ela, que germina nele o horror por uma incompreensão universal, e ele se sente forçado a explicar suas intenções. Como se sua maravilhosa arte não bastasse para justificá-lo, ele se precipita em explicações que, frequentemente, não são claras nem exatas, e procura explicar cada uma das nuances que

---

12. Ibid., p. 48.

ele coloca em suas construções. Nuances que a música, aliás, não pode notificar[13].

Andrade participava do novo descobrimento do Brasil propagado pelos modernistas como pesquisador do folclore; ele fez várias viagens de estudos etnográficos no Nordeste do país e visitou as cidades barrocas em Minas Gerais. Paralelamente, intensificou seu engajamento político e social. Em 1928, ele se filiou ao Partido Democrático e incentivou, *a priori*, até mesmo o golpe de Estado de Getúlio Vargas, de quem, contudo, aos poucos se distanciou. O estudo teórico musical mais importante de Mário de Andrade é o *Ensaio sobre a música brasileira*, publicado em 1928, a primeira grande tentativa de sistematizar e valorizar a música brasileira. Compõe-se de um ensaio e uma coletânea de melodias peculiares. Em seguida, ele se dedicou à edição de quinze modinhas, publicadas em 1930 com um estudo introdutório como *Modinhas imperiais*. Suas críticas musicais também foram publicadas em diferentes jornais, como no *Diário Nacional*, sob títulos como "Villa-Lobos *versus* Villa-Lobos" e "Luta pelo sinfonismo". Escreveu ainda sobre temas históricos, como o mestre da música colonial padre José Maurício Nunes Garcia e o compositor de óperas Carlos Gomes. A coleção *Música, doce música*, de 1934, contém estudos, palestras e críticas, também sobre o poema sinfônico *Amazonas*, de Villa-Lobos.

Villa-Lobos havia iniciado, a pedido dos irmãos Guinle, mecenas musicais, uma coletânea de poesias, canções e partituras da cultura popular – folhetos de cordel. O trabalho, entretanto, logo o deixou sobrecarregado. Em 1929, ele o passou a

---

13. Ibid., p. 98.

Mário de Andrade. Este se tornou também um colecionador entusiasmado dos discos, cada vez mais estimados no Brasil, com gravações de conjuntos e solistas da música popular. Com depuração e grande amor aos detalhes, ele datava e catalogava em fichas suas novas aquisições, bem como seus comentários a cada título.

Em 1933, Mário de Andrade entrou em uma crise intelectual e psíquica. Por um lado ele temia – não totalmente livre de uma certa hipocondria – não conseguir mais superar os desafios intelectuais de suas diversas atividades depois de seu aniversário de 40 anos. Por outro, o regime de Vargas tomou um rumo mais negativo do que poderia imaginar. Andrade sentia-se coagido em seu espaço criativo pela coletividade e o nivelamento intelectual e artístico progressista que o regime havia escrito na bandeira. O fato de o parceiro de outrora, Villa-Lobos, que conhecera no passado como companheiro na luta pela renovação subversiva das artes, ter se oferecido ao regime Vargas deixou-o profundamente deprimido, acentuando nele o sentimento de impotência política que o paralisou a olhos vistos.

Em 1935, Mário de Andrade foi encarregado pelo ex-prefeito Fábio Prado de dirigir o Departamento de Cultura da cidade de São Paulo, que acabara de ser instituído. Nos três anos de sua atividade, Andrade lutou para facilitar o acesso de uma parte prejudicada da sociedade à cultura. No Teatro Municipal havia, assim, frequentes apresentações gratuitas à cultura. Uma biblioteca móvel rodava a cidade para difundir a leitura e o empréstimo de livros. Para crianças de classes socialmente prejudicadas, elaborou-se um programa cultural próprio, e a Discoteca Pública promovia audições comentadas para o público. O projeto de um programa educativo transmitido pelo rádio não foi mais realizado.

Pouco depois do estabelecimento do Estado Novo, Andrade foi declarado *persona non grata* e teve de abandonar seu cargo. Em seguida, foi para o Rio de Janeiro, assumindo lá a direção do Instituto de Artes da Universidade do Distrito Federal, onde lecionava filosofia e história da arte. Em 1936, ele escreveu *A música e a canção populares no Brasil*; em 1939, fundou a Sociedade de Etnografia e Folclore de São Paulo e foi coorganizador do 1º Congresso da Língua Nacional Cantada. Com grande exatidão, Andrade analisou a harmonização de poesias em língua portuguesa por compositores brasileiros, descobriu suas fraquezas e erros na prosódia e na fonética.

Daí em diante, Andrade manteve-se distante da política cultural do Estado de Vargas e, em 1941, voltou para São Paulo, sua cidade natal. Ele considerava o decurso da Segunda Guerra Mundial como mais uma prova da insignificância política crescente do intelectual e do artista. Em 1942, quando a Semana de Arte Moderna completava vinte anos, Andrade apresentou um resultado resignado:

> Neste momento, o homem passa por uma fase política da história da humanidade. Nunca, antes, ele foi tão atual como hoje. E apesar de toda nossa atualidade, de toda nossa universalidade, em uma coisa nós realmente não evoluímos, nem participamos dela: da melhoria sociopolítica do ser humano. É essa a verdadeira essência de nossa época[14].

---

14. Ibid., p. 69.

Sua última obra literária, *Banquete*, lembra, em sua brilhante ironia e em seu grotesco enigmatismo, as obras de Glenn Gould. As glosas semanalmente publicadas na *Folha da Manhã* tratavam de disputas entre personagens típicos da vida social de São Paulo: a jovem milionária Sara Light, apaixonada pelo jovem compositor Janjão, o estudante Pastor Fido, a cantora Siomara Ponga. Houve tentativas de identificar os modelos reais do jogo enigmático de Mário de Andrade, mas muito provavelmente ele mesmo deve ter servido de modelo para seus personagens, pois nos diálogos são tratados e expostos temas que o ocuparam a vida toda: a aula de música, a crítica musical, os programas de concerto, o conceito de beleza na sociedade moderna, a política cultural. No personagem do compositor Janjão, Andrade projetou as características que não encontrava na realidade – e, com isso, também em Villa-Lobos. Em Janjão, Mário de Andrade, de certo modo, se autorrepresentava como uma mistura de seu verdadeiro eu com um Villa-Lobos idealizado: um compositor que se torna consciente, de forma aflita, sobre sua falta de influência política. Ele responsabilizou por isso sua origem burguesa e ambicionava superá-la e engajar-se pela sociedade. Para Janjão, Andrade previu, em um capítulo posterior, um fim bastante triste: ele deveria ser jogado na rua como lastro inútil para a sociedade. A isso podemos associar o trauma sofrido por ele com a fúria com Villa-Lobos, a quem, mesmo que não lhe desejasse um destino como esse, não o consideraria tão injusto. Contudo, ele não pôde mais completar esse capítulo: Andrade morreu no dia 25 de fevereiro de 1945, de um ataque do coração, em sua casa, em São Paulo. Uma vez que ele, nos últimos tempos, havia adotado abertamente uma atitude de renúncia ao governo Vargas, não houve nenhuma reação oficial à sua morte.

Caminhos para a música nacional

Villa-Lobos não costumava formular suas ambições musicais nem seus objetivos estéticos ou sua relação com o Modernismo de forma ensaística. Entretanto, desde o início de suas atividades musicais, ele assistiu a todos os fatos musicais notáveis e desenvolvimentos que aconteciam de forma muito sinóptica no cenário musical do Rio, em comparação com as metrópoles europeias. Grande atenção despertou a visita de Camille Saint-Saëns ao Rio em 1899, que deu um concerto de câmara com o violinista e maestro Vicenzo Cernicchiaro, bem como dois concertos sinfônicos no Teatro Municipal, com ingressos esgotados, antes de seguir para São Paulo. Um inovador musical francês perfilava-se sempre mais forte do que a voz revolucionária mais importante da França: Claude Debussy, cuja obra teve uma ressonância bastante dividida no Rio de Janeiro.

Para os modernistas – principalmente para Mário de Andrade – a canção, como elo entre a poesia e a música, era o condutor ideal para o Modernismo na música. Durante a época colonial, cultivou-se principalmente a música sacra, que mal deixava espaço para elementos brasileiros. Além disso, o choro predominava, fazendo frente à canção solo. Com a independência do Brasil de Portugal em 1822, surgiu a ideia de uma ópera nacional, embora o único conservatório do Rio já não pudesse superar seus problemas financeiros, sendo difícil, por conseguinte, a contratação de músicos qualificados. O protagonista mais importante da ópera nacional foi o espanhol José Amat, que se esforçou para opor à estética italiana predominante algo peculiar do país. Ao todo, Amat levou ao palco na Imperial Academia 145 apresentações, a maioria delas óperas da Itália e da França traduzidas para o português, como *Norma* e *La traviata* – contudo, elas continuavam frequentemente incompreensíveis, pois eram, na maioria das vezes, encenadas por cantores estrangeiros.

Com o compositor de óperas Carlos Gomes, impôs-se, pela primeira vez, também internacionalmente, um compositor brasileiro: o público do Scala de Milão o conheceu não apenas movido pela curiosidade pelo exótico, mas também o festejou entusiasticamente. Desde então, Carlos Gomes passou a ser considerado o maior compositor brasileiro, mesmo latino-americano, do século XIX, ainda que nunca mais tenha conseguido repetir o sucesso triunfal de sua ópera mais famosa, *O Guarani*. Giuseppe Verdi o louvava em alto e bom som: *Questo giovane comincia dove finisco io!* [Este jovem começa onde eu termino]. A recepção de sua obra no Brasil foi contraditória: por alguns, o Gomes orientado por Verdi foi condenado como modelo de um brasileiro alienado, manipulado pelo colonialismo cultural europeu, mas houve também esforços para reabilitá-lo e selecionar suas partituras segundo elementos de colorido local e sons brasileiros.

Durante toda sua vida, o compositor sofreu com sua origem provinciana. Sentia-se um homem primitivo, que com muita dificuldade era capaz de lidar com as inimizades de seus conterrâneos. Alguns invejosos até mesmo insinuaram que ele teria conseguido terminar sua obra apenas com a ajuda de assistentes italianos. Gomes foi criticado sem clemência pelos modernistas da Semana de Arte Moderna, principalmente por Oswald de Andrade:

> Carlos Gomes é horrível. Todos nós o sentimos desde pequeninos. Mas como se trata de uma glória da família engolimos a cantarolice toda do *Guarani* e do *Schiavo*, inexpressiva,

postiça, nefanda. E quando nos falam no absorvente gênio de Campinas, temos um sorriso de alçapão, como quem diz:

– É verdade! Antes não tivesse escrito nada... Um talento![15].

Contudo, Carlos Gomes, assim injuriado, escrevera já em 1857 uma primeira peça de piano – *Cayumba* – com trechos inconfundivelmente nacionais, afro-brasileiros. A obra é influenciada pela polca, trazida ao Brasil poucos anos antes, e poderia até mesmo ser observada como uma espécie de precursora do choro. Também com suas modinhas – dentre elas a famosa *Quem sabe?* – Gomes contribuiu com a canção nacional. Alexandre Levy, morto prematuramente, foi o primeiro compositor a se atrever, em 1890, a introduzir o conceito do samba na música, no quarto movimento de sua *Suíte brasileira* para orquestra. No entanto, apenas com Alberto Nepomuceno é que a canção, no Brasil, dá um passo decisivo. Ele musicou, a partir de 1902, quase que exclusivamente autores brasileiros e procurou convencer o público nativo das qualidades do português como língua adequada ao canto. Nepomuceno também se dedicou à canção do Nordeste e coletou poesia popular. Ele despertou a ira dos influentes críticos Guanabarino e Borgongino. Contra o primeiro, Nepomuceno se defendeu com a ajuda do crítico musical João Itiberê da Cunha. Até mesmo o presidente Rodrigues Alves incentivou seus esforços e abriu o Palácio do Catete para recitais de canções em português. Nepomuceno gozava de determinado respeito entre os modernistas, mas Mário de Andrade criticou suas harmonizações do ponto de vista fonético. Apesar de reservas pessoais e estéticas, Nepomuceno

---

15. Andrade, 1987, p. 166.

incentivou muito Villa-Lobos, quem ele via como aperfeiçoador de suas próprias ambições, com as quais nunca havia conseguido o sucesso almejado. Villa-Lobos publicara, já em 1919, suas *Canções típicas brasileiras* e atingiu, em sua obra vocal, muito antes do que na composição instrumental, influenciada durante longo tempo pelo impressionismo francês, conteúdos tipicamente brasileiros. Já em 1912 havia sido publicada a canção *Noite de luar*, na qual os primeiros compassos imitam o violão, e no *Sertão no estio* ele imitou, em 1919, o grito da araponga. O trabalho com o texto era muito espontâneo e intuitivo para Villa-Lobos, e ele defendia o ponto de vista de que a poesia harmonizada não tinha nenhuma outra função a não ser facilitar ao cantor o seu trabalho.

Nos *Epigramas irônicos e sentimentais*, escritos logo depois disso, a que serviram de base as poesias de Ronald de Carvalho, Villa-Lobos libertou-se, pouco a pouco, da influência francesa. São colocados acentos atonais surpreendentes, o acompanhamento pianístico comenta ironicamente o texto, como em *Perversidade*. Na segunda canção da série, *Pudor*, não há mais nenhuma evidência tonal, a quarta canção mostra um forte contraste entre o trêmulo martelado do acompanhamento e a voz mantida por longas fermatas, na forma de uma ária de ópera, do mesmo modo um recurso irônico para colocar o *gestus* musical patético em contraste com o conteúdo da canção.

Villa-Lobos escreveu, durante toda sua vida, canções e obras vocais – no total cerca de quatrocentas –, de forma que elas reúnem características estilísticas de todas as suas fases criativas. Com suas canções, Villa-Lobos também ocupou o espaço entre a música popular preponderante no âmbito vocal e a música erudita, da tradição do *Kunstlied*, dominada principalmente pela música francesa. A estilização bem-sucedida não apenas faz que suas canções tenham especial destaque na massa das canções folclóricas de seus contemporâneos, como também, segundo Waldemar Henrique ou Hekel Tavares, de certo modo, faz que as substituam. Nas melhores canções desse grupo, parece que se confirma o seu dito presunçoso: "O folclore sou eu". Villa-Lobos procurava, na maioria das vezes, assegurar à voz humana uma expressão natural. O espectro expressivo do acompanhamento estende-se de onomatopeias realistas até interpretações expressivas estilizadas.

A peça solo para piano *Lenda do caboclo*, publicada em 1920, tornou-se um dos maiores sucessos de Villa-Lobos. Aqui não há nenhuma utilização explícita de melodias ou ritmos populares, mas o colorido brasileiro se incorpora, por outro lado, de forma inconsciente, natural. O caboclo é um arquétipo brasileiro, um mestiço que se origina de brancos e índios. Contudo, ele transcende ambas as suas raças de origem, transformando-se, ele próprio, em um novo tipo humano. O caboclo era assimilado com sentimentos mistos pela sociedade brasileira. Ao menos, ele era percebido como figura mais realista, mais "honesta" do que os índios transfigurados em "selvagens nobres" no Romantismo. O escritor Monteiro Lobato, um dos precursores do Modernismo, opôs ao "índio civilizado" a figura do caboclo Jeca Tatu, um maroto que parece tolo e acanhado à primeira vista, mas que não se deixa enganar e se mantém firme com os pés fincados em solo nacional.

Villa-Lobos aproveitou esse aspecto, conferindo à peça uma melodia melancólica calma e um ritmo suavemente oscilante com elementos nordestinos. O caboclo vive em harmonia com o seu ambiente, sem ambições ou interesses materiais. Invoca-se a atmosfera pacífica do interior do país, onde nada acontece de forma imprevista e em que ele vive longe do ritmo acelerado das metrópoles. Rompimentos que algumas vezes soam ameaçadores, insinuados na parte intermediária da música, são novamente amortecidos. Em 1925, Villa-Lobos aproveita novamente essa atmosfera no *Choro n. 5*, uma peça que recebeu o título *Alma brasileira*. Ela é semelhante, em essência, à *Lenda do caboclo*, melancólica, ainda mais introspectiva na elaboração musical, distanciada de citações folcloristas ou efeitos exóticos.

Villa-Lobos confirmou o envolvimento com o Modernismo em seu percurso de compositor, mas ela não o inspirou, esteticamente, nem lhe trouxe qualquer ganho de novos conhecimentos. O seu estabelecimento definitivo como compositor brasileiro ocorreu – paradoxalmente – apenas depois de ele deixar o país. E ainda sem conseguir reconhecer essa correlação, Villa-Lobos empregou todas as suas forças para realizar seu sonho de passar uma temporada em Paris.

Experiências parisienses

Rubinstein apoiou fortemente Villa-Lobos na realização de seu sonho de longa data: ir a Paris para poder, lá, dedicar-se exclusivamente a seu trabalho de composição. Para fundar o projeto em uma base realista, Rubinstein sugeriu estabelecer um plano de financiamento que foi adotado por alguns amigos de Villa-Lobos. A imprensa relatou sobre isso: "Tudo indica que é chegado o momento de encaminhar para a Europa esse formoso talento que ontem foi delirantemente aplaudido"[1].

Para colocar à disposição os meios necessários, o deputado Arthur Lemos apresentou uma proposta na câmara municipal de vereadores em julho de 1922 sob o título: "Para a divulgação de nossa música no exterior". Foram pedidos 108 contos de réis – segundo a moeda de hoje, aproximadamente, 30 mil reais – para que pudessem ser realizados, ao total, 24 concertos com obras de compositores brasileiros nas capitais musicais da Europa. Já em 1912, Nepomuceno, Oswald, Braga e Nascimento haviam encaminhado uma iniciativa semelhante

1. Guérios, 2003, p. 124.

para o jovem compositor, muito promissor, Glauco Velásquez. O projeto, contudo, fracassou, e Velásquez morreu dois anos mais tarde.

A fim de propagar seu objetivo, Villa-Lobos realizou uma série de oito concertos – quatro no Rio de Janeiro, quatro em São Paulo –, os quais ele dedicou a algumas personalidades de destacada posição social: ao presidente Epitácio Pessoa, ao vice-presidente Estácio Coimbra, ao senador Marcílio Lacerda e ao milionário Arnaldo Guinle.

Os sete irmãos Guinle ascenderam ao grupo dos homens mais ricos do Brasil através da herança deixada a eles por seu pai, falecido em 1912, Eduardo Palassin Guinle. O imigrante francês adquiriu considerável fortuna com a construção do porto de Santos, em São Paulo, durante o desenvolvimento desenfreado do café. Com a herança, seus filhos patrocinavam incessantemente projetos culturais e sociais. Arnaldo Guinle era presidente de uma das principais associações de futebol do Rio de Janeiro, o Fluminense Football Club, enquanto Octávio construiu o renomado Copacabana Palace Hotel, e Carlos, em sua mansão de luxo no Botafogo, recebia hóspedes ilustres, como o presidente norte-americano Roosevelt e o duque de Windsor, a pedido do Ministério das Relações Exteriores.

Apesar de todos os esforços, Villa-Lobos não conseguiu influenciar o ambiente no sentido intencionado. Não houve número considerável de público nem uma ressonância notável por parte da imprensa, e as personalidades importantes solicitadas também se mantiveram reservadas. O quarto concerto no Rio de Janeiro teve até mesmo de ser cancelado, já que não houve venda suficiente de ingressos. Ronald de Carvalho censurou, por conseguinte, em um artigo de jornal, a "decadência" do público no Rio de Janeiro. Quando vozes da imprensa se pronunciaram contrárias a um novo fomento de Villa-Lobos, Francisco Braga decidiu fazer valer sua reputação e lavrou a seu jovem colega um "atestado de competência artística" em um cartório de notas:

> O sr. Heitor Villa-Lobos tem um enorme talento musical. De uma capacidade produtora assombrosa, tem uma bagagem artística considerável, em que existem obras de valor, algumas bem originais. Não é mais uma promessa, é uma afirmação. Penso que a Pátria se orgulhará, um dia, de tal filho[2].

Até mesmo o impertinente Guanabarino sinalizou adesão ao projeto, não sem a intenção reservada de, com isso, saber que o perturbador seria mantido longe do Rio de Janeiro por longo período de tempo: "Pensionar Villa-Lobos não é um favor pessoal, e se advogamos a sua causa, vai nisso o merecimento de não o termos na roda dos nossos amigos. O artista é o melhor dos veículos para a aproximação dos povos"[3].

Todavia, sempre havia outros adversários do plano na Câmara que não renunciavam à sua resistência a Villa-Lobos ou ainda faziam contrapropostas, como enviar Villa-Lobos a regiões distantes do Brasil, objetivando um efeito de desenvolvimento para o próprio país. No primeiro ímpeto, a proposta fracassou com a justificativa de que, pouco tempo antes, haviam sido indeferidos subsídios bem menores para hospitais e grupos de assistência social. Depois de renovada tentativa e acalorado debate, foi aprovada, finalmente, em 22 de julho de 1922, boa parte do orçamento cotizado: quarenta contos, dos quais a metade foi paga no mesmo ano a Villa-Lobos. Entretanto, ele nunca

---

2. Ibid., p. 125.
3. Horta, 1987, p. 43.

receberia o restante, já que, no dia 15 de novembro de 1922, tomava posse o governo Arthur Bernardes, estabelecendo um novo regime. O dinheiro disponível não foi suficiente sequer para cobrir as despesas com as preparações da viagem, e assim todo o projeto, mais uma vez, corria riscos.

Arnaldo Guinle, o deputado Arthur Lemos, o crítico Rodrigues Barbosa, os compositores Braga e Oswald, bem como o poeta Ronald de Carvalho intervieram, por conseguinte, com recursos próprios. Os mecenas Antonio Prado, Olívia Penteado e Laurinda Santos Lobo confirmaram igualmente seu incentivo, salvando, com isso, o projeto. Finalmente, Villa-Lobos pôde fazer suas malas; porém Lucília, devido ao orçamento apertado, deveria ficar no Rio de Janeiro.

Pouco antes de embarcar em 30 de junho de 1923 no navio a vapor *Groix* rumo à França, Villa-Lobos declarou, no jornal diário *A Noite*:

> Não serei verdadeiro se lhe afirmar que a minha excursão artística ao Velho Mundo é oficial, porque a expendiam, apenas, alguns amigos, patriotas sobretudo, e que me quiseram poupar e ao país uma situação de vexame em que ia me encontrando[4].

Choque cultural

Logo após sua chegada a Paris, Villa-Lobos deixou atônitos os músicos, artistas e jornalistas franceses com a presunçosa afirmação: "Não vim aprender; vim mostrar o que fiz. Se gostarem, ficarei; se não, voltarei para minha terra"[5].

4. Guérios, 2003, p. 126.
5. Horta, 1987, p. 44.

Geralmente, a chegada de Villa-Lobos a Paris é descrita como a realização de um sonho que há muito tempo se almejara, de visitar sua verdadeira pátria espiritual e artística. Não obstante, ele foi, bem no início de sua temporada em Paris, confrontado de forma categórica com o quão distante o universo musical isolado do Rio de Janeiro estava de Paris, centro da vanguarda. Pouco depois de se instalar na cidade, Villa-Lobos foi aceito no círculo de brasileiros que viviam ali e presumia estar em terreno seguro. A artista plástica Tarsila do Amaral, junto com seu marido, Oswald de Andrade, recebia em seu apartamento-ateliê na rua Hégésippe Moreau, onde outrora havia morado Cézanne, os membros da colônia brasileira e os representantes do cenário cultural parisiense. Por ocasião da chegada de Villa-Lobos a Paris, Tarsila ofereceu um jantar, no qual, dentre muitos outros, estavam o poeta Blaise Cendrars e o compositor Eric Satie.

Até mesmo Jean Cocteau aceitara o convite: o gênio universal era considerado mentor intelectual da vanguarda parisiense na literatura e sentia-se tão à vontade com as artes plásticas quanto com a música. O animado debate entre brasileiros e franceses concentrava-se progressivamente na música e em sua improvisação. Villa-Lobos sentou-se com a habitual altivez ao piano da casa e começou a improvisar, enquanto Jean Cocteau, atentamente ouvindo, colocou-se atrás do instrumento. Passados os primeiros minutos, Cocteau sentou-se novamente em sua poltrona e criticou sem piedade o que havia ouvido, condenando aquilo como uma infusão estilística à moda de Debussy e Ravel. Villa-Lobos sentou-se novamente e tentou outra coisa, recebendo mais uma vez protestos de Cocteau. Ele duvidava que uma improvisação "sob encomenda" pudesse, artisticamente, ter algum sentido. A discussão acalorada que se seguiu entre Cocteau e Villa-Lobos acabou em atos hostis.

Além do fato anedótico, o episódio ganha importância quando se observam os diferentes sistemas orbitais por que transitavam os artistas. Villa-Lobos vinha de um *milieu* musical fixado de forma dogmática na "ópera lírica" italiana, em que Ravel, Debussy e Wagner eram considerados representantes da nova música que constituía um enclave marcadamente europeu, muito afastado no centro de um âmbito exótico. O âmbito de ação de Cocteau, ao contrário, encontrava-se pura e simplesmente na metrópole cultural europeia, onde as tendências e os parâmetros para as artes eram ditados. Outras capitais do continente, como Moscou, Viena e Berlim, passavam por revolucionárias reviravoltas: o cenário musical europeu não poderia ter um prestígio mais alto do que aquele com compositores como Arnold Schönberg, Igor Stravinsky, Alban Berg, Sergei Prokofiev e Richard Strauss.

Na Paris a que Villa-Lobos havia chegado, Ravel e Debussy eram considerados, contudo, clássicos. Debussy já havia morrido em 1918, e Ravel, com a saúde abalada, já havia superado o ponto alto de sua fase de criação. Em 1928 ele conseguiu um último grande sucesso com o *Bolero*, obra orquestral, o que também o surpreendeu. Em 1916, Cocteau, Pablo Picasso e Eric Satie uniram-se para desenvolver o projeto de balé *Parade*, posto em cena por Diaghilev: o texto era de Cocteau; a coreografia de Massine; o cenário de Picasso; e a música de Satie. O programa da *Parade* representava um hino à música das ruas, do circo, da feira. Os sons do cotidiano tornaram-se parte da construção musical: barulho da rua, estrépitos de máquinas de escrever, sirenes de navio, a integração súbita do popular em um conceito artístico revolucionário. Em 1918, Cocteau havia reivindicado, em sua obra *Le coq et l'arlequin*, a renúncia ao Romantismo e ao Impressionismo e a abertura da música frente ao teatro de variedades, ao cinema e ao jazz.

Rubinstein abriu muitas portas para Villa-Lobos em Paris, como com os editores da Max Eschig. A soprano brasileira Vera Janacopoulos auxiliou Villa-Lobos ao incluir suas canções em seus programas. O músico brasileiro tornou-se amigo do compositor Albert Roussel, que havia estudado com D'Indy e que, depois de uma temporada na Ásia, utilizou elementos da música indiana em sua obra. Apesar dos cordiais cuidados de velhos e novos amigos, Villa-Lobos, em suas experiências, percebeu que Paris era um terreno difícil para qualquer recém-chegado. Alugar uma sala, assim como contratar músicos e cantores, era um empreendimento arriscado e dispendioso, e os críticos musicais, primeiramente, deveriam estar convencidos de sua obra e, finalmente, interessar-se por ele. Apenas em 23 de outubro de 1923 – portanto, quase meio ano depois de sua chegada – ele conseguiu incluir algumas de suas obras em um concerto na Salle des Agriculteurs, graças à cooperação de Vera Janacopoulos, que apresentou sua canção *La fillette et la chanson*. Em seguida, foi o pianista espanhol Tomás Terán que, em 14 de fevereiro de 1924, tocou na Salle Erard alguns movimentos de ambas as suítes *A prole do bebê*.

Em 30 de maio de 1924 ocorreu, finalmente, na Salle des Agriculteurs, um concerto que seria o passo mais importante para que Villa-Lobos finalmente se tornasse reconhecido como compositor. No programa, estava a primeira audição do *Noneto*, que imediatamente despertou alguma atenção. A compositora e crítica musical Suzanne Demarquez escreveu sobre a peça:

Um dos pontos culminantes da obra do jovem mestre, síntese da ambiência sonora e rítmica de seu país. A habilidade do contraponto instrumental e a arte das oposições testemunham uma espantosa virtuosidade. A bateria, sozinha, corresponde a uma orquestra, tanto pela variedade dos valores como pela dos coloridos. O piano é muitas vezes empregado nas regiões extremas, menos acessíveis musicalmente ao ouvido, e soma-se à percussão. Efeitos instrumentais inéditos são procurados e obtidos – como tirar o bocal do clarinete e usá-lo como se fosse um trompete, o que produz o som característico da trombeta indígena. Quanto ao sentimento harmônico, é supérfluo acrescentar que ele demonstra a mais total independência[6].

O pianista e organizador de concertos Jean Wiéner interessou-se por Villa-Lobos e contratou-o para sua primeira série de concertos, os *concerts salades*. Com Wiéner, foi apresentada a primeira obra de Villa-Lobos composta na Europa, o *Trio para oboé, clarinete e fagote*, que ele afirmava ter composto antes ainda de sua chegada a Paris. Porém, aqui, reconhece-se claramente a influência de Stravinsky, bem como a renúncia ao universo de Debussy. O poeta Sérgio Milliet, que estava em Paris para traduzir literatura brasileira em francês, anunciou em março de 1924 na revista modernista *Ariel*, que, em abril, os concertos de Jean Wiéner apresentariam obras de Stravinsky, Milhaud e de Villa-Lobos: "Não é possível desejar-se maior consagração para o brasileiro. Quem conhece o atual movimento artístico e sabe a significação dos nomes que o acompanham pode medir a altura alcançada"[7].

6. Ibid., p. 109.
7. Guérios, 2003, p. 137.

Com Edgar Varèse – cujos experimentos sonoros com sirenes e "ondas Martinot" Villa-Lobos condenou como "mecânicos" –, ele logo fez estreita amizade, que, contudo, não acarretou nenhuma aproximação do ponto de vista artístico. Varèse, por sua vez, desaprovava o nacionalismo musical e a utilização da música popular:

> Não acredito no nacionalismo na arte. Segundo penso, a exploração da música popular pelos compositores é um sinal de impotência. Sempre que fazem uso dela é porque não têm nada próprio a dizer. Para mim, isso é renegar a essência da atualidade. Nenhuma arte nacional se origina da música popular, porém de pessoas de uma raça genial. No momento em que, na Argentina, um músico genial se apresenta, sua arte é uma arte nacional, pois ele, através disso representa seu ambiente, produto dele e não um produto da vontade. A música popular já é algo pronto, ela tem sua função e a preenche de forma admirável. Não acrescenta nada querer manipulá-la. Aqueles que fazem isso lisonjeiam mais o gosto do público, naturalmente, um gosto por demais subalterno. Eles são plagiadores totalmente desonestos[8].

A afirmação descompromissada talvez tenha sido até mesmo uma resposta indireta a Villa-Lobos que, naqueles anos, gostava de provocar com a declaração: *"Le folklore c'est moi"*. Apesar dessas divergências, Varèse e Villa-Lobos, daí em diante, organizaram muitos concertos juntos e tinham sincera consideração um pelo outro.

---

8. Paraskevaídis, 2002.

Villa-Lobos encontrou o honrado mestre D'Indy meio ano depois de sua chegada, mostrou-lhe algumas de suas composições e recebeu com muito respeito suas sugestões de alteração para a terceira e a quarta sinfonias. Villa-Lobos também se encontrou com o admirado Igor Stravinsky em Paris, contudo, não surgiu nenhuma relação amigável daí. Villa-Lobos temia uma aproximação muito grande de seu ídolo secreto, por medo de não ser mais distinguido em sua sombra ou então de ser suspeito até mesmo de epígono. E para o Stravinsky não propriamente modesto, o brasileiro agitado que se fazia aparecer no cenário cultural parisiense, sempre baforando seus charutos, não era um interlocutor de mesmo nível. Alguns anos mais tarde, Mário de Andrade relatou, com língua afiada, o boato de que Stravinsky, depois de ter passado os olhos por algumas obras de Villa-Lobos, suspirou entediado, dizendo que compositores como o brasileiro havia às dúzias em qualquer país. Entretanto, a lembrança que Stravinsky tinha de Villa-Lobos parece ter sido ao menos benévola, pois quando eles se encontraram novamente em Hollywood, em 1944, o músico despediu-se dele com uma amável dedicatória escrita de próprio punho.

Os duzentos contos colocados à disposição de Villa-Lobos foram gastos mais rapidamente do que o esperado. Já em 1º de abril de 1924, ele se viu forçado a escrever para Arnaldo Guinle para lhe pedir ajuda. Em uma outra carta rogatória, Guinle o aconselhou a voltar ao Brasil. Em setembro de 1924, Villa-Lobos encontrava-se no Rio de Janeiro. Manuel Bandeira relatou na revista *Ariel* o retorno do amigo:

> Villa-Lobos acaba de chegar de Paris. Quem chega de Paris, espera-se que venha cheio de Paris. Entretanto, Villa-Lobos chegou de lá cheio de Villa-Lobos. Uma coisa, contudo, o abalou

perigosamente: a *Sagração da primavera*, de Stravinsky. Foi, confessou-me ele, a maior emoção de sua vida[9].

O retorno de Villa-Lobos a seu país não foi digno de nota pela imprensa, tampouco foram percebidas mudanças no cenário musical marcadamente conservador. Os primeiros concertos no Brasil foram organizados com a ajuda de seu amigo Mário de Andrade. Em 18 de fevereiro, Villa-Lobos dedicou um concerto no Teatro Sant'Anna, em São Paulo, a seus protetores Olívia Guedes Penteado e Paulo Prado, com um arranjo das *Danças africanas* para dez instrumentos, algumas canções, o *Choro n. 2* e o *Noneto*. Dois dias depois, o concerto foi repetido. Depois, o concerto foi para o Rio de Janeiro, onde Villa-Lobos regeu exclusivamente obras de compositores europeus.

Em 17 e em 22 de setembro, Villa-Lobos apresentou, no Instituto Nacional de Música, as *Danças africanas*, o *Carnaval das crianças* para piano solo e os *Choros nn. 2 e 7*. Contrariando as expectativas, as obras tiveram boa recepção por parte do público de estudantes e professores do instituto. Contudo, apesar de todas as atividades, sua situação financeira continuava precária, algo de que reclamou a seu amigo Rubinstein, que estava no Rio de Janeiro pela quarta vez, em 1926:

> Eu escrevo e escrevo, e não há nada além de papel pelo chão. Essas coisas nunca são executadas em público, porém eu sei que são coisas boas. Ah, se eu pudesse ir embora e executar minhas composições numa cidade como Paris. Lá alguém enfim me valorizaria[10].

9. Mariz, 1989, p. 66 ss.
10. Rubinstein, 1988, p. 202.

Rubinstein insistiu, por conseguinte, mais uma vez pela intervenção de mecenas brasileiros, intervenção que deveria salvar a situação, e falou com Carlos Guinle. Rubinstein, lisonjeando habilidosamente, tinha em vista a paixão de Guinle pela música:

> Você gostaria de ser celebrado após sua morte, Carlos? O arquiduque Rudolph, o príncipe Lichnowsky e o conde Waldstein teriam sido esquecidos se não tivessem tido a boa sorte de entender e apreciar a música de Beethoven e ter um papel importante em sua vida como seus mecenas[11].

Quando Rubinstein finalmente pôde comunicar a seu protegido a boa notícia, de que Guinle interviria com considerável quantia, salvando, assim, o projeto, Villa-Lobos o surpreendeu com a resposta rude: "Estas pessoas não sabem o que fazer com seu dinheiro"[12].

Depois que Guinle colaborou com uma quantia bem maior do que o esperado, que bastaria para dois anos em Paris, Villa-Lobos, em um ataque de comoção, abraçou Rubinstein com uma gratidão sem palavras. No final de 1926, o músico pôde voltar a Paris, dessa vez acompanhado de sua mulher, Lucília. Carlos Guinle havia colocado à sua disposição seu representativo apartamento na praça St. Michel, e isso facilitou sua reintegração ao círculo de atividades. De imediato, Villa-Lobos empreendeu negociações para a publicação de suas novas obras para orquestra com a editora Max Eschig. Já que ele ainda não pertencia ao primeiro escalão dos compositores, as condições oferecidas a ele não foram muito favoráveis: ele deveria conse-

---

11. Ibid., p. 202 ss.
12. Ibid., p. 203.

guir uma subvenção da metade dos custos totais de impressão e, ainda assim, ceder todos os direitos autorais e de utilização à editora. O compositor receberia 20% sobre as vendas, sendo 10% do empréstimo de material para orquestras e outros 10% da venda de discos. Para conseguir o novo material, ao total quinze composições publicadas, surgiu a ideia de organizar alguns concertos.

Dois concertos foram anunciados com o título *Festivales consacrées aux oeuvres de Heitor Villa-Lobos* na sala de concertos da casa de pianos Maison Gaveau. O primeiro concerto – com os *Choros nn. 2, 4, 7 e 8*, as *Serestas* e *Rudepoema* – ocorreu em 24 de outubro; o segundo – com o *Noneto*, os *Choros nn. 3 e 10*, bem como a segunda série de *A prole do bebê* –, em 5 de dezembro de 1927. Alguns dos melhores amigos musicais de Villa-Lobos participaram do concerto: Arthur Rubinstein, Vera Janacopoulos, Aline van Barentzen e Tomás Terán.

A primeira audição dos *Choros nn. 8 e 10* foi um sucesso sensacional que rendeu a Villa-Lobos o reconhecimento definitivo como compositor. O *Choro n. 8* recebeu a alcunha *Le fou huitième* e também foi designado como *Choro da dança*. Soa nessa obra de apenas vinte minutos a atmosfera do carnaval do Rio de Janeiro, bem como das danças indígenas. Dois pianos fazem parte da formação musical, sendo o primeiro virtuoso e o segundo, preponderantemente percussivo. No início, entra o caracaxá, um instrumento indígena de percussão construído a partir de uma enorme vagem seca. Oito percussionistas completam a seção dos ritmos. As entradas multiplicam-se e ressoam citações de melodias folclóricas e populares, como a canção infantil *Sapo jururu* e o tango *Turuna*, de Ernesto Nazareth. Florent Schmitt escreveu em 24 de outubro de 1927, no *Paris Matinal*, um comentário sobre a primeira récita:

Paralelamente à orquestra, já agora com os seus oitenta executantes enfim reunidos, vemos desencadear-se, sem hipocrisia, todos os piores instintos desse sobrevivente da idade da pedra. A fantasia se mistura à selvageria estilizada de homem honesto e de alma nobre, que não está ao alcance de qualquer um e que pertence, apesar de tudo, ao domínio da beleza. A orquestra uiva raivosamente, presa de *jazzium tremens*, e quando se pensa que foram atingidos os limites de um dinamismo quase sobre-humano, eis que de repente os vinte dedos – que naquele momento valem cem – de Aline van Barentzen e de Tomás Terán atacam dois Gaveaux formidáveis como *tanks* que, no tumulto, explodem com uma algazarra de todos os infernos. Dado o golpe de misericórdia, aquilo se torna demoníaco ou divino, conforme o modo de pensar de cada um. Porque ou a gente adora ou abomina; não se fica indiferente; irresistivelmente sente-se que, desta vez, um grande sopro passou[13].

O selvagem da floresta tropical

Paris instigava a uma festa multicultural, abria-se a novas e exóticas imagens, cores, sons. A capital da França e o gigantesco império colonial francês eram o portão de entrada europeu para as artes da Ásia e da África e para o *jazz* do Novo Mundo. Na atmosfera da transformação radical, sedenta por sensações vanguardistas, que se seguiu à Primeira Guerra Mundial e resultou nos acelerados anos 1920, novidades exóticas de regiões e culturas longínquas caíram em terreno fértil. Debussy já havia recebido, na exposição universal parisiense, em 1889, fortes impulsos

---

13. Horta, 1987, p. 54.

da música de gamelão javanesa e da arte japonesa, tendo escolhido como título da edição de seus esboços sinfônicos *La mer* o quadro *A grande onda em Kanagawa*, do artista plástico japonês Hokusai. O Cubismo recebeu estímulos decisivos do universo de formas e imagens da África e da Oceania. Picasso, assim como Modigliani e Henri Matisse, dedicou-se, a partir de 1907, em seu "período negro", à arte africana. O *tumulte noire* encontrou espaço em salas de concerto e galerias, clubes noturnos e clubes de dança, até no Museu Trocadero, que mostrava a arte de colônias francesas, como o Dahony e Senegal.

O *jazz*, já ouvido na Primeira Guerra Mundial por soldados americanos que se movimentavam pela França, soava agora nos aparelhos de rádio postos em circulação no início dos anos 1920. O clarinetista Sidney Bechet, em turnê por muitos anos pela Europa, tornou-se um dos primeiros astros do *jazz*. *Ragtime* e *Cakewalk* entusiasmaram os parisienses; Darius Milhaud utilizou, em seu balé *La création du monde*, apresentado pela primeira vez em 1923, suas experiências coletadas no Harlem. Finalmente, músicas originais e dançarinos foram trazidos do Harlem para Paris para o *Revue Negre* no Thêatre des Champs Elysées. A dançarina Josephine Baker causou sensação, entrando em cena, na noite de abertura do *Revue Negre*, com nada além de uma pena de flamingo cor-de-rosa. Ela foi festejada como escultura africana viva, quase que incorporando uma marca precoce para grandes acontecimentos na linha *black is beautiful*. Ênfases políticas também anunciavam uma consciência madura dos povos coloniais: o príncipe originário de Dahomey, Kojo Tovalou Houénou, uma figura reluzente que passou pelos salões parisienses, publicou a revista *Les Continents*, em que louvava Paris como pátria espiritual da grande família negra e a luta da França contra o racismo.

O que Paris, a cidade universal, não desejava mais era a constante repetição de sucedâneos insípidos de sua própria cultura, porventura ainda reimportados de artistas epigonais do estrangeiro. Aquilo que podia conferir à respeitável – mas também autossuficiente – *civilisation* francesa choques e acentos cromáticos, primitivos e até mesmo bárbaros, era, ao contrário, aceito com interesse. Aí, Villa-Lobos, como brasileiro, encontrou o nervo da época. Contente com o fato de seus concertos com obras brasileiras terem alcançado tão grande ressonância entre o público e a crítica, Villa-Lobos evoluiu rapidamente em seu novo papel. Em Paris, longe de sua pátria, ele conseguia concretizar com mais facilidade e detalhadamente as diretrizes formuladas pelos modernistas brasileiros do que no Rio de Janeiro ou em São Paulo. Não apenas Villa-Lobos, como músico, teve essa experiência, mas também artistas plásticos, como Tarsila do Amaral:

> Sinto-me cada vez mais brasileira: quero ser a pintora da minha terra. Como agradeço por ter passado na fazenda a minha infância toda. As reminiscências desse tempo vão se tornando preciosas para mim. Quero, na arte, ser a caipirinha de São Bernardo, brincando com bonecas de mato, como no último quadro que estou pintando. Não pensem que essa tendência brasileira na arte é malvista aqui. Pelo contrário. O que se quer aqui é que cada um traga contribuição do seu próprio país. Assim se explicam o sucesso dos bailados russos, das gravuras japonesas e da música negra. Paris está farta da arte parisiense[14].

---

14. Guérios, 2003, p. 132.

Villa-Lobos teve de digerir de uma vez a abundância de impressões que irromperam sobre ele depois de sua chegada a Paris. A ilimitada variedade de concertos, *vernissages*, leituras, exposições em galerias e museus não podia ser comparada ao *milieu* artístico e intelectual restrito de sua cidade natal. E também levou um bom tempo até que Villa-Lobos, passada a confusão inicial, recuperasse seu aprumo e reencontrasse sua inspiração para compor.

Villa-Lobos havia trazido, já pronto do Rio de Janeiro, segundo próprio depoimento, o *Noneto*, que foi apresentado pela primeira vez no dia 30 de maio de 1924 na Salle des Agriculteurs. Seu subtítulo *Impressão rápida de todo o Brasil sonoro* pode, com algumas restrições, ser tomado como lema da maioria de suas obras surgidas em Paris. Contudo, isso é realizado no *Noneto* de forma totalmente especial, à medida que os elementos brasileiros de diferentes origem e textura se substituem, se sobrepõem e se organizam. Nessa obra também se impõe a impressão de que ele – diferentemente do que se afirma –, contudo, não saiu diretamente da bagagem da viagem para a sala de concerto. Assim, levou quase um ano desde a chegada de Villa-Lobos à França até a apresentação do *Noneto*, e, nesse meio-tempo, Villa-Lobos teve a experiência da primeira audição da *Sagração da primavera* de Stravinsky. Muito provavelmente, Villa-Lobos tenha revisado o *Noneto* depois dessa experiência estarrecedora, ou ele tenha surgido, possivelmente, apenas em Paris. Ambos os concertos nos quais ele foi executado, em 1924, em Paris, mereceram a atenção do público e de críticos. O *Trio para oboé, clarinete e fagote*, bem como o *Noneto*, foram tratados no *Revue Musicale* de Boris Schloezer:

> A simples enumeração dos instrumentos já nos mostra que as preocupações de sonoridades de timbre têm um papel

primordial na arte do compositor, é com efeito uma música de timbres e também de ritmos. O elemento melódico não é muito saliente e a maior parte dos temas se reduz a fórmulas rítmicas ou a combinações e oposições de sonoridades; mas a diversidade e a complexidade métrica dessas obras é extraordinária e o jogo dos timbres atinge nela uma riqueza e um refinamento sofisticados. Parece que o *Trio* tão stravinskiano foi composto em uma época em que Villa-Lobos apenas conhecia Stravinsky de nome. Haveria assim uma aproximação interessante a ser estabelecida entre a métrica da *Sagração* e a dos indígenas sul-americanos. No *Noneto* ele parece haver, no entanto, conseguido dominar sua matéria impondo-lhe uma forma europeia[15].

Fica claro que não se trata, em Villa-Lobos, de uma transposição de música afro-brasileira genuína, mas sim de uma vasta estilização. Assim, Villa-Lobos utilizou no *Noneto* elementos criados livremente, assimilados do som de línguas africanas, às quais é inerente uma vida própria com veia dadaísta:

Zango.
Zizambango.
Dandozangorangotango.

A repetição rítmica desses elementos produz uma atmosfera estética e lembra o ritual de curandeiros africanos e o efeito de suas fórmulas musicais de evocação. Uma diferença principal, em princípio, de Milhaud e de outros compositores europeus que se deixaram inspirar por diferentes exotismos, é

15. Ibid., p. 138 ss.

evidente na obra de Villa-Lobos: as correntes vanguardistas do Dadaísmo, passando pelo Cubismo até o Surrealismo, eram, para os artistas franceses, desde o início, meios de expressão universais, cosmopolitas. O Modernismo brasileiro, ao contrário, não podia ser separado de seu componente nacional.

Villa-Lobos sempre negou, veementemente, ser influenciado por outros compositores, e isso foi até mesmo aceito de forma consensual por um número considerável de biógrafos. Assim, falava-se, por causa das semelhanças que não podiam mais ser ocultadas entre a música de Villa-Lobos e a de Stravinsky, de intenção congenial, ou então de dois gênios que teriam chegado infalivelmente aos mesmos resultados. Até mesmo especulações sobre as supostas semelhanças surpreendentes entre a música nativa brasileira e a música popular russa foram feitas, para não provocar Villa-Lobos com a repreensão de que ele havia se aproximado de seu ídolo Stravinsky. O seu *Noneto* prova, contudo, principalmente a mudança radical de paradigma que se completou depois de suas primeiras comoventes experiências em Paris: pela primeira vez, ele utilizou de forma abundante e descompromissada a variedade rítmica da música brasileira, o que – por medo de não ser considerado um compositor erudito – havia evitado até então.

De forma marcante, Villa-Lobos começou, logo em sua segunda vinda de Paris ao Brasil, em 1924, a ouvir os fonogramas compilados por Roquette-Pinto no Museu Nacional. Ocorreu, portanto, exatamente o contrário do afirmado por ele: não foi o jovem compositor que, através de pesquisas aventureiras nos anos precoces, reuniu uma base para sua obra posterior; mas sim o compositor que, já maduro, descobriu, depois da experiência em Paris, as bases da música de seu país, procurando utilizá-las. Isso logicamente também alterou fundamentalmente seu prisma: se Villa-Lobos, antes de sua viagem a Paris, via-se ainda em uma sequência genealógica que se estendia dos assírios até o canto gregoriano e o *cantus firmus*, passando pelos visigodos, romanos e gregos, agora ele se expressava de forma crítica sobre aqueles que não levavam a sério a cultura dos povos primitivos: "No Brasil veneram com eloquência todos os feitos da Grécia/Roma antiga e ridicularizam as façanhas dos nossos primitivos selvagens. É isso que se chama talvez, modernamente, esnobismo"[16].

O crítico Henri Prunières, que se dedicou intensivamente à obra de Villa-Lobos, remete, no *Revue Musicale*, ao papel que Stravinsky, ídolo do músico brasileiro, desempenhou no sentido de uma autodescoberta:

> Seguir-se-á que seja Villa-Lobos absolutamente autodidata e que nada deva às escolas da Europa? De modo algum. Perfeitamente se percebe que foi nele grande a influência de Debussy, antes de dar lugar ao vício de Stravinsky. Este último é que parece tê-lo revelado a si próprio. Nada mais curioso, a tal respeito, do que o começo do formidável *Noneto*. A disposição dos instrumentos dos primeiros compassos é quase idêntica à da *Sacré du printemps* [*Sagração da primavera*]. O mesmo emprego do fagote em notas agudas, a mesma resposta da flauta; contudo, como o *Sacré* nos dá uma impressão pré-histórica e por assim dizer glacial, assim o *Noneto* nos arrasta ao meio da imensa floresta tropical[17].

Villa-Lobos utilizou, muito conscientemente, mais de uma vez, o clichê do selvagem brasileiro para entrar em cena, como nos bastidores de ambos os concertos *Villa-Lobos Festival* inicia-

---

16. Ibid., p. 148.
17. Ibid., p. 232 ss.

dos no final de 1927. Ele também sabia, com base nos primeiros dias de sua primeira temporada em Paris, das dificuldades de despertar a atenção no cenário musical, e apostou tudo na carta uma vez escolhida, a do *sauvage brésilien*. À primeira audição do *Choro n. 8*, em 24 de outubro de 1927, precedeu um artigo de imprensa que chamava a atenção: com o título "Aventuras de um compositor – música de canibais" foi publicado um artigo no *Intransigeant*, que virou comentário na cidade. Pouco antes do concerto, a poetisa Lucie Delarue-Mardrus, que falava sofrivelmente o português, descobriu, no apartamento de Villa-Lobos, o relato de aventura do alemão Hans Staden, do século XVI, e escreveu um artigo em que redistribuía os papéis: no lugar de Staden, aparecia Villa-Lobos, amarrado pelos canibais no pelourinho. O compositor – segundo o artigo – pôde ainda observar, nessa situação desesperadora, os cantos de guerra, com os quais se sentiu inspirado para as melodias dos *Três poemas indígenas*, bem como para os sons ruidosos do *Noneto*.

Não se pode mais reconstruir detalhadamente como se chegou ao bizarro relato, contudo Villa-Lobos, com seu humor grotesco e seu notório dom por provocações, foi o principal suspeito. Ele também se absteve de qualquer retificação, supondo que o artigo teria um efeito de propaganda bem-vindo para os concertos vindouros. Mesmo mais tarde ele inventou histórias sobre encontros cheios de aventura com índios selvagens, sobre plantas carnívoras, que ele, sozinho, com melodias sentimentais de choro tocadas no saxofone, impediu que o devorassem. Para reforçar o teor de verdade de suas fantasias, ele também tocava, então, melodias supostamente coletadas por ele ao piano, cantava muito alto e dava alguns passos no ritmo de danças brasileiras. Sem dúvida, essa estratégia que lembrava os *happenings* e performances de anos posteriores não falhou em seu efeito e contribuiu para que ambos os concertos "festivais", no final de 1927, recebessem, por parte do público parisiense, a devida atenção.

As mentiras de Villa-Lobos, contudo, tiveram menos sucesso no Brasil. Mário de Andrade expressou-se sobre isso com aguçada ironia, e cartas de leitores enfurecidos chegavam aos jornais brasileiros. A imagem que os parisienses tinham e queriam ver dos brasileiros vinha agora de sua obra: a evocação da floresta tropical, as danças e os sons de flauta dos índios, os barulhos indefiníveis de instrumentos exóticos, os gritos de pássaros tropicais, o zumbido dos insetos e o reluzir dos vaga-lumes. Nessas peças, a tonalidade é suprimida, pois elas integram também sons e ruídos que devem refletir a natureza e seu entorno.

Para sua surpresa, Villa-Lobos encontrou, na Bibliothèque Nationale, em Paris, livros de pesquisadores-viajantes europeus, também com transcrições musicais de melodias indígenas. Nessa época, Villa-Lobos começou a consultar sistematicamente obras de referência de ciências naturais, como a *Histoire d'un voyage à la terre du Brésil* [História de uma viagem à terra do Brasil], de Jean de Léry, e *Rondônia*, de Edgar Roquette-Pinto, e a coleção de lendas do Amazonas compilada por João Barbosa Rodrigues, *Poranduba amazonense*. As leituras fundiram sua pseudocultura às suas experiências anteriores de viagem, transformando-se em expressões programáticas conscientes: "O folclore sou eu. As melodias que escrevo, assim como eu, que as recolho, são folclore puro"[18].

Às perguntas sobre onde ele pressupostamente havia coletado melodias tão antigas, Villa-Lobos respondia, não raro, com afirmações grotescas:

---

18. Appleby, 2002, p. 25.

Dos papagaios. Os papagaios brasileiros ouviram estas melodias há muitos anos e não as esquecem. Eles chegam a uma idade madura. Eu escutei os papagaios e transcrevi as melodias[19].

O romancista e pesquisador musical cubano Alejo Carpentier viveu onze anos no exílio parisiense, onde trabalhou como crítico musical e jornalista. Compositores da América Latina partiam de um critério folclórico – segundo Carpentier –, mas buscavam uma forma própria de expressão. A América Latina é o continente da continuação frutífera de uma música que se desenvolveu na Europa e que, lá, chegou a seus limites e se esgotou. Carpentier tornou-se amigo de Villa-Lobos e descreveu, em uma série de artigos, o *milieu* por que transitava o compositor brasileiro, como para a *Gaceta Musical*, publicado para a comunidade cubana em Paris:

> E o admirável Tomás Terán se senta ao piano. Executa prestigiosamente uma suíte das *Cirandas* de Villa-Lobos... E a voz formidável da América, com seus ritmos de selva, suas melodias primitivas, seus contrastes e choques que evocam a infância da humanidade, funde-se ao bochorno da tarde estiva, através de uma música refinadíssima e muito atual. O encantamento surte efeito. Os martelos do piano – baquetas de tambor? – golpeiam mil lianas sonoras, que transmitem ecos do continente virgem[20].

A mudança de paradigma ocorreu não através da maturidade do compositor, mas do confronto com a atitude de expec-

---

19. Ibid.
20. Guérios, 2003, p. 155.

tativa de um novo grupo de objetivos em um ambiente estranho. E também as próprias expectativas de Villa-Lobos foram confundidas, pois o público parisiense não queria ouvir dele nenhuma música baseada em Debussy. Entre 1927 e 1929, Villa-Lobos provavelmente tenha apresentado, em um total de sete concertos, obras de sua autoria, surgidas quase todas em Paris. Ele recebeu, do público e da crítica musical, bem como de compositores famosos e colegas musicais, interesse e consideração sem precedentes. Perto de seu retorno ao Brasil, ele havia chegado ao zênite de sua força criadora. Havia atingido o objetivo de se tornar o criador e inconfundível compositor Heitor Villa-Lobos, ainda que esse compositor fosse diferente do almejado antes de sua primeira viagem a Paris.

Os choros

Villa-Lobos conhecia o choro da música popular urbana de seus anos iniciais como violonista nos conjuntos dos chorões. Assim, ele assumiu o termo "choro" para apadrinhar um gênero decididamente brasileiro de música erudita. A pretensão de não produzir apenas algumas peças avulsas, mas sim uma série inteira desse gênero inovador, manifestou-se de forma evidente no uso do plural: *Choros* e não *Choro*, ele denominava a série crescente de catorze obras avulsas, em que nem o número total nem a expressão musical de cada choro obedeciam a um plano inicialmente estabelecido. Para o credo musical, pode contribuir o prefácio do compositor ao seu *Choro n. 3*, de 1928, que já fazia parte do caderno de programa em um concerto em Paris em 24 de novembro de 1926:

Os choros representam uma nova forma de composição musical, na qual são sintetizadas as diferentes modalidades da música brasileira indígena e popular, tendo por elementos principais o ritmo e qualquer melodia típica de caráter popular que aparece vez por outra, acidentalmente, sempre transformada segundo a personalidade do autor. Os processos harmônicos são, igualmente, uma estilização completa do original[21].

Villa-Lobos, ao utilizar o termo "choro", não pretendia contribuir com a música popular nem criar uma nova forma abstrata de música erudita. Ao contrário, seu objetivo era chegar a uma síntese de todos os elementos estilísticos de formas da música brasileira que lhe pareciam relevantes. Assim como o choro da música popular, que se tornou algo novo através da mistura, a partir dos anos 1870, com as danças de salão europeias, como polca, *schottisch*, mazurcas e valsas, Villa-Lobos também pretendia, aí, uma mistura mais ampla de estilos musicais brasileiros. Os *Choros* de Villa-Lobos deveriam conter a música popular urbana, o carnaval e as serestas, bem como a música dos índios e dos afro-brasileiros.

Em 1921, Villa-Lobos inaugurou o ciclo com o *Choro n. 1* para violão, uma homenagem a chorões famosos, como Sátiro Bilhar e Ernesto Nazareth. A síncope de três semicolcheias, prolongada por fermatas, correspondia à praxe comum e pode ser encontrada em várias composições de choro.

O *Choro n. 2* foi escrito em Paris, em 1924, e dedicado a Mário de Andrade. Composto para flauta e clarinete, ele apresenta uma estilização bem-sucedida do choro como música popular urbana. Com grande economia, dois instrumentos fre-

---

21. Nóbrega, 1973, p. 9.

quentemente usados como instrumentos solo nos choros desenvolvem, aqui, um diálogo com liberdade rítmica total, que faz que eles pareçam superficiais. Ainda hoje, a peça possui um caráter vigoroso e moderno, uma obra brilhante e inteligente de música de câmara, em que o ouvinte se familiariza com o *swing* sensual e interessante. Estranho é o tratamento das tonalidades, sempre alternadas. Não se desenvolve um trabalho temático, entradas curtas são desenvolvidas, interrompidas, retomadas ou substituídas por outras, o que faz que a peça soe como uma improvisação de dois músicos chorões preparando-se para uma apresentação. Villa-Lobos, mais tarde, elaborou uma transcrição desse choro para piano.

O *Choro n. 3,* também conhecido pelo título *Picapau*, surgiu em 1925 em São Paulo e foi dedicado a Oswald de Andrade e a Tarsila do Amaral. Nele, Villa-Lobos afasta-se totalmente do indianismo romântico, tal qual representado décadas antes por literatos como Gonçalves Dias e José de Alencar e harmonizado por Carlos Gomes. Torna-se clara a intenção de chegar a uma síntese de três âmbitos diferentes da música brasileira – a música ameríndia, a música popular urbana do choro e a música erudita. Um coro masculino, que lembra o canto gregoriano, depara-se aqui com um septeto de clarinete, sax-contralto, fagote, três trompetes e um trombone. O tema *Nozani-ná* origina-se dos índios parecis e faz parte da coletânea de Edgar Roquette-Pinto. Primeiramente, canta-se em uníssono e, então, estende-se para a polifonia a quatro vozes. A relação dessa melodia indígena e da polifonia inexistente nos índios representa uma miscigenação cultural consciente. Segue a parte coral, em que as sílabas "pica-pau" são cantadas em *staccato*, imitando de forma onomatopaica o bico do pássaro batendo contra a madeira. Junto a isso, soam figuras rítmicas dos metais graves, que lembram danças rituais dos nativos, como as que podem ser encontradas entre os xingus. Finalmente, o coro "pica-pau" é adaptado a um ritmo popular urbano, fazendo florescer uma atmosfera dançante. Posteriormente, Villa-Lobos acrescentou ainda cinco compassos, que dão à obra um final patriótico, com as sílabas "Papipau, papipau Brasil", que remetem aos modernistas com seu lema "Pau Brasil", o que provocou algumas críticas por desequilibrar a uniformidade artística da obra. O músico chamou a atenção para o fato de que a peça poderia ser executada também em partes, e tanto o septeto de sopros quanto o coral poderiam ser executados separadamente.

No *Choro n. 4*, surgido no Rio de Janeiro em 1926, optou-se por uma formação musical incomum, que se afastava do que havia sido produzido anteriormente: três trompas e um trombone. A peça é inspirada na música popular suburbana, da "Cidade nova", que recebeu muitos imigrantes da Bahia e onde surgiram as novas tendências da música popular. Parcialmente, a peça soa como um *ragtime*, no qual, de uma forma comparativa com o choro, misturam-se danças de salão europeias a uma rítmica influenciada pela África.

O *Choro n. 5* é uma peça de piano solo e ficou conhecido como *Alma brasileira*. Villa-Lobos o dedicou a seu mecenas Arnaldo Guinle, a quem devia o custeio de sua primeira temporada em Paris. Na utilização de elementos melódicos populares, com seus efeitos de *rubato* e *rittardando*, a peça lembra a forma de tocar dos seresteiros, tendo se tornado a mais famosa dessa série.

O *Choro n. 6* é o primeiro dos grandes choros de orquestra e produz o efeito de um poema sinfônico amplamente construído. Ele foi escrito, segundo depoimentos de Villa-Lobos, em 1926, entre as temporadas em Paris; contudo, no Rio de Janeiro, a primeira audição ocorreu em 1942 e foi executada pela Orquestra do Teatro Municipal, sob sua regência. Esse longo tempo entre o surgimento e a primeira audição faz suspeitar de que esse choro tenha surgido muito mais tarde, possivelmente apenas depois do retorno do músico ao Brasil, em 1930. Villa-Lobos, entre as duas temporadas em Paris, dificilmente teria tido tempo suficiente e energia para escrever uma obra tão extensa, pois tinha ainda de se preocupar com uma série de problemas práticos e financeiros. Além disso, ele provavelmente teria executado o *Choro n. 6* durante sua segunda temporada em Paris e não esperado mais de dez anos para isso.

Esse choro é marcado pela poesia sonora e a melancolia, revelando o emprego soberano dos recursos técnicos já presentes nos choros anteriores. Inicia-se com os acentos rítmicos do roncador, um instrumento de percussão de som grave tradicional, que lembra ritos arcaicos dos índios e imediatamente desperta associações com a floresta tropical. Melodicamente, ele logo remete à música rural do Nordeste brasileiro. Podem-se ouvir reminiscências da valsinha e do samba. A atmosfera das cidadezinhas do interior do país é introduzida em um movimento polifônico habilmente composto. A obra requer uma grande seção de percussão, com uma série de instrumentos tipicamente brasileiros que se unem ao roncador soante na introdução: bombo, tartaruga, camisão grande, cuíca, reco-reco, tambú, tambí, tambores, chocalho, tamborim de samba. A melodia da flauta, no início, lembra o lundu, como no *Lundu característico*, do flautista Joaquim da Silva Callado, ou *O nó*, do trombonista Candinho Trombone, Cândido Pereira da Silva, popular em sua época. A melodia do *adagio* – um solo de oboé – já era conhecida no Brasil há bastante tempo, pois servia como música de abertura do programa de rádio *Villa-Lobos, sua vida, sua obra*, moderado por Arminda Villa-Lobos na Rádio MEC.

O *Choro n. 7* também ficou conhecido como *Setimino* ou *Settimo*. Apesar do número, o *Settimo* já havia surgido em 1924, portanto, no mesmo ano do *Choro n. 2* e dois anos antes do *Choro n. 6*. Aqui predominam novamente os metais: flauta, oboé, clarinete, saxofone alto em mi bemol, fagote, violino e violoncelo. A melodia *Nozani-ná* – que já desempenha importante papel no *Choro n. 3* – também aparece aqui, assim como elementos da música dançante urbana.

O *Choro n. 8*, já em sua primeira audição, em 1927, impressionou o cenário musical de Paris com sua aglomeração imponente e descompromissada de efeitos rítmicos e dissonantes. Villa-Lobos continuava as experiências realizadas no *Noneto* com a percussão e se unia à dimensão dançante da música brasileira. Com tom exagerado, ele foi chamado até mesmo de "*Sacré du printemps* do Amazonas"[22], o que não comprova, na verdade, nenhuma semelhança com a obra-prima de Stravinsky, mas pode descrever a atmosfera do *Choro n. 8*. Do mesmo modo, a forma que mal pode ser definida dá a impressão de ser algo "bárbaro". A obra de um único movimento, com quase vinte minutos, não permite que se reconheçam nem desenvolvimento temático nem forma, e também nenhuma estrutura interna com critérios válidos até aquele momento. Ao contrário do *Choro n. 3* e do *Noneto*, não se utilizou aí nenhuma melodia indígena. O acontecimento musical é executado por partículas e estilhaços temáticos, que rompem cada vez mais os limites entre melodia e ritmo. A obra foi escrita para orquestra com grande grupo de percussão, com instrumentos tipicamente brasileiros, desde cuíca, matraca, caracaxá, até os cocos secos. Fazem parte ainda da formação musical dois pianos, o primeiro como solo, o se-

---

22. Peppercorn, 1991, p. 95.

gundo como instrumento de percussão. O *Choro n. 8* começa com o ruído do caracaxá sacudido, acompanhado por contrafagote, saxofone e clarinete. As vozes sobrepõem-se a um movimento denso, em que principalmente a seção de metais providencia os acentos rítmicos fortes, interpretados pelas cordas e reintegrados em linhas melódicas curtas. Em uma parte intermediária lírica, soa uma flauta solo como uma longínqua reminiscência do mundo etéreo de Debussy e de seu *Prélude à l'après-midi d'un faune*, antes do acontecimento rítmico entrar novamente, com reminiscências do choro popular e do carnaval. A melodia do tango *Turuna*, de Ernesto Nazareth, aflora de forma distanciada como motivo rítmico, contribuindo para o movimento animado. Depois de uma pausa lírica, a obra culmina em um *finale* dominado pela percussão.

O *Choro n. 9*, surgido no Rio de Janeiro em 1929, não foi executado em Paris, mas apenas no Rio em 1942. Nessa obra, Villa-Lobos esforçou-se por uma música pura, absoluta, na verdade, comprometida também com a natureza brasileira, contudo sem o empréstimo que caracteriza de forma decisiva o carnaval ou as reminiscências da percussão da música indígena. Introduziu-se, na estrutura melódica, a canção popular rural do Mato Grosso *Oh, Dandan!*, também encontrada por Villa-Lobos na coletânea de Roquette-Pinto.

Com o *Choro n. 10* – que também se tornou conhecido como *Rasga o coração* – a série alcançou seu ponto alto. Sua posição na série *Choros* corresponde mais ou menos à *Bachiana n. 5* com a famosa ária dentro da série *Bachianas brasileiras*. Mário de Andrade denominou o *Choro n. 10* "o mais verdadeiro e apoteótico hino da música brasileira"[23].

---

23. Horta, 1987, p. 54.

A obra, de mais ou menos treze minutos, une, na primeira metade puramente instrumental, a atmosfera urbana do choro e do carnaval a sons da natureza, principalmente a vozes de pássaros. Villa-Lobos tinha até mesmo pretendido incluir na partitura o rugido de um puma. No início, ouve-se o grito de um pássaro tropical raro, o "azulão-da-mata", reproduzido pelo clarinete. Flautas-pícolo e clarinetes, tocados nos registros agudos e com *tremolo dental*, reproduzem uma revoada de pássaros. Entoa-se, então, o tema de *Mokocê-cê-maká*, uma canção de ninar indígena.

A segunda parte é introduzida por fanfarras de trompetes, que conduzem a um ritmo pisado. Depois que o tema da canção de ninar é retomado e variado, entra o coro. Cada registro de voz se agrega a uma combinação de sílabas que, cantadas juntas, desenvolvem uma dinâmica rítmica própria e obtêm um efeito polirrítmico partindo do diferente valor das vogais. A língua indígena, aliás, inventada por Villa-Lobos, possibilita a entrada grandiosa de elementos sonoros condensados em uma teia de sons que se distanciam consideravelmente das palavras indígenas. Tal princípio, já seguido no *Noneto* e no *Choro n. 3*, estende-se ao *Choro n. 10*. Primeiramente introduzidas pelos tenores, as sílabas distribuem-se no movimento coral:

Jakatá karamajá
Tayapó karamajó
Tékeré kimérejé
Titu titó kayá.

A rítmica de passagens de coro realizadas a sete vozes cria um efeito hipnotizador, no qual passos pisados com efeito arcaico com a forma de desenvolvimento aparentemente barroca se fundem em um *drive* dinâmico que lembra o *jazz*. Na última parte, utiliza-se a composição *Yara*, de Anacleto de Medeiros, que é adaptada a um texto de Catulo. A canção surgida há pouco tempo com o título *Rasga o coração* havia se tornado um sucesso em todo o país e era cantada e tocada por inúmeros intérpretes. Travou-se uma contenda jurídica complicada pelos direitos autorais de *Rasga o coração*, em que Villa-Lobos se viu difamado não apenas como pressuposto plagiador inescrupuloso, mas também foi injuriado, em um panfleto do acusador Carlos Maúl – "A glória escandalosa de Villa-Lobos" – como ignorante e artista "degenerado". O tratado transformou-se em uma vingança à arte contemporânea, desde a pintura abstrata até a música vanguardista. A acusação pôde ser finalmente indeferida depois que o caso foi tratado abundantemente na imprensa.

O *Choro n. 11* é construído na forma de um concerto grosso moderno, em que o piano ocupa o primeiro plano. Ele foi dedicado a Arthur Rubinstein – que, todavia, nunca o tocou – e executado pela primeira vez em 18 de julho de 1942. Sua duração demasiadamente longa, com cerca de uma hora, contribuiu para que ele fosse raramente executado. O próprio Villa-Lobos sugeriu dividir a peça em três ou quatro movimentos, tendo também escrito uma versão reduzida de aproximadamente 35 minutos. Nesse choro, o caráter brasileiro forte, característico do *Choro n. 10*, fica mais uma vez em segundo plano.

Se o *Choro n. 8* pôde ser denominado *Choro da dança*, o *n. 12* poderia ser chamado de *Choro da melodia*. Com sua abundância de ideias melódicas e citações, ele soa bem mais calmo e equilibrado do que seus precursores e goza da beleza das melodias brasileiras rurais e urbanas, que se fundem, de diferentes regiões, aqui, em um afresco surpreendentemente amplo. Para antepor uma introdução adequada à série inteira de *Choros*, Villa-Lobos ainda escreveu, em 1929, uma *Introdução aos choros para orquestra e violão*, com uma cadência *ad libitum* para o instrumento solo. O *Quinteto em forma de choro* também foi escrito em 1929. As últimas peças da série, *Choro n. 13* e *Choro n. 14*, nunca foram executadas e, segundo Villa-Lobos, provavelmente se perderam quando seu apartamento foi desmontado em Paris, em 1930, para onde ele, depois de aceitar o cargo para o governo de Getúlio Vargas, nunca mais voltou. Uma terceira série de *A prole do bebê* talvez tenha sido escrita e igualmente perdida em Paris em 1926. Depois das bonecas e dos bichinhos, os temas seriam as brincadeiras infantis típicas do Brasil: futebol, soldadinho de chumbo, bolinha de gude, bilboquê, peteca e capoeiragem, a dança dos escravos.

Não é possível reconstruir até que ponto essas obras foram aperfeiçoadas ou, possivelmente, tenham existido apenas como esboços. Contudo, algo favorece a explicação de Villa-Lobos sobre a perda das obras estar relacionada ao fato de ele não ter voltado mais a Paris. O músico recebera, em comissão, quatro pianos da Casa de Pianos Gaveau, para vendê-los no Brasil e, assim, suprir o seu caixa de viagem para a terceira temporada em Paris, em planejamento. Quando a situação se complicou, em razão de problemas na alfândega, ele recebeu uma cobrança da Maison Gaveau, no Brasil. Pediu ajuda a Guinle, que conseguiu negociar com a firma uma prorrogação do pagamento pendente. Não se sabe ao certo se Villa-Lobos, apesar de tudo, não pagou a dívida ou se o congelamento de transferência de dinheiro para o exterior, ocorrido depois do golpe de Vargas, foi o fator decisivo, mas parece que os credores de Villa-Lobos se apossaram de seus objetos abandonados no apartamento de Guinle como pagamento para saldar suas dívidas.

Villa-Lobos, na série de choros, afastou-se, como em nenhum outro conjunto de obras, das convenções da tradição europeia. Todas as obras avulsas desse grupo contêm apenas um movimento e afastam-se das formas de desenvolvimento do Classicismo, com mais de um movimento. A dialética forma-sonata desenvolvida pela tradição ocidental, tanto quanto seus modelos românticos e impressionistas posteriores, e o princípio atonal e serial mostraram-se inúteis às intenções formuladas por Villa-Lobos. Ao contrário, cristalizou-se aí, como em nenhuma outra série de obras, um princípio de composição que se aproxima do modelo de *l'adjonction constante d'éléments musicaux nouveaux*, usado e descrito pelo compositor belga Désiré Pâque. Este, amigo de Ferruccio Busoni, apresentou o princípio com a *Sinfonia para órgão op. 67*, composta em Berlim em 1910. Ele se afasta da unidade temática de uma obra em favor da variedade dos motivos. Em comparação à música serial atonal, que se descobria naquele momento, foi difícil a Pâque ser assimilado, e sua obra aguarda, até hoje, ser descoberta.

Colheita parisiense

As duas temporadas em Paris deram a Villa-Lobos um enorme impulso criativo. Bem mais de cem obras surgiram entre 1923 e 1929, a maioria delas com caráter acentuadamente brasileiro. Para violão, Villa-Lobos escreveu em Paris, primeiramente, obras cuja importância ultrapassa bastante as pequenas peças do gênero de até então. Lá ele conheceu o violonista Andrés Segovia, que se tornava famoso justamente naquele momento. Segovia reconheceu de imediato a grande afinidade de Villa-Lobos com o violão. A discussão sobre o emprego do dedo mínimo da mão direita mostra que Villa-Lobos não se restringia às regras da técnica tradicional de violão. Ele ainda procedia de forma bastante incomum com a mão esquerda, usando, às vezes, o polegar. Segovia encontrou Villa-Lobos em uma recepção em Paris e emprestou contrariado a ele seu violão, já que o brasileiro queria por à prova a autenticidade de sua forma de execução:

> Quando menos eu esperava, desferiu um acorde com tal força que deixei escapar um grito, pensando que o violão tinha-se partido. Ele deu uma gargalhada e, com uma alegria infantil, disse-me: "Espere, espere...". Esperei, refreando com dificuldade meu primeiro impulso, que era o de salvar meu pobre instrumento de um tão veemente e ameaçador entusiasmo. Após várias tentativas para começar a tocar, ele acabou por desistir. Por falta de exercício diário, algo que o violão perdoa menos que qualquer outro instrumento, os movimentos de seus dedos haviam-se tornado canhestros. A despeito de sua incapacidade para continuar, os poucos compassos que tocou foram suficientes para revelar, primeiro, que aquele mau intérprete era um grande músico, pois os acordes que conseguiu produzir encerravam fascinante dissonância, os fragmentos melódicos possuíam originalidade, os ritmos eram novos e incisivos, e até a dedilhação era engenhosa; e segundo, que ele era um verdadeiro amante do violão. No calor desse sentimento, nasceu entre nós uma sólida amizade[24].

O próprio Villa-Lobos se lembrava do primeiro encontro:

---

24. Ibid., p. 46.

O Segovia disse que o Llobet, Miguel Llobet, violonista espanhol, havia falado de mim e lhe mostrado algumas obras. Eu havia escrito uma valsa-concerto para Llobet (por sinal, a partitura está perdida). Segovia falou que achava minhas obras antiviolonísticas e que eu tinha usado uns recursos que não eram do instrumento. O Costa falou: "Pois é, Segovia, o Villa-Lobos está aqui". Eu fui logo me chegando e dizendo: "Por que é que você acha minhas obras antiviolonísticas?". Segovia, meio surpreso – claro que ele nem poderia supor que eu estivesse ali – explicou que, por exemplo, o dedo mínimo direito não era usado no violão clássico. Eu perguntei: "Ah! não se usa? Então corta fora, corta fora". Segovia ainda tentou rebater, mas eu avancei e pedi: "Me dá aqui seu violão, me dá!"[25].

O comportamento impetuoso de Villa-Lobos causou fortes impressões em Segovia, e assim, logo em seguida a isso, ocorreu um segundo encontro. Quanto à valsa-concerto mencionada por Villa-Lobos, trata-se da *Valsa-concerto n. 2*, escrita em 1904, executada no estilo de Tárrega com reminiscências do espanhol Jota e transmite pouco do *specificum* de Villa-Lobos. A peça ficou desaparecida por décadas e aflorou novamente do arquivo pessoal do pianista Amaral Vieira nos anos 1980. Vieira a entregou pessoalmente ao diretor do Museu Villa-Lobos, Turíbio Santos, um dos mais renomados violonistas do Brasil, que, nos anos 1960, reuniu pela primeira vez a obra completa para violão de Villa-Lobos, apresentou-a e a gravou. Andrés Segovia pediu a Villa-Lobos um estudo, mas ele escreveu imediatamente uma série de doze peças que rompiam claramente, pela primeira vez, com o estilo da escola espanhola romântica dominante.

---

25. Guérios, 2003, p. 135 ss.

Fazia pouco tempo que Villa-Lobos tinha ganhado de Maria Theresa, a esposa de Tomás Terán, um violão do *luthier* parisiense Joseph Bellido, para o qual havia encontrado boa utilidade. Segovia escreveu um prefácio destacando a importância das composições de Villa-Lobos para violão, que podiam ser comparadas aos estudos de Chopin e às sonatas de Scarlatti.

O *Estudo n. 1*, com seus arpejos corridos, baseia-se no primeiro prelúdio em dó maior de *O cravo bem temperado*, de J. S. Bach, com uma distribuição similar, de um acorde em cada compasso. Um acorde de sétima diminuta é cromaticamente arpejado em semicolcheias do 12º ao primeiro grupo. O arpejo é rompido apenas uma vez através de uma passagem mantida executada com *legati*, um ponto em que o público se entusiasma para ver como o intérprete vencerá o obstáculo técnico. A corda solta do mi agudo e é tocada a cada arpejo durante toda a peça, o que lhe confere um caráter rítmico adicional.

O *Estudo n. 2* tem como ponto de partida as figuras dos arpejos, que o violonista estudante encontra nas obras didáticas de Dioniso Aguado ou Matteo Carcassi, e estende-as pouco a pouco, até que a peça modifique seu caráter e desenvolva superfícies sonoras com atmosfera impressionista. Assim, Villa-Lobos preenche as formas convencionais da escola de violão clássico com vida nova e amplia seu espectro harmônico, o que vale também para o sétimo estudo com passagens virtuosas em andamento *très animé*. Essas figuras violonísticas também são empregadas no *Estudo n. 9*, que recebe um colorido brasileiro e evolui para *legati* complicados. Os compassos iniciais, com sua linha de baixo descendente, lembram o tango *Odeon* de Ernesto Nazareth. Essa linha forma a base para uma série de variações, executadas na forma de uma chacona moderna.

O *Estudo n. 3* recebe um título errôneo: não se trata aqui de um estudo de arpejos, mas de *legato*. Os *legati* regulares de semicolcheias são adaptados através de acordes que dão à peça um caráter rítmico parecido com o choro. O *Estudo n. 4* relaciona-se a esse, parecendo, com seus acordes de sexta e de nona, uma antecipação à bossa-nova, enquanto se anuncia, no *Estudo n. 6*, o tango argentino, um exercício intensivo para a mão esquerda, similar ao som de um Astor Piazzola.

O *Estudo n. 5* reflete com clareza o interior do país: os movimentos de terças lembram as violas caipiras, comuns nessa região, cuja condução melódica traz à tona reminiscências modais. Simultaneamente, elas evocam, através de um movimento oscilante regular, uma canção de ninar, até que o movimento se condensa e a peça se torna mais plena e impressionante.

No *Estudo n. 8*, acredita-se ouvir o violoncelo, com que Villa-Lobos tinha grande intimidade. Esse estudo era executado por Andrés Segovia sempre junto com o primeiro, até que Turíbio Santos, nos anos 1960, apresentou o ciclo completo pela primeira vez em concerto e o gravou em disco. No âmbito da técnica violonística, a execução de notas iguais é alcançada pelos efeitos *campanella*. O *Estudo n. 11* lembra uma harpa, um toque impressionista e ao mesmo tempo uma antecipação ao *Prelúdio n. 1*. O *Estudo n. 10* e o *Estudo n. 11* são dispostos de forma marcadamente rítmica. A integração do chiar de cordas e o efeito percussivo resultante disso conferem à peça um colorido africano. Villa-Lobos transformou, nesses estudos, um dos pontos fracos do violão – seu pequeno volume de som – em seu contrário, tornando-o um recurso de construção.

As *Serestas*, surgidas entre 1923 e 1926, representam um ponto alto na composição de canções de Villa-Lobos. As poesias musicadas aí se originam dos poetas brasileiros contemporâneos: de Manuel Bandeira, "O anjo da guarda" e "Modinha"; de Álvaro Moreyra, "Pobre cega"; e de Dante Milano, "Canção da folha morta". A "Modinha", cujo modelo Manuel Bandeira escreveu sob seu pseudônimo Manduca Piá, tornou-se uma das canções mais conhecidas de Villa-Lobos e da música brasileira.

Houve entre Villa-Lobos e o poeta Ribeiro Couto uma séria desavença, pois sua poesia "Canção do crepúsculo caricioso" foi rigorosamente reduzida por Villa-Lobos, que a denominou *Canção do carreiro*. Grandes partes do texto original foram substituídas por sons silábicos, contra o que Ribeiro Couto, ainda que em vão, protestou.

Em 1926, seguiram os *Três poemas indígenas*, compostos de forma mais reservada, a fim de que se mantivesse, tanto quanto possível, o caráter do material original. A primeira canção baseia-se em uma das melodias indígenas mais antigas e conhecidas do Brasil, a *Canide Ioune-Sabath*, um tema que o pastor calvinista Jean de Léry esboçara na metade do século XVI. A segunda canção – *Teirú* – foi gravada em 1912 por Roquette-Pinto e remete a um canto triste para um chefe de tribo morto, de origem pareci, do Mato Grosso. A terceira canção – *Iara* – recebeu contribuições de Mário de Andrade.

Nas *Cirandas* para piano, uma série de dezesseis peças surgidas em 1926, Villa-Lobos utilizou melodias folclóricas em uma dimensão nitidamente tanto formal quanto técnica. As canções infantis *Xô, xô, passarinho*, *Teresinha de Jesus*, *Fui no Tororó*, *Vamos atrás da serra* e *Calunga* constroem aqui as bases para peças características, que fazem esquecer que os temas não se originam de Villa-Lobos. As *Cirandas* tornaram-se um dos ciclos mais conhecidos e de mais sucesso depois da suíte *A prole do bebê*.

O *Rudepoema*, fantasia para piano, Villa-Lobos dedicou a seu amigo e protetor Arthur Rubinstein, em agradecimento pelo apoio sempre sem reserva que recebeu dele:

Meu honrado amigo. Não sei se realmente capturei sua alma neste *Rudepoema*, mas afirmo, do fundo de meu coração, ter posto neste papel seu temperamento, como uma câmera *kodak* íntima. Se eu consegui isso, você é o verdadeiro compositor desta obra[26].

O *Rudepoema*, escrito entre 1921 e 1926, é considerado a contribuição mais importante de Villa-Lobos para a literatura pianística latino-americana. A obra estende-se para mais de 635 compassos e mostra uma estrutura de variação que se divide em 24 partes. No que se refere à execução, a peça exige todas as técnicas pianísticas virtuosas, do estilo do século XIX até os recursos marcadamente vanguardistas. De acordo com a primeira impressão, ela soa como uma sequência espontânea de ideias, que se mostra ao ouvinte em dezessete minutos, algumas vezes desordenada e sobrecarregada, em geral com caráter fortemente expressionista, atravessada por uma inquietude rítmica constante. Incluem-se nas cirandas citações desde melodias populares, como *Terezinha de Jesus*, bem como melodias indígenas de Roquette-Pinto, até reminiscências da música dançante urbana, como o maxixe e o tango. O *ostinato* da 15ª parte lembra o motivo *Jakamakamarajá* do *Choro n. 11*. Em termos de harmonia e melodia, Villa-Lobos trabalha com escalas modais, com harmonia bi e politonal. Citações suas da *Lenda do caboclo*, na primeira parte, até de *Amazonas*, na oitava, afloram, assim como se mostram passagens inteiras extremamente densas e orquestrais, até a sobreposição de estruturas rítmicas diferentes. Em termos sonoros, o *Rudepoema* ultrapassa as intenções do Modernismo brasileiro e soa parcialmente como pertencente à vanguarda in-

---

26. Rubinstein, 1988, p. 322.

ternacional das décadas posteriores, como na 12ª parte, intitulada *vif*. Esses princípios que lembram a *musique concrète*, na 24ª parte, que encerra a peça, evoluem mais uma vez para um final furioso, com *clusters* de acordes e efeitos duros de *martellato*.

A peça *Saudades das selvas brasileiras*, de duas partes, surgiu em 1927, em Paris, e seguiu o caminho modernista brasileiro de êxito: a primeira parte foi composta de forma acentuadamente rítmico-percussiva, e a segunda liga-se, em termos de ambientação, à *Lenda do caboclo*. Uma peça de efeito, que deixou as audácias do *Rudepoema* para trás e transmite alguma coisa da naturalidade com a qual Granados ou Sibelius criam uma atmosfera nacional, sem recorrer a recursos folclóricos de primeiro plano.

Em 1928, Villa-Lobos escreveu a suíte *Francette & Piá* para Marguerite Long, pianista que lecionava no Conservatório de Paris. A suíte é composta de dez movimentos construídos na forma de uma música programática didática para pianistas em formação. A obra, transcrita também para orquestra em 1958, remete a impressões autobiográficas, como Villa-Lobos provavelmente coletou na primeira viagem para a França. Piá, o pequeno indiozinho brasileiro, vai à França e lá encontra a menina francesa chamada Francette. Eles se tornam amigos, conversam e brincam juntos. Depois de uma briga, Piá vai para a guerra, aqui alusiva à Primeira Guerra Mundial. O menino volta a salvo da guerra, o que alegra Francette. Ambos brincam alegremente mais uma vez. O material musical baseia-se em canções populares francesas e brasileiras. Assim soam, no início, na chegada de Piá à França, motivos indígenas, preenchidos ritmicamente com os *ostinati* em quarta de uma dança indígena. Francette é introduzida pela melodia *Au clair de la lune*. A compenetração recíproca de ambas as culturas é executada com alegres cantigas de roda francesas e brasileiras que se fundem.

As dez canções das *Chansons typiques brésiliennes* [Canções típicas brasileiras], publicadas em 1929, baseiam-se em trabalhos prontos já há bastante tempo. O título francês é um indício de que elas têm sua origem a partir do início dos anos 1920, pois no decorrer de sua temporada em Paris, a partir de 1923, Villa-Lobos deixou de colocar títulos e indicações em língua portuguesa em suas obras. As canções avulsas são, sem exceção, de caráter brasileiro, o que se esclarece também na maioria dos títulos. A envergadura alcança desde cantos indígenas até canções de carnaval do Rio de Janeiro. *Mokocê-cê-maká* baseia-se em uma canção de ninar dos índios parecis. O título da canção original é *Ena mokocê-cê-maká* e significa nada além de "o menino está dormindo na rede". A melodia esgota-se em um suspiro, repetido durante toda a canção. Aqui se abstém do uso de elementos pentatônicos, que, junto com a música supostamente indígena, aparece frequentemente como clichê. Apesar disso, torna-se claro, em comparação com as gravações de Roquette-Pinto, que a notação no sistema europeu modifica claramente o caráter do material de partida e, afinal, não lhe faz jus.

A segunda canção da série *Nozani-ná* origina-se, do mesmo modo, da coletânea de Roquette-Pinto, tendo sido usada por Villa-Lobos diversas vezes, como no *Choro n. 3*. *Papae Curumiassu* remonta a uma canção dos tecelões no Pará. A melodia é de uniformidade pentatônica, o ritmo lembra uma canção de trabalho, e consegue, através do momento intensivo da repetição, um efeito expressivo grande.

A melodia de *Xangô* origina-se da religião afro-brasileira macumba e foi utilizada por muitos compositores brasileiros. A peça assemelha-se à oração de um sacerdote que invoca Xangô.

O acompanhamento de piano imita o ritmo dos tambores. *Estrela é lua nova* também se origina do repertório de canções afro-brasileiras e é estruturada de forma semelhante.

Viola quebrada, ao contrário, foi composta como uma modinha melancólica. O acompanhamento de piano imita o violão, e a saudade culmina nas palavras: "Meu violão quebrou, teu coração me abandonou". *Adeus Ema* segue o princípio do desafio, como praticado em todo o Nordeste do Brasil até Minas Gerais. *Pálida Madona* baseia-se em um texto do cantor popular Catulo da Paixão Cearense, que Villa-Lobos apreciava muito. O acompanhamento de piano contém motivos africanos, contudo é mais diferenciado na forma do que em *Xangô* ou em *Estrela é lua nova*. *Caboca di Caxangá* origina-se igualmente de Catulo da Paixão Cearense, mas apenas o texto, pois a melodia, utilizada por Milhaud em sua série de balé *Le boeuf sur le toit*, muito provavelmente tenha sido escrita por João Pernambuco.

Em suas temporadas em Paris, Villa-Lobos mostrou pouco interesse em assimilar o idioma musical de Satie ou Milhaud, em voga justamente naquele momento, ou, ainda, em compor de forma semelhante a eles. Apenas a *Suíte sugestiva n. 1* pode ser vista como reflexo direto do ambiente parisiense. Surgida em 1929 com o título *Cinémas*, ela se compõe de sete peças para formações musicais distintas e contém poemas musicados de Manuel Bandeira, Oswald de Andrade e René Chalput. Títulos como *Charlot aviateur* ou *Cloche-pied au flic* correspondem ao mundo de representações da vanguarda musical parisiense liderada por Eric Satie até sua morte, em 1925, com suas referências a filmes mudos, sensações técnicas e *happenings* estéticos. Contudo, é notável que tenha restado apenas essa primeira tentativa e que não se tenha seguido nenhuma à *n. 1*. Villa-Lobos preferiu não colocar em xeque seu perfil de "compositor brasileiro de Paris". Eric Satie, como *outsider* criativo radical, tornou-se uma figura cultuada; contudo, ao mesmo tempo, foi duramente criticado como diletante. A falta de sucesso financeiro de Satie era conhecida na cidade, tanto que ele recebeu a alcunha de *Monsieur le pauvre*. Darius Milhaud pôde comprovar, abalado, as condições de pobreza em que Satie vivera ao adentrar seu minúsculo quarto, depois de sua morte.

O grande e insubstituível ídolo de Villa-Lobos continuava sendo Igor Stravinsky, segundo o qual ele procurava se orientar. Ele foi atrás do empresário Sergei Diaghilev, de grande importância para a carreira de Stravinsky – já que, com seus balés russos, havia conseguido que as obras mais importantes de Stravinsky, como *Pássaro de fogo* e *Sagração da primavera*, se tornassem um sucesso –, e conseguiu encontrar-se com ele por intermédio de Prokofiev. Tomás Terán, também presente, executou, nessa oportunidade, algumas obras de Villa-Lobos para piano, e Diaghilev mostrou-se especialmente entusiasmado pelas *Cirandas* e por ambas as suítes *A prole do bebê*. Planejou-se um balé baseado nessas peças, todavia, Diaghilev morreu em 19 de agosto de 1929, em Veneza, em consequência de um diabetes que já durava anos. Assim, malogrou-se a única chance de um projeto de efeito sobre o público e, possivelmente, também lucrativo, em conjunto com o famoso e bem-sucedido fundador do "Ballets russes". O balé brasileiro sob o título *Histoire de la fille du roi*, planejado em conjunto com Tarsila do Amaral e Oswald de Andrade, também ficou apenas nos esboços. Ambos os concertos que o casal Villa-Lobos organizou em 30 de abril e 5 de maio de 1930 na Sala Gaveau não apenas acabaram com as últimas reservas financeiras: eles foram concertos de despedida.

A Era Vargas

No dia 1º de junho de 1930, Villa-Lobos, acompanhado de sua mulher Lucília, do pianista Souza Lima e do violonista belga Maurice Raskin, chegava ao Recife. Duas semanas depois, passando pelo Rio de Janeiro, ele seguiu viagem para São Paulo, convidado por dona Olívia Guedes Penteado, também recém-chegada a seu país natal depois de uma longa temporada em Paris. Em São Paulo, ela deixou que parte de sua casa fosse transformada pelo artista plástico Lasar Segall, descendente de lituanos, em um pavilhão dedicado ao Modernismo, o *Pavilhão moderno*. Nesse pavilhão, ela podia expor adequadamente as obras de arte trazidas da Europa e receber amigos dos círculos artísticos, dentre os quais Villa-Lobos, que às vezes se sentava ao Steinway da anfitriã para trabalhar em suas obras.

Durante sua estadia em São Paulo, Villa-Lobos encontrou a cidade em uma situação complicada. O Brasil também havia sido fortemente atingido pelas consequências devastadoras da "sexta-feira negra" de Nova Iorque, em 1929. O café, "ouro verde", artigo de exportação mais importante do Brasil, que conferia a São Paulo não apenas grande riqueza, mas também a supremacia política no país, havia se desvalorizado em um só golpe. Nos anos que precederam a quebra da bolsa em Wall Street, o Brasil havia investido setenta por cento de suas receitas de câmbio no plantio de café. Agora, 80 milhões de sacos amontoados restavam invendáveis e, como que ironicamente, um recorde de colheita havia sido alcançado justamente nesse tempo. Villa-Lobos deixou-se contagiar pela atmosfera de desesperança, sofrendo uma profunda depressão. Depois dos anos extremamente animados e movimentados vividos em Paris, São Paulo, cidade com concepção musical ainda fixada na Itália, parecia-lhe a imagem de estagnação provinciana. Suas primeiras atividades musicais depois do retorno à pátria não tiveram muito sucesso: designado pela Sociedade Sinfônica de São Paulo para o cargo de diretor da Orquestra Municipal de Jovens, Villa-Lobos aterrorizava os jovens músicos com seu estilo impulsivo e pouco ortodoxo de reger, que Mário de Andrade descreveu da seguinte forma: "Violento, irregular, riquíssimo, quase desnorteante mesmo, na variedade dos seus acentos, ora selvagem, ora brasileiramente sentimental, ora infantil e delicadíssimo"[1].

Ao mesmo tempo, ele sobrecarregava a orquestra, acostumada a programas convencionais, com obras de sua autoria. No decorrer do trabalho conjunto, a orquestra começou a ficar, depois de passiva resistência, cada vez mais renitente. Um violinista vangloriava-se, provocando, de ter tocado o hino nacional durante um concerto sem que o maestro houvesse percebido. Quando Villa-Lobos incluiu sua peça *Momoprecoce* – a versão orquestral do *Carnaval das crianças* – no programa, houve tumulto. Os músicos fizeram greve. A reação de Villa-Lobos

---

1. Horta, 1987, p. 60.

foi imediata: ele contratou uma orquestra de sopros da polícia e transcreveu a peça para ela. Depois dessa troca de desaforos, orquestra e maestro tomaram uma atitude refletida de trégua, "rangendo os dentes", para, pelo menos, cumprir as obrigações de concerto já assumidas. No último dos oito concertos, os músicos obrigaram-se – o final salvador do tormento numa proximidade palpável – mais uma vez a uma dedicação total: *Amazonas* viveu sua primeira execução em solo brasileiro. Foi a execução que enlevou Mário de Andrade, inspirando seu hino de louvor:

> Esses elementos, essas forças sonoras são profundamente *natureza*, e o pouco que retiram da estética musical ameríndia não basta para localizar a obra como música indígena. É mais que isso. Ou menos, se quiserem. Não é brasileiro, também: é natureza. Parecem vozes, sons, ruídos, baques, estralos, tatalares, símbolos saídos dos fenômenos meteorológicos, dos acidentes geológicos e dos seres irracionais. [...] Nada conheço em música, nem mesmo a bárbara *Sagração da primavera* de Stravinsky, que seja tão, não digo "primário", mas tão expressivo das leis verdes e terrosas da natureza sem trabalho[2].

Depois do contrato com a Sociedade Sinfônica, questionava-se a Villa-Lobos de onde ele deveria tirar seu sustento. O tempo em Paris havia sido produtivo, contudo todas as reservas financeiras haviam sido gastas. Em uma carta de 27 de dezembro de 1930 a seu anterior mecenas, Arnaldo Guinle, Villa-Lobos reclamou:

2. Ibid., p. 34.

O que eu posso dizer, apenas, é que tenho calos nos dedos, de tanto me exercitar ao violoncelo, a fim de levantar recursos para minha subsistência. Ninguém imagina que hoje em dia tem alguém mais parecido do que eu com um pobre diabo, que pede esmolas e dinheiro para poder viver em seu próprio país. Sinto-me doente e cansado e não recebo a recompensa justa e merecida. Mesmo compondo choros, não sou nenhum chorão[3].

Entretanto, os irmãos Guinle lhe haviam esclarecido, de forma categórica, que não financiariam outra temporada em Paris. Arnaldo Guinle encorajou Villa-Lobos com uma carta, cujo conteúdo se mostra profético:

Você deve reconhecer claramente a situação e continuar lutando como está fazendo agora, pois coisas imprevisíveis também podem ter uma influência benéfica sobre a história, e, possivelmente, você esteja às vésperas de uma recompensa por seus esforços[4].

Não havia propostas concretas em vista nesse tempo e, assim, Villa-Lobos dedicou-se a um projeto com que sempre sonhara desde os anos 1920: a formação de uma educação musical de alto nível no sistema de educação brasileiro. Com a coragem ditada pela necessidade, ele apresentou seu projeto ao secretário de cultura do estado de São Paulo, cujo governador, Júlio Prestes, confirmou a ele seu incentivo, contudo apenas sob a condição de vencer as iminentes eleições para presidente. Com isso, a ponta de esperança novamente dissolveu-se em um

---

3. Peppercorn, 1994, p. 38.
4. Ibid.

nebuloso descomprometimento. Villa-Lobos decidiu, então, mais uma vez, virar as costas a seu país e buscar a sorte no além-mar, mesmo sem ter a menor ideia de como financiar seu plano. Um retorno ao Rio de Janeiro também estava fora de cogitação, pois a perspectiva de ser confrontado com seu inimigo mortal, Guanabarino, e com seu grupo parecia-lhe insuportável. Ele informou a Guinle sua intenção de embarcar no primeiro navio rumo à Europa, com a remota esperança de receber dele, então, um incentivo: "Farei tudo para poder viajar à Europa tão rápido quanto possível, pois você bem sabe que eu tenho de morar em outro meio, onde possa trabalhar com tranquilidade"[5].

Contudo, agora, os acontecimentos precipitavam-se no cenário político: Getúlio Vargas, governador do estado do Rio Grande do Sul e ex-militar, se apresentara como candidato à presidência da República. Segundo a tradição da República Velha, a política do café com leite, o presidente do estado de São Paulo, estado do café, Washington Luís, teria de indicar um candidato do estado de Minas Gerais, estado do leite. No entanto, a oligarquia de São Paulo, atormentada com a crise do café, pressionou Washington Luís para que ele insistisse em um candidato de São Paulo.

Quando, em um ato de vingança pessoal, João Pessoa, candidato a vice de Getúlio, foi assassinado, ele e seus homens viram que era hora de agir. No dia 10 de outubro, Vargas embarcou junto com seus partidários para a capital, então Rio de Janeiro. Os revolucionários marcharam para o palácio do governo e depuseram o presidente Washington Luís, ainda em exercício. Vargas – sem esperar o resultado das eleições – pro-

---

5. Ibid., p. 39.

clamou-se presidente de um governo provisório no dia 3 de novembro, vestindo, pela primeira vez, uniforme militar. Ele substituiu os governadores estaduais, até então independentes, por "interventores" recém-criados por ele e que eram submetidos ao governo central.

Com o ousado golpe de mestre, com o qual o caudilho de baixa estatura, porém bastante enérgico – eleito legitimamente –, arrancou o governo do cenário político, ele ganhou a simpatia de muitos brasileiros. Vargas mostrou energia – uma característica que lamentavelmente faltava aos anteriores – e, com isso, encheu o povo de confiança, fazendo acreditar que ele resolveria os problemas do país. Ao fundar um Ministério do Trabalho, introduzir os direitos trabalhistas e a seguridade social, lançar campanhas de providência e alfabetização, o presidente Vargas tornou-se líder do povo, o "pai dos pobres".

Educação e propaganda

A mudança de poder teve consequências radicais para os planos de Villa-Lobos: para sua surpresa, o novo governo comunicou-lhe que seu projeto de educação musical havia sido examinado e avaliado positivamente. No dia 8 de novembro de 1930, Villa-Lobos saudou o novo regime com um artigo em *O Jornal*, com o título: "A arte, um fator revolucionário poderoso". Em 30 de dezembro de 1930, seguiu-se "A divulgação da aula de música no Brasil" no *Diário da Noite*, em que ele expunha suas ideias:

> De acordo com meu plano, o estudo da música brasileira deveria ser completo, começando pela harmonia, passando

pelo ritmo, a melodia, o contraponto, até chegar às razões étnicas e mesmo a certo fundamento filosófico que a caracteriza. Para esse estudo, por poder olhá-la fria e analiticamente – seria conveniente o Governo contratar um técnico estrangeiro, um alemão, por exemplo. Compreendida a música brasileira, que, indiscutivelmente, se apoia em bases europeias, compreenderíamos a grande música do Velho Mundo[6].

Villa-Lobos compôs um hino para Júlio Prestes que, algumas semanas mais tarde, com o texto levemente modificado, se tornou o hino de vitória oficial de Getúlio Vargas. Ele ficou amigo também do interventor do estado de São Paulo, coronel João Alberto Lins de Barros, que era um experiente pianista, tinha a composição como *hobby* e podia conseguir para ele acesso direto a Vargas. João Alberto financiou e organizou a Excursão Artística através de vários estados, colocando passagens de trem à disposição e fazendo contato com os prefeitos das respectivas cidades. Villa-Lobos meteu-se no papel de "comissário cultural", a fim de aproximar a população do interior da "grande música". Afinal, ele ficara algum tempo na Europa, o que, aos olhos de João Alberto, o qualificou bastante para essa tarefa. Mais de cinquenta cidades deveriam ser visitadas a partir de janeiro de 1931. Villa-Lobos, então, assumiu novamente o violoncelo, e Lucília ocupou-se como pianista. Faziam parte do grupo, também, o pianista João de Souza Lima, um amigo dos tempos de Paris, as pianistas Guiomar Novaes e Antonieta Rudge Müller, bem como a cantora Nair Duarte Nunes e o violinista Maurice Raskin. Nos vagões-restaurante das ferrovias

6. Guérios, 2003, p. 70.

brasileiras, que ainda funcionavam àquela época, eram servidos pratos como "Filé à Villa-Lobos" e "Omeletes à Souza Lima", que talvez tenham servido como propaganda para a campanha musical. Em pouco tempo, contudo, os sintomas de cansaço já podiam ser observados: as infinitas recepções com a presença de prefeitos e pessoas importantes das cidades pequenas, as festividades escolares em todos os lugares no interior dos três estados, São Paulo, Minas Gerais e Paraná, requeriam seu tributo. Os bastidores dos concertos não poderiam ter sido mais diversos de cidade para cidade, e iam de agradáveis surpresas com salas de concerto magníficas e organização ativa até condições precárias com pessoas importantes de presunções exageradas ou desinteressadas e lugares de apresentação desencorajadores. Em Botucatu, ocorreu uma recepção imponente, com mar de rosas e moradores jubilosos; em Batatais, ao contrário, o grupo enfrentou rejeição e hostilidade. Uma vez, o piano de cauda para o concerto ficou no caminhão, encravado na lama; outra vez, acabou a energia elétrica no início do concerto. A gritaria de crianças e o barulho de saquinhos de amendoim tiravam os músicos de sua concentração. Embora Villa-Lobos tivesse criado feridas em seus dedos de tanto tocar e só pudesse se apresentar com restrições, ele continuou levando sua mensagem com ardor missionário à população rural. Acreditando plenamente em sua tarefa, Villa-Lobos não reconhecia que seu estilo paternalista e sua retórica elevada não eram entendidos em todos os lugares, nem cativavam a simpatia alheia. Por mais de uma vez ele maltratou seu público, geralmente inexperiente em música, com expressões descabidas: "O futebol faz desviar a inteligência humana da cabeça para os pés"[7].

7. Mariz, 1989, p. 74.

Reiteradas vezes, durante a turnê, ocorreram manifestações de indisposição do público sobrecarregado: pelo auditório voavam batatas ou ovos, antes que a caravana pudesse rapidamente partir antes do tempo planejado para o lugar seguinte. Entrementes, Villa-Lobos procurava encorajar o grupo esgotado, à medida que o entretinha com episódios engraçados de suas ricas aventuras, e que agarrava o violão para cantar melodias populares junto com os músicos. Em uma viagem de trem, Villa-Lobos esboçou a peça *O trenzinho do caipira*, que, posteriormente, deveria constituir o segundo movimento da *Bachiana brasileira n. 2*. A obra reproduz uma locomotiva a vapor que se movimenta ofegante e puxa o "trenzinho do caipira" através da paisagem bucólica do interior do país.

Terminadas as cansativas viagens, Villa-Lobos pôde dedicar-se inteiramente a um projeto de reforma para a educação musical. Os conhecimentos adquiridos com isso foram colocados em um ensaio endereçado ao presidente Vargas, associado ao pedido da instituição de um "Ministério Nacional para a Preservação das Artes":

> [...] vem o signatário, por este intermédio, mostrar a Vossa Excelência o quadro horrível em que se encontra o meio artístico brasileiro, sob o ponto de vista da finalidade educativa que deveria ser e ter para os nossos patrícios, não obstante sermos um povo possuidor, incontestavelmente, dos melhores dons da suprema arte[8].

Vargas mostrou-se convencido dos aspectos nacionais do projeto e fundou, em seguida, a SEMA – a Superintendência de

---

8. Guérios, 2003, p. 177.

Educação Musical e Artística –, um órgão nacional apropriado para o fomento da educação musical. Villa-Lobos, nomeado diretor da SEMA, elaborou imediatamente um currículo cuja parte central representava a formação de professores de música:

1. Curso de declamação rítmica.
2. Curso de preparação de aulas em canto-coral.
3. Curso especial de música e canto-coral.

Villa-Lobos previa um quarto curso, de finalização, de observação de aulas e avaliação. Uma série de concertos para jovens foi organizada em 1923, bem como uma série de concertos para trabalhadores. Regularmente, Villa-Lobos apresentava-se com coros cada vez maiores nos feriados nacionais. Uma concentração orfeônica, realizada em 1931, que deveria unir todas as classes da sociedade da cidade de São Paulo como "Exortação Cívica", já contava com 12 mil cantores. Aparições junto com Getúlio Vargas levaram a fortes críticas a Villa-Lobos, que foi acusado de abusar da música como propaganda. No entanto, ele não se mostrava nem um pouco impressionado e opunha-se a seus adversários com surpreendente charme, além de saber conquistá-los magistralmente, conforme relatou um jornalista: "Gostei muito de um artigo seu a meu respeito! – Ele dominava um tipo de ironia superior, europeu. Sorriu-me com aquele ar de fauno superalimentado, pousou a mão no meu ombro"[9].

Villa-Lobos organizou suas ideias didáticas e musicais em uma série de escritos, dos quais o mais importante é *A música nacionalista no governo Getúlio Vargas*. Nessa obra havia uma série de artigos e afirmações que Villa-Lobos havia publicado desde

---

9. Camargo Toni, 1987, p. 43-58.

o início da "Revolução de Vargas". Os argumentos são claros e formulados com simplicidade e também compreensíveis para aqueles sem formação musical: uma prática musical coletiva exigente, principalmente do canto-coral, estimula não apenas o sentimento de comunidade, mas também ajuda na formação de uma consciência civil e de um fortalecimento do orgulho nacional. Com o cultivo de canções peculiares e patrióticas, alcança-se o coração da nação, que representa para todos um símbolo sagrado. O instrumento principal dessa instrução moral e cultural, cujos objetivos vão muito além da prática musical, é o "canto orfeônico", canto-coral minuciosamente organizado, de grandes a gigantescos grupos corais.

O termo "canto orfeônico" remonta aos *orphéons* da França da primeira metade do século XIX, coros de trabalhadores, incentivados como instrumento de bem-estar social. O repertório de canto orfeônico, por assim dizer, o cânone oficial, foi organizado por Villa-Lobos nos compêndios do *Guia prático*, com um total de 137 canções infantis e populares. O *Guia prático* contém não apenas arranjos para corais de uma, duas ou três vozes, mas também transcrições das canções para piano e para orquestra. Em um comentário didático, são explicadas a origem e a particularidade das canções, assim como são dadas instruções de execução. O papel dominante do Brasil entre as nações musicais revela-se também na riqueza insuperável de sua música popular. O *Guia prático* foi organizado em orientações didáticas, como os *Solfejos*, em que se prepara um abundante material para a formação de professores e de cantores, que vai desde treinos vocais simples sobre trechos de canções populares até transcrições de fugas a quatro vozes. Os esboços receberam uma complementação através da compilação de canções acentuadamente patrióticas sob o título *Canto orfeônico*.

A execução das canções era, algumas vezes, encenada de forma militar. Arranjos coreográficos também enriqueciam o repertório, como a *Dança da terra*, executada em 1943 no Dia da Independência, em 7 de setembro.

Como abonador da simbologia nacional, Villa-Lobos havia se tornado insubstituível, e ele mesmo acentuava sua posição representativa à medida que se apresentava de camisa azul e dava suas instruções com duas batutas, com as quais agitava e sacudia comandos diferentes na esfera gigante dos estádios. Para ter sob controle milhares de crianças, Villa-Lobos introduziu o cumprimento orfeônico: antes de atuar, as crianças tinham de mostrar umas às outras, com os braços estendidos, a palma da mão. E quando o mestre, de seu pódio, fazia isso, silêncio e atenção deviam se instaurar. As outras instruções musicais vinham de uma língua de sinais desenvolvida por Villa-Lobos: a manossolfa. Através de sinais com os dedos e com a mão, ele dava à grande esfera a altura da nota de afinação.

Apesar desse método, antes mais prejudicial ao ensino musical diferenciado, que contribuiu para que as feições monomaníacas de Villa-Lobos se estendessem ao autoritarismo, surgiram, durante sua campanha educativa, resultados artísticos cada vez mais convincentes: o *Descobrimento do Brasil* era um filme documentário de Humberto Mauro, um pioneiro do *Cinema Novo*, do novo filme brasileiro, denominado também "pai do filme brasileiro". Mauro se tornara referência principalmente no âmbito do documentário. O tema da obra encomendada pelo Instituto Cacau da Bahia é a viagem de descobrimento do navegador Pedro Álvares Cabral. O pesquisador Roquette-Pinto era um dos conselheiros históricos do diretor, e Villa-Lobos escreveu a música para o filme, paralelamente à qual surgiu uma versão ampliada como suíte de quatro movimentos para a sala de concerto. O quarto movimento constitui o ponto alto da obra e tem a forma de um oratório. O *Descobrimento do Brasil* tornou-se uma obra impressionante, de grande dimensão, que sugere a comparação com os grandes coros de orquestra. Embora Villa-Lobos remonte a obras anteriores para *Descobrimento do Brasil*, ele introduz na suíte uma instrumentação e orquestração totalmente independentes dos modelos. Imagens históricas são encenadas no filme, como *A primeira missa* de Pedro Américo, que descreve o primeiro contato dos conquistadores portugueses com os índios tupiniquins. A famosa carta que Pero Vaz de Caminha escreveu a Dom Manuel, rei de Portugal, sobre as impressões da terra recém-descoberta, constrói uma parte importante da composição.

A função de Villa-Lobos como representante oficial da música brasileira levou-o a Berlim e a Praga, onde ele havia sido convidado para um congresso sobre educação musical. Ele viajou para a Europa em 1936 com o dirigível, que estabelecera uma linha regular entre Brasil e Alemanha em 1930. A viagem com o dirigível *LZ 129 Hindenburg*, acidentado um ano mais tarde em Lakehurst, causou uma profunda impressão em Villa-Lobos, e ele, por muito tempo, não se cansava de narrar o fato. Depois da viagem de quatro dias, atrasada por problemas técnicos nos motores do navio aéreo, Villa-Lobos chegou com atraso a Praga. Lá ele apresentou, em uma palestra, seu projeto de Canto Orfeônico, explicou o conteúdo e a construção do *Guia prático* e mostrou, com o auxílio de fotos, alguns exemplos da prática. O sistema da "manossolfa" foi demonstrado por ele com a ajuda de um coro infantil de Praga, que cantou, sob sua regência, em uma versão traduzida para o tcheco, as canções *Alegria de viver* e *Hino ao Sul do Brasil*. De Praga, Villa-Lobos viajou para Viena, onde participou do júri do Concurso

Internacional de Canto, e então, passando por Berlim e Barcelona, foi para Paris. Em Berlim, ele executou, para a Rádio do Império, algumas peças de piano, como *Lenda do caboclo*, *Choro n. 5* e *O Polichinelo*, e acompanhou a soprano Beate Rosenkreutzer, que interpretou *Xangô*, *Nhapopê* e *Guriatã do coqueiro*, gravações que foram preservadas.

Villa-Lobos havia tomado, em sua vida pessoal, uma decisão de grandes consequências: em 28 de maio de 1936, ele escreveu uma carta a sua mulher, Lucília, pedindo a separação:

> Eu não posso viver com alguém por quem sinto uma estranheza total, de quem me sinto isolado e suspeito; enfim, por quem não sinto nenhuma simpatia, à exceção de certo agradecimento por sua fidelidade nos vários anos de nossa convivência[10].

Lucília foi profundamente atingida pela forma direta e brusca da carta, expressou sua incompreensão para com as intenções de separação e reforçou que ela, de seu lado, continuaria se mantendo fiel às obrigações conjugais. Embora o casamento já tivesse esfriado há bastante tempo, Lucília ainda nutria esperanças de que seu marido utilizasse a viagem à Europa como tempo de reflexão e de que ele chegaria a um bom termo para ambas as partes. Quando essas expectativas fracassaram, Lucília adotou uma atitude mais enérgica:

> Você deve estar ciente de que eu não renunciarei a nenhum de meus direitos de esposa, assegurados pela lei, e que, além disso, continuarei assinando Lucília Guimarães Villa-Lobos[11].

10. Peppercorn, 1994, p. 56 ss.
11. Ibid., p. 63.

Já há alguns anos, Villa-Lobos havia conhecido a jovem professora Arminda Neves d'Almeida, que procurava uma colocação no Conservatório Orfeônico. Lucília havia insistido para que Villa-Lobos recebesse Arminda em casa para ouvir seus objetivos. Ambos se apaixonaram e começaram, já antes da separação do casal, um caso de amor.

Depois de seu retorno ao Rio de Janeiro, Villa-Lobos não entrou mais na casa conjugal, na rua Dídimo, tendo se mudado provisoriamente para um pequeno apartamento do Edifício Roxy, na rua Álvaro Alvim. Posteriormente, ele encontrou um apartamento maior na rua Araújo Porto Alegre, que seria seu domicílio no Rio de Janeiro até a data de sua morte. Desse apartamento ele chegava rapidamente ao Teatro Municipal, que ficava perto, e ao Ministério da Educação, bem como à Associação da Imprensa, onde frequentemente jogava bilhar, e ao Clube Ginástico Português, onde costumava fazer suas refeições. A mãe de Villa-Lobos, que tinha uma relação cordial e muito íntima com Lucília, nunca se conformou com a separação e manteve uma relação bastante fria com Arminda, logo conhecida apenas como Mindinha. Por outro lado, Villa-Lobos teve, desde o início, uma relação amigável com a mãe de Arminda, algo de que ele sempre havia sentido falta na mãe de Lucília. Além disso, ele via em Sônia, sobrinha de Arminda, filha de sua irmã Julieta, a substituição para as crianças de que ele próprio havia se privado.

Lucília opunha-se obstinadamente à separação e instaurou com sucesso um processo para que Arminda não usasse o nome de Villa-Lobos. Todavia, o Ministério das Relações Exteriores emitiu um passaporte para viagens ao exterior em que ela levava o nome Villa-Lobos para poder acompanhar sem problemas seu companheiro. Em 1966, sete anos depois da morte de

Lucília, Arminda intentou uma queixa, para finalmente poder ser reconhecida como esposa oficial de Villa-Lobos. Apenas a partir de 1982 – dois anos antes de sua própria morte – ela recebeu o direito de assinar Arminda Villa-Lobos, pois a lei do divórcio havia sido introduzida no Brasil somente em 1977.

A tentação do poder

Sem dúvida, Villa-Lobos interessou-se mais pelo regime Vargas, e não era politicamente tão ingênuo e inexperiente, como com frequência se costuma descrever. Assim, em julho de 1929 – portanto, aproximadamente um ano antes da tomada do poder por Vargas – ele já se expressava no jornal diário *O Globo*:

> Mas o artista é indispensável às coletividades, e eu penso que o que se devia fazer em toda parte do mundo era o que determinou Mussolini, na Itália: aproveitar o músico de qualquer maneira[12].

Portanto, Villa-Lobos como predecessor do fascismo no Brasil?

Em todo caso, deve-se observar que tanto o Futurismo italiano quanto o Modernismo brasileiro possuem considerável quantidade de ideias em comum com os movimentos nacionalistas em voga nos anos 1920 e 1930, dos quais alguns resultaram no regime fascista. Depois de ter assumido seu cargo, Villa-Lobos passou a ser regularmente encarregado de trabalhos de propaganda, como organizar a Semana da Pátria e o Dia

---

12. Squeff & Wisnik, 1982, p. 150.

do Trabalho com eventos musicais. Ele compunha e escolhia peças e canções para essas ocasiões, para festejar o presidente e seu regime. A canção predileta de Vargas era:

> **O canto do pajé**
> "Ó Tupã, Deus do Brasil
> Que o céu enche de sol
> De estrelas, de luar e de esperança!
> Ó Tupã, tira de mim a saudade!
> Anhangá me faz sonhar
> Com a terra que perdi"

O ditador como curandeiro, como chefe, como deus dos índios. *O canto do pajé* soava todas as vezes em que Vargas caminhava para a tribuna para fazer um discurso. A força rítmica da canção dava-lhe efeitos de um canto de guerra, que excitava a massa, deixando-a eufórica. Até mesmo os ânimos mais sensíveis e reservados, como os de Carlos Drummond de Andrade, não conseguiam se privar do efeito da encenação:

> A multidão em torno vivia uma emoção brasileira e cósmica, estávamos tão unidos uns aos outros, tão participativos e ao mesmo tempo tão individualizados e ricos de nós mesmos, na plenitude de nossa capacidade sensorial, era tão belo e esmagador, que para muitos não havia outro jeito senão chorar; chorar de pura alegria. Através da cortina de lágrimas, desenhava-se a figura nevoenta do maestro, que captara a essência musical de nosso povo, índios, negros, trabalhadores do eito, caboclos, seresteiros de arrabalde; que lhe juntara ecos e rumores de rios, encostas,

grutas, lavouras, jogos infantis, assobios e risadas de capetas folclóricos[13].

Como muitos de seus contemporâneos, Villa-Lobos concordava com o nacionalismo de Vargas. Contudo, Vargas era para ele mais um feliz acaso inesperado, que o ajudava em sua autorrealização musical, do que um salvador político, e, para Vargas, ele também era um parceiro de negócios: Vargas colocava à sua disposição o palco nacional e sua rede de contatos; Villa-Lobos organizava, para ele, em troca disso, como mestre de cerimônias e funcionário público nacional da música, a música de acompanhamento para seu regime. Ao mesmo tempo, ele realizava seu próprio sonho da extensa educação e conversão do povo à prática musical civilizada. Através do sistema escolar, o regime atingiu a juventude, e pelo rádio Vargas falava com os adultos. Em 15 de setembro de 1935, o guru dos meios de comunicação, Assis Chateaubriand, inaugurou sua transmissora, que alcançava o país todo, a Rádio Tupi, com um *Hino Nacional* cantado por um coro regido por Villa-Lobos.

Villa-Lobos conseguiu, com suas concentrações orfeônicas, fazer uma ponte entre as instituições educacionais e o público. Quando Vargas percebeu que o plano de Villa-Lobos no Rio de Janeiro havia dado certo, ele decidiu estender o projeto para o país inteiro. Villa-Lobos estava inteiramente consciente da simbologia política de sua função, que ele interiorizara junto com o *páthos* inerente a ela, e defendia seu engajamento com uma ofensiva capacidade de persuasão:

> O Brasil levou muito tempo, meus amigos, muitos anos a imitar, a macaquear, a papagaiar, mas, graças a Deus,

---

13. Horta, 1987, p. 68.

procurou um espelho, ou encontrou, por acaso, o reflexo da realidade de uma grande raça, de uma grande nação, e verificou que nunca poderia ser ele mesmo se não fizesse as coisas à sua maneira, não imitando ninguém[14].

As concentrações orfeônicas aumentavam incessantemente. Nos estádios de futebol Vasco da Gama e Fluminense, apresentavam-se até 42 mil alunos para o canto-coral. Artistas populares eram contratados para agitar o ritual e dar mais cor aos eventos. O astro do samba romântico, Sílvio Caldas, cantou com toda a suavidade de sua voz *belcanto*, a famosa canção romântica *Gondoleiro do amor*, acompanhado por 30 mil vozes. O culto à pessoa de Vargas e a glorificação do regime e de seus progressos tornavam-se cada dia mais o cerne desses desfiles de massas. Os alunos declamavam em uníssono: "Viva nosso presidente, viva Getúlio Vargas!". Em uma "homenagem à indústria metalúrgica", um coro de sete vozes imitava com sílabas o barulho da fábrica. Villa-Lobos planejou, ainda, uma gradação na qual, para a apresentação de sua composição *Legenda mecânica*, cem aviões da força aérea deveriam sobrevoar o estádio, contribuindo para a apoteose da era industrial introduzida por Vargas. Como relaxamento, os alunos executavam o "coqueiral": com as mãos levantadas, os alunos balançavam ritmicamente, de um lado para outro, imitando, assim, o balanço dos coqueiros ao vento, uma visão impressionante com 10 mil crianças em movimento.

A consciência de sua missão, em que Villa-Lobos se aprofundava cada vez mais, assumia também feições rudes e mesmo despóticas no procedimento com seus subordinados e com os

---

14. Machado, 1987, p. 93.

professores submetidos a ele. Estes, em seu desespero, se uniram e até mesmo se atreveram a um levante contra ele. As professoras de música atormentadas decidiram, depois de muito refletir, enviar-lhe uma longa carta anônima em que se queixavam de sua autocracia e falta de consideração.

No Dia da Pátria de 1943, Villa-Lobos cometeu um erro em seu entusiasmo por imagens patéticas. Para uma canção, ele escolheu o tema de uma lenda de Pernambuco: *A lenda do Reino da Pedra Bonita*. No Nordeste brasileiro pobre, ocorreram, no passado, novas insurreições e movimentos de salvação, que prometiam à população macilenta a libertação de seu sofrimento mundano. Uma dessas seitas reportava-se ao rei português desaparecido em 1578 no norte da África, Dom Sebastião, cuja volta como salvador muitos sebastianistas, em Portugal e também no Brasil, esperavam. Uma seita igualmente influenciada pelo Sebastianismo surgiu nos últimos anos do século XIX em Canudos. Seu líder, Antônio Conselheiro, na República, era considerado o anticristo que devia, então, ser combatido. A Nova República, ao contrário, presumia no grupo em torno de Antônio Conselheiro uma guerrilha reacionária que buscava fortemente o retorno à monarquia. Depois de lutas sangrentas, o vilarejo de Canudos foi arrasado e seu líder, Conselheiro, foi morto.

Os sebastianistas citados por Villa-Lobos no sertão ensolarado – segundo a lenda – procediam atenciosos e lentamente a rituais cruéis de sacrifício humano, para conferir força à sua ressurreição e à de Dom Sebastião. A saga brutal chocou as crianças e, quando os pais souberam, o estranhamento ao maestro aumentou, e eles ameaçaram tirar as crianças do coro. O caso foi relatado pela imprensa, de forma que Villa-Lobos, finalmente, retirou o projeto.

Contudo, também na frente do presidente Vargas, Villa-Lobos, quando não se sentia devidamente respeitado como músico e personalidade, permitia-se certas rudezas. Eventos oficiais regados a música ocorriam, dentre outros lugares, na Casa de Rui Barbosa, a antiga residência do lendário precursor republicano da abolição da escravatura, que era usada pelo governo como museu e centro de convenções. Quando, em uma dessas ocasiões, o barulho das conversas ameaçou encobrir o coral de Bach apresentado naquele momento por Villa-Lobos, ele interrompeu a apresentação com um comentário claramente perceptível pelo presidente Vargas: "Já que eles não querem ouvir nossa música, vamos ouvir a conversa deles"[15].

Intelectuais e artistas foram atingidos pelas repressões do regime Vargas das mais diversas formas, já que nem sempre as reações do regime eram previsíveis. Elas iam desde *laissez-faire* bastante desinteressados a atos de violência repentinos. O escritor Graciliano Ramos, que a partir de 1927 havia se tornado prefeito da distante cidade de Palmeira dos Índios, no estado nordestino de Alagoas, foi preso por dois anos após a Intentona Comunista de Luís Carlos Prestes. Na cadeia, ele escreveu suas experiências em *Memórias do cárcere*, descrevendo, entre outras coisas, como o companheiro argentino de Prestes, Rodolfo Ghioldi, havia sido torturado. Ramos pôde, assim como muitos outros oposicionistas, trabalhar sem ser molestado depois de sua libertação. O posterior arquiteto de Brasília, Oscar Niemeyer, também comunista, projetou não apenas a construção de palcos e pavilhões que Villa-Lobos usava como pódio para suas apresentações, mas também realizou, durante a Era Vargas, outros grandes projetos arquitetônicos. Isso valia também para

---

15. Paz, 1997, p. 87.

o artista plástico comunista Cândido Portinari, e mesmo Mário de Andrade esforçou-se, nos primeiros anos do regime, por um trabalho conjunto construtivo com os órgãos de cultura. O ministro da Educação de Vargas, Gustavo Capanema, era um interlocutor de altíssimo nível, que também requeria de seus interlocutores altas exigências intelectuais. E ninguém menos que Carlos Drummond de Andrade, o mais renomado poeta do país, trabalhava como secretário na antessala de Capanema.

A partir de 1937, a pressão autoritária do regime, com a introdução do Estado Novo, aumentou contra os que pensavam de forma diferente. Até hoje, as pessoas lembram-se dos "cabeças de tomate", uma austera tropa de choque da polícia criada por Vargas, que recebera seu nome por causa dos capacetes vermelhos. Bastante temido também era o chefe dessa tropa, o descendente de alemão Filinto Müller, que havia sido comunista e, agora, perseguia a esquerda com fanatismo de regenerado. Como pecado imperdoável do regime Vargas se considera, até hoje, o caso Olga Benario. O comunista Luís Carlos Prestes empreendeu, em 1938, uma tentativa diletante de um golpe lamentavelmente fracassado junto com Olga Benario, comunista de Munique. Ambos foram presos. Olga, nesse meio-tempo, grávida de Prestes, teria, segundo a lei brasileira, o direito de concessão de permanência no país: o *ius solis* é uma das peças centrais da identidade do Brasil, nação de imigrantes. Contudo, os órgãos responsáveis entregaram-na para o Terceiro Reich, mesmo sabendo que ela não teria chance alguma de sobreviver na Alemanha. Ela foi assassinada em uma câmara de gás do instituto de eutanásia de Bernburg em fevereiro de 1942. Sua filha, nascida pouco antes, pôde ser salva pela mãe de Luís Carlos Prestes e foi criada no México.

Poucos meses depois da entrega de Olga Benario aos nazistas, o regime Vargas mudou para o lado dos Aliados e usou a oportunidade do momento para fazer que as simpatias com o Terceiro Reich fossem esquecidas o mais rápido possível. Nesse entremeio, submarinos alemães haviam afundado navios mercantes brasileiros e os Estados Unidos da América começavam a pressionar mais fortemente Getúlio Vargas, que, logo em seguida, declarou guerra ao Terceiro Reich. Villa-Lobos não era o único a sofrer de uma miopia política, pois compositores italianos, como Alfredo Casella e Pietro Mascagni, também se congraciavam ao regime de Mussolini. Casella escreveu um *Mistério em um ato* com o nome de *Il deserto tentato*, que, em 1937, ressoou pontualmente para o encerramento exitoso da Campanha da Abissínia de Mussolini – um empreendimento marcado especialmente por atos de crueldade contra a população civil. Mascagni também se prestava, já em idade madura, a reger com camisa preta para homenagear o *duce*. E com relação ao antissemitismo abertamente declarado de Hans Pfitzner, mesmo depois de 1945, e sua amizade com Hans Frank, criminoso de guerra julgado em Nürenberg e outrora governador-geral assassino na Polônia, os envolvimentos de Villa-Lobos mostravam-se, antes, insignificantes. Em corações mais ingênuos, como o da soprano Bidu Sayão – uma das cantoras preferidas de Villa-Lobos –, a ingenuidade assumiu feições grotescas. Sayão enfeitiçou tanto Mussolini, amante da música e versado no violino, em 1936, com árias de Donizetti, que a consequente sedução do *duce* deixou nela uma fortíssima impressão: em seu apartamento em Nova Iorque sobressaía, desde o histórico encontro – para grande confusão de seus convidados americanos –, um quadro de Benito Mussolini ao lado do quadro de Franklin D. Roosevelt.

Sem dúvida, Villa-Lobos também usou sua reputação e a posição social alcançada no estado de Vargas para construir sua própria imagem de acordo com suas ideias e para afastar suas características inconvenientes. Muito conscientemente, ele burilava sua biografia, o que Vasco Mariz, o autor da primeira descrição do compositor, também percebeu. Embora a biografia escrita de forma pouco crítica por Vasco se assemelhasse a uma homenagem, Villa-Lobos nunca reagiu à publicação e muito menos lhe teria dado um retorno de reconhecimento. Apenas dezoito anos depois da morte do mestre, Mariz ficou sabendo, pela viúva de Villa-Lobos, Arminda, que ele se irritara com uma passagem que dizia que ele, em 1938, disciplinava as crianças de uma colônia de férias com algumas "bofetadas" e com puxões de orelha. Também o fato de que Mariz, depois de intensas pesquisas, tenha descoberto sua verdadeira data de nascimento, por muito tempo encoberta, o irritou a olhos vistos. O pesquisador musical Luiz Heitor Corrêa Azevedo também relatou o claro resfriamento de suas relações com o maestro quando ele, com reservada ironia, se expressou sobre seu método de compor através de relevos montanhosos decalcados transferidos para papel milimetrado em alturas de notas. Logo depois disso, o mestre rompeu o contato com Azevedo por um bom tempo.

Villa-Lobos não conseguiu se impor a todos os seus amigos com sua campanha de autoapresentação, tendo despertado em pelo menos um deles o efeito contrário: Mário de Andrade afastou-se consideravelmente do companheiro brilhante – outrora admirado por ele – durante a ditadura de Vargas. Ele se queixava da atitude pouco crítica de Villa frente a Vargas e a seus funcionários, que, segundo acreditava, se podia ver também em suas composições, como no hino já composto em 1930 para Júlio Prestes ou o *Quarteto n. 5* dedicado a João Alberto, que ele considerava ligeiro e sem substância. Caso o mesmo quarteto tivesse surgido dez anos antes, Andrade possivelmente o teria avaliado de forma positiva: a obra utiliza melodias de canções populares e infantis, serve-se de uma linguagem tonal moderna pós-impressionista moderada e é composta perfeitamente. O quarteto "confeccionado" de forma imaculada desperta em Andrade a suspeita de que Villa-Lobos tenha se deixado cativar por Vargas: em 1920 ainda era uma façanha, ou pelo menos prova de uma atitude subversiva, escrever elementos sonoros brasileiros na música erudita. Em 1930 e, especialmente a partir de 1938, depois da proclamação do Estado Novo, algo assim fazia parte da doutrina do Estado e – ao evitar todo e qualquer efeito ousadamente cacofônico – conseguia um trunfo seguro em favor do regime. Não demorou para que Andrade estendesse essa repreensão a toda e qualquer obra de Villa-Lobos composta depois de 1930, cuja reincidência ele reclamou no já suposto epígono. Irritado, ele declarou:

> Villa, sempre um consciente amoralista, de forma tolerável, transformou-se, de forma repugnante, em um canalha com sistema. Uma mudança tão profunda no contexto moral só poderia mesmo enfraquecer a força criadora, e isto ela também fez. A produção musical de Villa despencou de forma estarrecedora. Ele escreveu alguns hinos, alguns corais, uma série de transcrições de fugas de Bach para violoncelo e piano e uma série de pequenas peças para piano, tudo isso simplesmente um absurdo[16].

16. Camargo Toni, 1987, p. 41.

No ponto central de sua crítica, ele colocou os coros bombásticos, que mais sepultariam em si a formação de uma compreensão musical do que a incentivariam, e sugeriu elevar Villa-Lobos a patrimônio com a finalidade de impedir coisas piores, além de não enviá-lo mais ao exterior como representante oficial do Brasil.

Na verdade, Villa-Lobos havia se deixado atrelar sem reservas à autoapresentação propagandística do regime; contudo, isso não colaborou, de forma alguma, para uma relação pessoal íntima entre ele e o antimusical Getúlio Vargas. Este, que não se interessava por artes e por literatura – até onde não as pudesse instrumentalizar para seus objetivos políticos – não tinha nenhum acesso ao universo de ideias de Villa-Lobos e via nele um bobo da corte moderno passível de ser associado a tudo o que fosse oficial, conquanto se lhe permitisse atuar no âmbito da música. Ao se irritar com a ideia de um novo projeto, ele declarou isso a Villa-Lobos com estarrecedora franqueza: "Maestro, vá para o exterior. Lá o senhor poderá ser mais útil ao Brasil do que aqui"[17].

De volta à tradição

Em 1930, ocorreu uma mudança na vida de Villa-Lobos que deu à sua obra uma nova orientação, bastante forte. Iniciavam-se aí os quinze anos, aproximadamente, em que Villa-Lobos se dedicaria totalmente a seu país. Com isso, chegava ao fim o papel da vanguarda parisiense, marcada pela ousadia inovadora e pela criatividade experimental. Villa-Lobos manteve-se

---

17. Mariz, 1989, p. 109.

ligado ao pensamento nacional-brasileiro, mas não se relacionava mais com o público parisiense curioso e versado, que esperava dele uma música impressionante pouco convencional, exótica e pitoresca. Seus companheiros, agora, eram os funcionários do regime Vargas, que se prevaleciam da fidelidade nacional, e os professores de música pouco experientes e pouco viajados.

O retorno às formas tradicionais da música brasileira deu-se simultaneamente com a dedicação à língua materna. Nessa fase, as obras vocais novamente adquiriram maior importância, e foi possível a Villa-Lobos mais uma vez cultivar o contato com os poetas. Dentre eles, sobressaíram-se dois, com os quais o compositor, além do trabalho profissional conjunto, também teve uma estreita amizade por toda sua vida: Manuel Bandeira e Carlos Drummond de Andrade, os poetas mais musicados do Brasil. A relação deles com Villa-Lobos era de especial intensidade e confiança.

Manuel Bandeira originava-se da grande cidade de Recife, no noroeste de Pernambuco. No início comprometido com o Simbolismo, Bandeira uniu-se, como muitos literatos e artistas de sua geração, ao Modernismo. Ele tinha amizade com uma série inteira de compositores, como Villa-Lobos, Lorenzo Fernandez, Francisco Mignone, Frutuoso Viana e Jaime Ovale. Seu trabalho conjunto com Villa-Lobos começara já em 1921, com o poema "Debussy". Para a série *Serestas*, Bandeira contribuiu com "O anjo da guarda" e com "Modinha", a canção mais conhecida, cujo texto Bandeira escreveu diretamente para a melodia de Villa-Lobos, não se tratando, por isso, de uma harmonização. Uma série de peças corais para ocasiões festivas, de aniversário a Natal e ano-novo, surgiu igualmente do trabalho conjunto de ambos. Laureado de sucesso foi, também, o segundo movimento da famosa *Bachiana brasileira n. 5*, com o *Martelo*, que se baseia em um poema de Bandeira.

Manuel Bandeira, violonista amador e assíduo frequentador de concertos, também era versado em música popular, tendo escrito críticas musicais por algum tempo. Seu entusiasmo pelos grandes mestres, de Bach a Debussy, animou-o a algumas tentativas de composição que, contudo, não foram publicadas. Ele escreveu o texto para um samba de Ary Barroso – compositor do sucesso *Aquarela do Brasil* –, todavia, a peça passou despercebida. Para a poesia de Bandeira, formas musicais como a canção, o rondó e o madrigal também desempenhavam um importante papel.

Carlos Drummond de Andrade foi o poeta lírico brasileiro mais representativo do século xx. No início, dedicava-se a poemas satíricos e logo foi influenciado pelo Modernismo e por Walt Whitman. Sua obra, no decorrer de sua fase criativa, dividiu-se em diversas facetas, em poemas do cotidiano, em poemas políticos e posteriormente, também, em obras metafísicas, como "A máquina do mundo". Nessa obra, um anti-Fausto encontra inesperadamente uma máquina onisciente, contudo se decide contra o conhecimento sem limites e a favor da solidão e do mutismo, unindo visões de fim dos tempos com eloquência barroca.

Em oposição a Manuel Bandeira e Cecília Meireles, Carlos Drummond de Andrade era tido como o poeta mais difícil de ser musicado, mais denso. Embora Drummond sempre tenha sido considerado, junto com sua obra, exigente e nunca tenha se tornado popular, obteve, ainda assim, a rara honra de ser escolhido como tema da Escola de Samba Estação Primeira de Mangueira no carnaval de 1987. A própria relação de Drummond com a música era – não obstante o fato de ele, ao contrário de Manuel Bandeira, nunca haver tocado um instrumento – realmente muito íntima e se expressava também nos diversos títulos correspondentes de suas poesias: "Bolero de Ravel", "Concerto, Beethoven", "Toada do amor", "Música", "Nova canção do exílio", "A música da terra".

Principalmente os poemas de sua primeira fase criativa desafiavam incessantemente os compositores. O primeiro poema musicado com algum sucesso por Frutuoso Viana em 1928 foi "Quero me casar", que recebeu, como canção, o título *Toada n. 3*. A obra reproduz o ritmo de vida calmo de um caboclo que planeja se casar.

De seu primeiro volume de poesias origina-se "A cantiga do viúvo", que Villa-Lobos musicou e incluiu em suas *Serestas*. Em 1944, Villa-Lobos atreveu-se a musicar o poema "José", com seu metro curto e conciso, que foi concebido por ele como movimento coral *a capella* para vozes masculinas. "José" é uma das obras mais conhecidas de Drummond, um hino ao homem simples, que se sente abandonado e está confuso: "Com a chave na mão/ quer abrir a porta/ não existe porta [...]".

O resultado mais bem-sucedido do trabalho conjunto entre ambos os artistas é o "Poema de Itabira", dedicado por Villa-Lobos à grande cantora norte-americana Marion Anderson, que, contudo, nunca o cantou. A obra longa e difícil representa, para qualquer cantor, um enorme desafio, que Villa-Lobos soube valorizar com um acompanhamento de orquestra.

Em 1930, Villa-Lobos publicou duas coletâneas de *Modinhas e canções*, designadas por ele com uma afirmação pouco comum de "pura harmonização de melodias populares". Da primeira coletânea, algumas canções se tornaram muito populares: o *Lundu da marquesa de Santos*, a cantilena *O rei mandô me chamá* e *Nhapopê*, a canção folclórica de amor do pássaro ferido que procura refúgio no coração. A segunda parte da coletânea baseia-se em canções infantis tradicionais como *Vida formosa*, *Nesta rua* e *Na corda da viola*.

Pela primeira vez depois de catorze anos, Villa-Lobos dedicou-se novamente ao gênero do quarteto de cordas. Em 1931, ele terminou o quinto quarteto de cordas, designado "o primeiro de seus quartetos populares", com a intenção posteriormente mais uma vez malograda de aproximar do grande público um gênero bastante impopular. É o primeiro quarteto com orientação marcadamente nacionalista e foi saudado como símbolo da redescoberta do Brasil através de Villa-Lobos. O quarteto é a expressão – segundo uma interpretação – da energia vital recuperada depois de uma longa crise. Mário de Andrade, por outro lado, interpretou o *Quarteto* como gesto de submissão de Villa-Lobos ao regime Vargas.

O *Quarteto n. 6*, de 1938, é de uma brasilianidade indiscutível, que consegue se livrar dos acentos folclóricos do quinto. No *allegretto*, soa, como que distante, o eco de uma festa no sertão. No *adagio*, propaga-se uma atmosfera de selva na forma de um *ricercare* polifônico. O *allegro vivace* é animado e executado ritmicamente vivo, e pertence a um dos movimentos mais exitosos do quarteto.

O *Quarteto n. 7* introduz sua fase tardia de composição, virtuosa e ao mesmo tempo substanciosa e, do prisma dimensional, é mais forte que as anteriores. O primeiro movimento – *allegro* – é ritmicamente variado. O primeiro violino entoa um *point d'orgue* em lá, em torno do qual as dissonâncias se aglomeram em cordas vizinhas de outros instrumentos. Do lá, o primeiro violino sobe para ré, para então descer brilhantemente em um longo arpejo, antes que o segundo violino assuma o tema.

O *Quarteto n. 8* continua a interiorização da linguagem tonal iniciada no *n. 7*, produzindo um efeito maior de música de câmara. O violoncelo, que passa o desenho rítmico inicial para a viola e para os violinos, prevalece no primeiro movimento. O equilíbrio entre a forma externa e a densidade polifônica predomina. A clareza tonal é abandonada de forma sutil, mas se faz presente ao final de cada movimento em uma pacífica resolução das vozes conflituosas em longos trechos.

Reminiscências bitonais são retomadas no *Quarteto n. 9*. O primeiro movimento apresenta uma apoteose do ritmo, que se torna elemento temático predominante.

O segundo movimento é de caráter nostálgico e de métrica complexa, em compasso 6/4. O quarto movimento é composto em 5/4. O *finale* lembra Ravel.

O *Quarteto n. 10* soa, em contrapartida, menos exigente musicalmente, o material temático do primeiro movimento produz efeito mais discreto. O segundo movimento soa bastante prosaico; o terceiro, depois de uma parte intermediária atonal, termina em dó maior. O quarto movimento, em alguns momentos, é composto em compasso 7/8, com repetições dissonantes e passagens imitativas.

Com o *Ciclo brasileiro*, em 1936, Villa-Lobos criou uma de suas principais obras pianísticas tardias. No ciclo, predomina uma linguagem musical equilibrada, mais madura, que se apoia nas *Bachianas*. Villa-Lobos havia adquirido domínio, nesse ínterim, das possibilidades do piano, de forma natural, as peças acomodam-se e soam mesmo já como uma parte das tradições pianísticas marcadas por ele, recebendo designação correspondente: *Plantio do caboclo, Impressões seresteiras, Festa no sertão* e

Dança do índio branco. O segundo movimento, em termos pianísticos, é o mais interessante e mais exigente do ciclo, com efeitos enérgicos de trêmulos aos quais seguem temas de valsas que evocam a atmosfera das serenatas. *Festa no sertão* é a descrição de uma festa no interior, com todos os seus elementos, como elementos rítmicos percussivos e um desfile de carnaval com o emprego do *martellato* em ambas as mãos. Estratificações polirrítmicas contribuem para a expressão cintilante da peça. A última peça do ciclo, *Dança do índio branco*, é considerada o autorretrato musical de Villa-Lobos, que gostava de se estilizar como "índio branco". Outras explicações também foram sugeridas para o título, como a de que Villa-Lobos tinha repentinamente visto um índio branco na floresta tropical, que dançava sem parar e, por fim, caiu morto. Uma explicação mais humorística diz que o título se relaciona ao fato de a obra ser tocada predominantemente nas teclas brancas. Do ponto de vista estrutural, a peça é simples e expressiva, assemelhando-se a um estudo de percussão: a instrução para sua execução exige do pianista "uniformidade rítmica absoluta".

Em 1937, Villa-Lobos dedicou à sua cidade natal, o Rio de Janeiro, e a seu padroeiro, são Sebastião, a *Missa de são Sebastião*, com reminiscências do canto gregoriano e de formas populares brasileiras, até do candomblé.

Villa-Lobos retomou o violão depois de uma pausa de mais de dez anos. Os cinco prelúdios surgidos nos anos 1940 apresentam, em comparação com os estudos, uma economia maior no emprego de elementos musicais e soam mais interiorizados e mais equilibrados. Devido ao recurso técnico típico incluído por Villa-Lobos, como execução e figuras de arpejo difíceis, eles se revelam violonísticos em seu mais alto grau. O primeiro e o quarto prelúdios extrapolaram os círculos de violonistas, tornando-se grandes sucessos, e aparecem no Brasil cada vez com mais frequência como melodias de abertura em propagandas televisivas e telenovelas.

O *Prelúdio n. 1, Homenagem ao sertanejo brasileiro*, soa, com sua melodia melancólica no baixo, como uma modinha entoada pelo violoncelo, à qual o vivo *intermezzo* contrasta como uma dança. No *Prelúdio n. 2*, Villa-Lobos homenageia o malandro carioca, típico folgazão do Rio de Janeiro, que ganha o seu pão de cada dia com vigarices espertalhonas. O tema insinuante pode também ter se originado de um tango de Ernesto Nazareth. A parte intermediária que contrasta ritmicamente com isso lembra as *Danças típicas africanas*, as quintas paralelas lembram o berimbau, de origem africana, que marca o ritmo da capoeira e oscila entre dois tons apenas.

O *Prelúdio n. 3 – Homenagem a Bach –* parte da afinação das cordas soltas, a melodia sobe na forma de uma fantasia e termina com uma fermata. Em seguida, ele brilha em um movimento sequencial típico do Barroco, novamente descendente. O *Prelúdio n. 4* é dedicado ao índio brasileiro e baseia-se em um único motivo bastante fácil de se perceber, que lembra uma canção de ninar indígena, ecoando nas notas agudas. O *Prelúdio n. 5 – Homenagem à vida social –* tem sua base na forma característica das valsas-serenata românticas, no estilo de Pixinguinha, Nazareth ou do popular e aclamado violonista Dilermando Reis, tal qual tocadas ainda hoje pelos cantores seresteiros.

Um sexto prelúdio provavelmente tenha se perdido durante a Guerra Civil Espanhola, na casa de Andrés Segovia, que foi atingida por uma bomba. Não é possível esclarecer, aqui, até que ponto entrou em cena o gosto pela invenção de histórias de Villa-Lobos, muito menos se as outras testemunhas do desaparecimento da obra interiorizaram, primeiro, a versão de Villa-Lobos e depois a reproduziram em sua mente.

Villa-Lobos, devido ao seu acesso autodidata ao violão, era um violonista realmente pouco ortodoxo, porém hábil e inteiramente capaz de superar os desafios técnicos que ele impunha aos solistas, como comprovam algumas gravações e filmes, bem como declarações de testemunhas de seu tempo. Entretanto, o músico usava o violão apenas para compor e nunca se apresentou publicamente com ele em um palco de concerto.

Os dois grandes projetos de Villa-Lobos nos anos 1930 – a educação musical de jovens e do povo e as *Bachianas brasileiras* – situam-se igualmente sob o símbolo do retorno às raízes e à restauração das tradições brasileiras, assim como as outras obras surgidas nesse tempo. Um terceiro projeto dessa natureza foi menosprezado como forma de ocupação do tempo livre do inquieto compositor: o reiterado retorno ao carnaval, que levou Villa-Lobos à fundação do grupo Sôdade do Cordão, em 1939. À proporção que ele, depois de muito tempo, novamente mergulhou no carnaval, vários outros círculos se uniram a ele. O músico voltou ao mundo de sua juventude, de quando participava do carnaval de rua animado, autêntico, que experimentou seu auge dionisíaco-orgíaco na praça Onze. O carnaval, com seus elementos peculiares, tornava reais os mesmos objetivos que Villa-Lobos ambicionara uma vida toda em suas composições: uma síntese cultural, que transformava a tradição dos índios, dos afro-brasileiros e dos imigrantes europeus, fundidas com dança, canto e poesia, em uma obra de arte universal brasileira. No nível pessoal, Villa-Lobos podia continuar cultivando a amizade com os músicos populares, aos quais ele tanto devia agradecer por seus primeiros tempos, e que agora o ajudavam a construir o Sôdade do Cordão. O artista plástico Di Cavalcanti, seu amigo, auxiliou na elaboração das figuras e das máscaras. O tema, mais uma vez, era o universo amazonense, com suas lendas, fábulas e seus habitantes, os índios e os caboclos. E o cabeça do grupo era, em conformidade com isso, o "Monstro do Amazonas". Investiu-se muito tempo nos ensaios, a coreografia baseava-se no velho samba do Rio de Janeiro. Zé Espinguela, que Villa-Lobos conhecia bem da escola de samba Mangueira, tornou-se o membro mais importante da trupe e assumiu, desde o início, o papel de diretor musical. "Aos domingos depois do almoço, em sua casa, no Irajá, eram feitos os ensaios, para os quais vinha toda a sua família.[18]"

Para reconstruir o "Cordão" da forma mais fiel possível ao original, em termos artísticos, Villa-Lobos pediu ajuda ao estudioso de música Luiz Heitor Corrêa de Azevedo, na época, professor de folclore no conservatório. Corrêa percorreu os bairros suburbanos à procura de ideias, visitou os grupos que participavam regularmente do carnaval e participou de seus ensaios. Em seguida, ele passou as informações a Villa-Lobos e, então, discutiu-se em grupo o que poderia ser aproveitado de tudo o que ele tinha visto. A linha-mestra era que o Sôdade do Cordão se abstivesse de tendências comerciais e da moda e, por fim, que incorporasse elementos tradicionais.

O bloco constituía-se de dois grupos: os índios e caboclos, e também o grupo dos "antigos". Primeiro desfilavam os índios e caboclos com seus estandartes, a "vitória-régia". O bloco era conduzido por Zé Espinguela como Índio Tuchau, com um lagarto vivo no braço, cuja cabeça ele sempre beijava. Um grupo de catorze sapos em fantasias correspondentes era liderado

---

18. Paz, 2000, p. 29 ss.

pelo Monstro do Amazonas. A Rainha dos Caboclos foi a atriz Anita Otero, escolhida pessoalmente por Villa-Lobos. Sua beleza e graciosidade na dança contrastavam com a virtuosidade dos dançarinos que se apresentavam com ela, principalmente do dançarino mestre "Perna Fina", que realizava passos virtuosos com perfeição. A uma distância de mais ou menos dez metros, seguia o grupo "Os Antigos", carregando o estandarte com a imagem de um índio furioso. O componente mais importante desse grupo era a seção de ritmo, de que faziam parte dois representantes da Mangueira, a saber, ninguém menos que Cartola, que tocava o cavaquinho, e Aluísio Dias, com seu violão. A disputa ritualizada entre os grupos constituía o fim da apresentação, quando eles cruzavam seus estandartes e se ameaçavam em alto som até tudo se resolver em um prazer complacente e em harmonia, momento em que o bloco inteiro, na mesma sequência do início, desfilava mais uma vez.

Em 1940, o grupo participou com grande sucesso do carnaval de rua, apresentando-se em clubes como o Fluminense e também recebendo a contribuição de amigos de Villa-Lobos da Mangueira. Contudo, não passou disso, já que a cidade do Rio de Janeiro prontificou-se a subsidiar o projeto apenas dessa vez. A isso adveio ainda o fato de que Zé Espinguela adoeceu e veio a morrer em 1943, ficando ausente, assim, o coordenador mais ativo e animador do grupo.

No centenário de Villa-Lobos, em 1987, o Sôdade do Cordão foi mais uma vez chamado à vida, por iniciativa de Turíbio Santos, com a colaboração de alguns representantes famosos da música popular brasileira, como o saxofonista Paulo Moura e os cantores Macalé, Martinho da Vila e Wagner Tiso.

Bachianas brasileiras

Quando, em 1690, um grupo de bandeirantes – tropas de reconhecimento formadas por aventureiros e escravos do tempo dos pioneiros – avançou para o interior do Brasil e descobriu, ao pé do Itacolomi, alguns grãos de um metal amarelo, os participantes combinaram manter silêncio sobre sua descoberta. Apenas no leito de morte, um participante da expedição revelou seu segredo e descreveu o achadouro do metal cobiçado. Isso provocou o grande auge do ouro desde os saques da Espanha no Peru e no México e também anunciou o início de uma nova era para o Brasil. A prosperidade beneficiou também as artes: arquitetos, escultores, artistas plásticos e músicos corriam atrás dos colonizadores, funcionários públicos e sacerdotes à procura de serviços, então em abundância. Do dia para a noite, surgiram novas cidades, que eram construídas no estilo barroco. Aos artistas foram dadas principalmente duas tarefas: a construção e a ornamentação de igrejas, bem como a projeção de construções imperialistas da força mundana.

Deve Villa-Lobos ser visto como aperfeiçoador tardio do barroco brasileiro? A música durante o barroco colonial deve ser atribuída ao pré-classicismo. É de admirar que a obra de Villa-Lobos apresente, mais do que a música do tempo colonial, técnicas e características típicas da música barroca europeia. O músico utilizava incessantemente em sua obra fugas, fugatos, *cantus firmus*, bem como uma série de outras técnicas contrapontísticas. Sua música também revela características de uma opulência sinestésica e extensão heterogênea, que pode ser considerada típica da identidade cultural brasileira.

Há uma relação de indissolubilidade entre o "barroco de Minas", no século XVIII, e a atuação dos mulatos, que formavam, como músicos, artistas plásticos e escultores, um esplêndido bastidor. Muitos deles mandavam vir de Portugal e do resto da Europa projetos, partituras e modelos, sendo que, contudo, nunca deixaram o Brasil e tinham de, por fim, fiar-se em seus olhos na transposição das proporções. O escultor e arquiteto Aleijadinho, que sofria de lepra, doença incurável, construiu igrejas em Ouro Preto e tornou-se o mestre da escultura barroca em madeira e em pedra-sabão. As torres de uma de suas principais obras, a Igreja São Francisco de Assis, em Ouro Preto, lembram os quiabos nativos do Brasil. Ao mesmo tempo, São Francisco de Assis é o exemplo raro de uma obra de arte completa projetada por responsabilidade própria e realizada por um artista único. Nas pinturas do teto de Manoel da Costa Athayde aparecem mulatos, como manifestação de que a arte barroca de Minas Gerais se dirigia, principalmente, também ao povo.

As *Bachianas brasileiras*, escritas entre 1930 e 1945, pertencem às composições mais populares de Villa-Lobos. Contudo, enquanto os *choros* são identificados com o compositor inovador, ousado, as *Bachianas*, inspiradas em Bach, são parte da obra novamente reconhecível também para músicos leigos, por assim dizer, do Villa-Lobos para "ouvir e desfrutar". O auge do sucesso para o grande público é, sem dúvida, a ária da *Bachiana n. 5*. A música programática de fácil compreensão *O trenzinho do caipira*, da *Bachiana n. 2*, faz sucesso, regularmente, até em programas infantis de rádio e televisão. Villa-Lobos, depois de um tempo, começou a se opor a essa imensa proximidade com o gosto do público e reagiu com aspereza quando, mais uma vez, foi apresentado como "o compositor das *Bachianas*": "Não escreva compositor das *Bachianas*. E por que sempre as *Bachianas*? Eu também escrevi outra música, música importante"[19].

19. Tarasti, 1995, p. 181.

Nos anos 1920, a tendência de voltar-se a Bach, ao contraponto e aos meios de expressão neoclássicos era um fenômeno internacional que foi seguido por muitos compositores contemporâneos. Stravinsky, admirado por Villa-Lobos, iniciou sua fase neoclássica com seu octeto em 1923, e, em 1924, com um concerto para piano e com a *Suíte Pulcinella*. Como Villa-Lobos, antes de assumir sua atividade para Vargas, tinha a intenção de voltar à Europa, é provável que o discernimento tenha cooperado para que ele conseguisse elevar suas composições à altura do desenvolvimento internacional.

Villa-Lobos deu aos movimentos isolados das *Bachianas* respectivamente duas denominações: uma brasileira e uma barroca, extraída dos títulos dos movimentos das suítes, portanto, uma orientação conscientemente bicultural. Depois da síntese pan-brasileira dos *choros*, em que ele fundiu o mundo arcaico dos nativos com a música dançante urbana e com o carnaval, Villa-Lobos voltou-se para o Velho Continente e pretendia alcançar, assim, a síntese que se expandia entre a música brasileira e a europeia.

A *Bachiana brasileira n. 1* possui três movimentos; todavia, na primeira audição de 12 de setembro de 1932, foram apresentados apenas o segundo e o terceiro movimentos, o *Prelúdio/Modinha* e a *Fuga/Conversa*. O primeiro movimento – *Introdução/Embolada* – foi introduzido somente mais tarde, e no dia 13 de novembro de 1938 a obra foi apresentada pela primeira vez na íntegra, na Casa d'Italia. Para orquestra de violoncelos, a obra foi dedicada a Pablo Casals e escrita para os concertos sinfônicos de Walter Burle-Marx. Do som dos oito violoncelos, Villa-Lobos produz já no primeiro movimento uma intensidade impressionante, tanto rítmica quanto melodicamente, que cativa o ouvinte como uma música de filme bem-sucedida.

O efeito foi ainda intensificado através da multiplicação da formação dos violoncelos, como em um concerto em Buenos Aires, com 48 violoncelos, e um outro, em 1952, em Zurique, com não menos que 108 violoncelos.

Na *Embolada*, música dançante do Nordeste do Brasil, cria-se já no início uma atmosfera vivaz que lembra os encontros festivos no sertão rural. Simultaneamente, Villa-Lobos evita aí citações autênticas dos motivos da embolada, restringindo-se à reprodução do motivo básico principal.

O segundo movimento recebeu a designação de modinha, forma de canção tradicional brasileira equivalente à ária de Bach. Nesse movimento, ele conseguiu utilizar o caráter da modinha de forma sutil.

O terceiro movimento, *Fuga/Conversa*, é dedicado à memória do violonista chorão Sátiro Bilhar, com quem Villa-Lobos, quando jovem, tocara nos conjuntos de chorões. A fuga apresenta um diálogo entre quatro chorões, cujos instrumentos brigam pela primazia temática, desenvolvendo-se de forma contrapontística – e é, aqui, ritmicamente abrasileirada através de síncopes e da repetição dos mesmos desenhos melódicos.

A *Bachiana n. 2* também foi escrita em 1930 para orquestra com uma seção de percussão abundante. Todos os movimentos se baseiam em peças próprias anteriores para violoncelo e para piano, que Villa-Lobos reuniu mais arbitrariamente nas *Bachianas* com a manutenção do título original. O primeiro movimento, *Prelúdio/O canto do capadócio*, é dedicado ao personagem do músico de rua que perambula, que canta modinhas acompanhado de seu violão. Típico do capadócio são seu descuido e o *swing* em seus movimentos, a "ginga do capadócio", que aqui se estende na cantilena entoada pelo saxofone, como em um terraço sobre o telhado no Rio de Janeiro em uma noite quente de verão. Depois de um enérgico arrebatamento, em que é possível visualizar o capadócio saracoteando com seu terno branco, a cantilena recai em uma atmosfera de desfecho comum ao *blues*.

Nas traduções, o significado do termo "capadócio", muito frequentemente, não apenas é errado, mas também, não raro, indica algo que lhe é contrário, como em uma edição da Ricordi, em cinco línguas, que reproduz o termo como *campagnard, countryman, campagnolo, campesino, Landmann*. Nada mais errado do que isso, pois o capadócio é um tipo genuinamente urbano.

A majestosa *Ária*, com seu segundo título *O canto da nossa terra*, assemelha-se a um hino patriótico. A atmosfera neobarroca entoada pelo tema de entrada logo divaga novamente para outra inconfundivelmente brasileira. O terceiro movimento, *Dança/Lembrança do sertão*, é composto de uma melodia dançante executada de forma simples, que anda em círculos sem se desenvolver.

No último movimento, *Tocata/O trenzinho do caipira*, Villa-Lobos apresenta uma obra-prima da música programática: a peça descreve a viagem de um trenzinho pelo interior. O movimento é uma variante brasileira serena do *Pacific 231* de Arthur Honegger. Os barulhos calcados da locomotiva, assim que ela começa a funcionar, convertem-se nos sons animados de um conjunto de instrumentos de sopro. Assim, também, *O trenzinho* não corresponde ao caráter industrial e maquinário, mas sim à mistura de um recurso de movimento contínuo com seu entorno tropical. Villa-Lobos inspirou-se, para essa peça, em sua expedição artística pelo interior de São Paulo em 1931, em que ele, junto com seus músicos, permaneceu por muitas semanas na estrada.

A *Bachiana n. 3* apresenta o diálogo entre piano e orquestra, em que o piano nunca alcança a autonomia de um concerto de piano clássico ou romântico. O piano imita, aí, figuras semelhantes a figuras de baixo cifrado, que lembram um "concerto grosso" barroco. A orquestra responde com frases que reproduzem o romantismo tardio virtuoso *à la* Rachmaninov. O adágio do primeiro movimento – *Prelúdio/Ponteio* – evoca o dedilhar do violão, antes de o piano se tornar mais dominante. A *Fantasia/Devaneio* é entoada de forma objetiva, reservada.

O movimento seguinte, *Ária/Modinha*, é determinado por uma melodia brasileira que lembra, aqui, em sua dignidade crescente, uma sarabanda ou uma chacona. O quarto movimento, *Tocata/Pica-pau*, é considerado a tocata mais brilhante do compositor, com as marteladas rítmicas do pica-pau, ao qual se remete no título e que é evocado pelo xilofone. Em forma de rondó com andamento acelerado, soam as danças briosas do Nordeste brasileiro, em que o piano parece assumir, com cascatas cintilantes e comentários rítmicos, a parte de um dançarino. No que se refere ao colorido e à orquestração, esse é um dos movimentos mais benfeitos das *Bachianas*.

A *Bachiana n. 4* não faz parte da série, já que foi criada em 1930 como peça para piano solo, tendo surgido uma versão para orquestra apenas em 1941. O apoio em Bach chama especialmente a atenção no primeiro movimento, *Prelúdio/Introdução*, pelo fato de que aqui um arpejo é conduzido através de todas as vozes, em sequência. O segundo movimento, *Coral/Canto do sertão*, é um canto religioso das "beatas sertanejas". Como contraponto ao coro, faz-se ouvir o grito da araponga, integrado ao movimento até que homem e natureza executem juntos uma marcha fúnebre que se perde na amplidão do sertão.

A *Ária/Cantiga* do terceiro movimento baseia-se em uma canção popular do Nordeste – *Ó Mana deix'eu ir* – que, devido a seu caráter modal, produz um efeito arcaico. À cantilena melancólica sobrepõem-se, em seguida, variações dançantes que levam o movimento ao auge. No último movimento, *Dança*, utiliza-se a dança *miudinho*, simultaneamente à melodia popular *Vamos maruca*. Sob a melodia são colocadas figuras rítmicas do baixo que imitam a música dançante urbana do choro e do maxixe, lembrando obras anteriores de Villa-Lobos para piano, como as *Danças africanas*.

A *Bachiana brasileira n. 5* é, sem dúvida, a predileta e mais conhecida, e, possivelmente – pelo menos no que se refere ao primeiro movimento, a *Ária* –, a obra mais popular de Villa-Lobos. A melodia cantada por uma soprano com acompanhamento de oito violoncelos sempre foi incessantemente executada por cantoras famosas como Victoria de los Ángeles, Kiri Te Kanawa e Anna Moffo. No Brasil, tornou-se conhecida principalmente a gravação de Villa-Lobos, em 1945, com Bidu Sayão, realizada em uma velocidade recorde suspeita: o mestre, em pouquíssimo tempo, considerou suficientemente bons os compassos ensaiados, que tinham sido gravados naquele mesmo momento, pegou seu chapéu e desapareceu do estúdio, apressando-se para outro compromisso. Villa-Lobos ainda escreveu uma versão para canto e violão para a cantora e violonista Olga Praguer Coelho. Executada por jovens intérpretes também, como a cantora venezuelana Salomé Sandoval, que fazia o próprio acompanhamento ao violão, a ária nada perdeu de seu encanto. Entre outras versões, sobressai-se uma para órgão e outra para soprano e coral. Além disso, há inúmeros arranjos dela no âmbito da música *pop*, como o de Joan Baez.

O *pizzicato* do início lembra o dedilhar dos violões que acompanham as serenatas e, ao mesmo tempo, o registro do cravo barroco. O texto adaptado à *ária*, de Ruth Valadares Correia, preenche uma função mais de ambientação do que de sentido. Primeiramente, a melodia é executada em *vocalise*, depois segue a descrição de um longo crepúsculo. O sucesso da *ária* é vigoroso até os dias de hoje e, possivelmente, pode-se explicá-lo pela proximidade de melodias populares, como a semelhança com a modinha *Foi n'uma noite calmosa*, que Luciano Gallet havia incluído, já em 1925, em sua coleção *Canções populares brasileiras*. O texto do segundo movimento – *Dança/Martelo* – é de Manuel Bandeira, que expõe aí uma galeria delineada multicolor e humorística, relacionada à arte do canto humano. A *Bachiana n.* 6 é a única para música de câmara: flauta e fagote. Como em algumas obras anteriores, aparecem reminiscências dos músicos de rua do Rio de Janeiro. Faz-se ouvir uma versão delicada e pacífica do *Choro n. 2*. A obra lembra, primeiramente, uma sonata barroca para flauta solo, em que o fagote assume a parte de baixo contínuo, e então características de uma invenção a duas vozes. A *fantasia* é executada um pouco mais energicamente e parece se apoiar no estilo neobarroco de um Reger ou Hindemith. Nenhum desses compositores pertencia ao horizonte de experiências de Villa-Lobos, contudo, é bastante possível que ele conhecesse algo de suas obras: o imigrante alemão Hans-Joachim Koellreuter pode ter dado ao amigo em comum, Camargo Guanieri, informações sobre as últimas tendências da música europeia. O final do segundo movimento abandona o andamento austero neobarroco, assumindo, mais uma vez, um colorido brasileiro, jocoso e ritmicamente vivo.

A *Bachiana n. 7* e a *Bachiana n. 8* foram escritas para grande formação orquestral: a sétima, a mais longa de todas, com duração de aproximadamente 28 minutos, foi dedicada a Gustavo Capanema, ministro da Educação de Getúlio Vargas.

O *Prelúdio/Ponteio* da *Bachiana n. 7* sugere, mais uma vez, os *pizzicati* que lembram o violão. A *Giga/Quadrilha caipira*, com instrumentação brilhante, é construída na forma de uma quadrilha caipira animada. A *Tocata/Desafio* leva a imaginar o desafio entre dois músicos, nos tradicionais cantos de improvisação, nos quais se apresentam os melhores cantores. As vozes dos adversários são distribuídas aos instrumentos, e os trompetes com abafadores conferem a elas um som parecido com a voz humana. A *Fuga/Conversa*, que encerra essa *bachiana*, pertence aos trabalhos contrapontísticos mais convincentes em toda a série, uma fuga a quatro vozes, em forma livre, que se baseia em um tema brasileiro.

Os movimentos da *Bachiana n. 8* são: *Prelúdio/Adágio, Ária/Modinha, Tocata/Catira batida* e uma *Fuga* no fim. A catira ou cateretê, uma velha dança rural do Sul, remonta ao tempo colonial. O cateretê original recorre a danças dos nativos e foi assimilado no decorrer da colonização. A dança agradou até mesmo o padre José de Anchieta, que a designou como "profundamente honesta", já que podia, inclusive, ser dançada sem mulheres (!). O quarto movimento foi arranjado como *Fuga vocal da Bachiana n. 8* e era utilizado também para fins didáticos.

A *Bachiana n. 9*, de 1945, foge ao senso comum, já que foi composta, primeiramente, para um coro a seis vozes. Apenas posteriormente seguiu a versão geralmente conhecida para orquestra de cordas. Ela se compõe de apenas dois movimentos que não apresentam, aí, nenhuma designação brasileira equivalente: *Prelúdio* e *Fuga* – com o que se acentua novamente a proximidade de Bach. A fuga a seis vozes encerra a série das *Bachianas* com uma última reverência ao admirado *Thomaskantor*.

A referência das *Bachianas* à música de Johann Sebastian Bach é mais imitativa do impressionismo do que sistemática. Em alguns movimentos, não há nenhuma relação sequer com ele, outros se mostram como transcrições levemente distanciadas, de cenários móveis de sua música. Villa-Lobos mantém-se fiel, nessa sequência de obras, à sua estética eclética e segue o princípio de utilizar suas obras anteriores ou parte delas, alienando-as e adaptando-as a novas situações e exigências. Nesse ponto, as *Bachianas* não fascinam não por um plano de criação convincente nem por uma transposição cuidadosa de uma ideia geral, mas sim pela variedade rica em fantasia e pela combinação de elementos completamente diferentes e renovadamente surpreendentes. Apesar da riqueza de ideias, não se pode deixar de notar uma tendência ao clichê, que se precipita na transposição um tanto estereotipada da ária em modinha, bem como nas fugas finais construídas de forma dançante. Barroco aqui é mais um sinônimo para a mistura dessas partes isoladas diferentes em um *gestus* total generoso, esplêndido, do que para uma definição que segue os critérios estilísticos do barroco europeu.

A estética barroca chega até a bossa-nova e ao samba afro: o violonista Paulinho Nogueira une-se, em sua composição *Bachianinhas*, conscientemente a Villa-Lobos; Baden Powell remonta, em suas obras, reiteradas vezes, a sequências floridas barrocas e modelos melódicos, como em *Samba triste* ou *Samba em prelúdio*. Na poesia e na literatura, há fenômenos semelhantes, de Gregório de Mattos, passando por Guimarães Rosa, até João Ubaldo Ribeiro. A Modernidade, do mesmo modo, remonta à época de florescimento do barroco, como Oscar Niemeyer com os contornos arqueados dos morros de Minas, que ele reproduziu na Capela São Francisco de Assis em Belo Horizonte, onde se encontra o lago artificial construído em Pampulha, zona norte, pelo paisagista Lucio Costa, posteriormente seu colega na construção de Brasília. O ateísta Niemeyer criou, além disso, com a catedral em Brasília, uma obra-prima da Modernidade em estilo barroco: o Cristo com a coroa de espinhos, que se mostra na terra pobre do cerrado vermelho como uma esplêndida nave espacial inundada de luzes. A música de Villa-Lobos soa ainda hoje como uma recomposição musical do barroco brasileiro com sua orientação tanto nacional quanto multiétnica, com sua concepção como obra completa que corresponde a todos os sentidos, misturando-se ao Modernismo brasileiro.

Música viva

Em 16 de novembro de 1937, um jovem alemão desconhecido partia a bordo do navio a vapor *Augustus* para adentrar solo brasileiro uma semana depois do Estado Novo de Getúlio Vargas, que levou ao estabelecimento do Estado Novo ditador. Mas Hans-Joachim Koellreuter, esse era seu nome, fugia de um regime ainda pior, o do Terceiro Reich. Denunciado à *Gestapo* por alguns parentes por "vergonha da raça" – Hans-Joachim Koellreuter havia ficado noivo de uma "meio-judia" –, não havia alternativa para o jovem músico.

Koellreuter estudou flauta, composição e regência, frequentou os cursos de Paul Hindemith e foi um dos fundadores do *Arbeitskreis für Neue Musik* [Grupo de trabalho pela Nova Música]. Em razão da crescente unificação dos nazistas, ele foi para a Suíça, onde, em Genebra, participou do Cercle de Musique Contemporaine com Frank Martin e teve aulas com Hermann Scherchen. Ainda em fevereiro de 1937, Koellreuter havia feito alguns concertos junto com Darius Milhaud, na Suíça, e ficara fascinado com as experiências que Milhaud tivera no Brasil. Como Scherchen ministrava seus cursos também em Budapeste, Koellreuter conheceu, nessa cidade, o embaixador brasileiro, que gostava muito de música, e sua mulher.

Ele decidiu confiar neles, os quais, imediatamente, se mostraram dispostos a auxiliá-lo em sua fuga para o Brasil.

Depois de sua chegada ao Rio de Janeiro, Koellreuter procurou ter contato com a vida musical brasileira. Portando uma carta de recomendação de uma cantora berlinense, ele procurou Villa-Lobos em seu Conservatório Nacional de Canto Orfeônico. O mestre recebeu-o amigavelmente, levou-o ao cinema e ajudou-o em seus primeiros compromissos como flautista. Quando Villa-Lobos perguntou-lhe sobre suas preferências musicais, ele declarou seu amor pela música contemporânea. Villa-Lobos fez um movimento desdenhoso com as mãos, e surpreendeu Koellreuter com a observação estarrecedora de que ninguém podia viver disso, que as pessoas gostavam do *Voo do besouro* e da *Valsa do minuto*, e que os músicos deveriam dedicar-se, portanto, principalmente a esse tipo de música.

Na loja de artigos musicais Pinguim, na rua do Ouvidor, Koellreuter formou um círculo de diálogos com jovens compositores e críticos musicais. No decorrer de 1939, ele fez uma série de palestras e concertos sob o lema "Música Viva", que se tornou o ponto de partida do movimento. Ele escolheu o nome Música Viva como homenagem a seu mentor, Hermann Scherchen, que havia publicado uma revista de mesmo nome na Suíça. No Rio de Janeiro, os objetivos do grupo foram formulados em profunda consonância com as ideias de Scherchen: oferecer à música nova um fórum, não dogmático, aberto e comprometido, que buscasse uma música contemporânea. "Música Viva" foi inspirado pelo "Verein für musikalische Privataufführungen" [Sociedade para apresentações musicais privadas], uma associação fundada pelo círculo de Arnold Schönberg, em Viena, em 1918. Em 1940, o grupo Música Viva tornou-se uma sociedade oficial, e surgiu a primeira revista sob o mesmo título. Villa-Lobos foi nomeado o presidente de honra da associação, contudo nunca compareceu às reuniões. O grupo publicou suas diretrizes no *Manifesto de 1946* e, embora o manifesto não se referisse explicitamente a Villa-Lobos e à sua música, uma das linhas mestras designava a orientação a ser seguida:

> Música Viva combate o *falso* nacionalismo em música, isto é: aquele que exalta sentimentos de superioridade nacionalista na sua essência e estimula as tendências egocêntricas e individualistas[20].

Koellreuter sempre evitava criticar abertamente Villa-Lobos ou sua música. O número de janeiro-fevereiro de 1941 do *Música Viva* foi inteiramente dedicado a Villa-Lobos e à sua obra. Koellreuter atuou como flautista, em dezembro de 1945, na primeira execução da *Bachiana brasileira n. 6*. Mesmo mais tarde, ele sempre se expressou respeitosamente sobre Villa-Lobos – em todo caso, com um laivo de sutil ironia:

> Villa-Lobos criou uma realidade musical brasileira. Ele alimentou e criou uma nova música, que é a expressão legítima do povo brasileiro, até mesmo do povo latino-americano. Em sua obra completa, extensa, ouvimos a batida do coração do Brasil[21].

Koellreuter simpatizava com os aspectos progressivos do Modernismo e era também amigo de seu porta-voz, Mário de Andrade. Décadas mais tarde, ele musicou o seu drama *O café*,

---

20. Mariz, 1994, p. 301.
21. Wright, 1992, p. 120.

que tratava da miséria dos trabalhadores portuários de Santos por causa da quebra do comércio do café nos anos 1930, e a obra foi executada pela primeira vez no aniversário de 450 anos da cidade de Santos, em 1996.

Caberia a Mozart Camargo Guarnieri, aluno preferido de Mário de Andrade, que vinha de São Paulo, formular uma rígida oposição ao Música Viva. Camargo Guarnieri foi um dos primeiros e mais íntimos amigos de Koellreuter no Brasil. Em sua *Carta aberta aos músicos e críticos do Brasil*[22], primeiramente publicada no jornal diário *Estado de S. Paulo*, Camargo Guarnieri censurou, em 17 de dezembro de 1950, à maneira de um funcionário cultural stalinista, a "infiltração vergonhosa formalista e antibrasileira", cuja culpa atribuía ao Música Viva. Ele qualificou a técnica serial introduzida por Koellreuter no Brasil como "refúgio de compositores medíocres" e atreveu-se a dizer que ela era expressão "de contorcionismos cerebrais antiartísticos" e que se equiparava a um "crime de lesa-pátria".

A *Carta aberta* gerou um intenso debate e atingiu as frentes ideológicas e estéticas, que não existiam somente no cenário musical, mas também na vida cultural brasileira, em geral. Na época da publicação da *Carta aberta*, Camargo Guarnieri já era considerado por Villa-Lobos o mais notável e influente compositor brasileiro e, junto com Francisco Mignone, o representante mais importante da corrente nacionalista. Aos três compositores nacionalistas dominantes, Villa-Lobos, Guarnieri e Mignone, opunham-se os representantes da vanguarda, Koellreuter e seus alunos mais importantes, Cláudio Santoro e César Guerra--Peixe, que haviam se dedicado ao estudo e à aplicação da músi-

22. Kater, 2001, p. 119 ss.

ca serialista. A música dodecafônica, para bem além da discussão em termos de técnicas de composição, tornou-se um símbolo do posicionamento ideológico na política cultural.

Inesperadamente, depois de 1945, instalou-se na discussão já há tempos acalorada uma força política que a reacendeu: o Partido Comunista Brasileiro (PCB), que, especialmente depois da redemocratização do país após a Segunda Guerra Mundial, exercia crescente influência sobre intelectuais e artistas. Em virtude da Guerra Fria, ideias estéticas como o realismo socialista também ganharam poder influenciador, bem como a pergunta sobre o que deveria ser visto como arte "progressiva", no sentido do povo, e o que deveria ser visto como "burguês decadente".

Já a partir de 1948, os comunistas brasileiros começaram a se posicionar contrariamente à música dodecafônica, o que atingiu imediatamente o grupo Música Viva. Cláudio Santoro era membro do Partido Comunista e, dentre os compositores brasileiros, seu partidário mais militante. Com algumas de suas peças – por exemplo, o poema sinfônico *Impressões de uma usina de aço* –, Santoro buscava ligar-se à música eletrônica soviética dos anos 1920, como ao balé *Stahl*, de Alexander Mossolow. Santoro recebeu uma série de prêmios e distinções, tendo se revelado dos mais criativos talentos da geração pós--Villa-Lobos. Santoro não pôde desfrutar de uma bolsa de estudos da Fundação Guggenheim, em 1946, para os Estados Unidos, por se negar, veementemente, a certificar ao consulado americano que não simpatizava com o PCB nem com o lendário líder comunista Luís Carlos Prestes. Embora Villa-Lobos tenha escrito uma carta de recomendação, os Estados Unidos negaram a Santoro o visto de entrada. Um ano mais tarde, contudo, ele ganhou do governo francês uma bolsa de estudos, o que lhe possibilitou estudar um ano com Nadia Boulanger, em Paris.

Em 1948, Santoro participou, como representante do Brasil, do *Kongress fortschrittlicher Komponisten* [Congresso de compositores progressistas] em Praga. Os compositores ali reunidos, na maioria comunistas, condenavam a música comercial e a música de vanguarda e propagavam um nacionalismo fundado no folclore. Santoro, por conseguinte, afastou-se de Koellreuter e de seus princípios, voltando-se aos objetivos nacionalistas em sua terceira sinfonia. Nos anos 1970, ele lecionou na Faculdade de Música de Heidelberg-Mannheim, na Alemanha.

De forma atenuada e sem fazer referência à *Carta aberta*, Villa-Lobos – que nunca havia se expressado abertamente sobre Koellreuter e seu grupo e sempre ignorara suas obras – debatia com palavras que podiam facilmente ser atribuídas ao Música Viva:

> Hoje, no Brasil, cultiva-se a atividade insignificante de uma música atonal. Contudo, muitos compositores, que se deixaram seduzir, voltam-se, pouco a pouco, a uma forma de pensar mais livre, mais adequada à essência do país. Enquanto isso, a música dodecafônica, mesmo como exercício acadêmico entre alguns compositores, está praticamente esquecida[23].

Nesse ponto, o Música Viva já estava tão enfraquecido por pressões internas e ataques externos que se desfez em 1950. César Guerra-Peixe também virou as costas para o Música Viva depois de uma viagem para o Nordeste do Brasil, tendo passado, a partir daí, a dedicar-se ao estudo da música popular. No

---

23. Wright, 1992, p. 120.

estado de Pernambuco, ele pesquisou e reuniu formas populares, como maracatus, xangôs e catimbós. A aproximação reiterada do estilo nacional, contudo, nem sempre era acompanhada de simpatia pelo "mentor" Villa-Lobos. Assim, Guerra-Peixe criticou, depois da morte do mestre, o fomento nacional para o Museu Villa-Lobos, que se concentrava na divulgação da obra e da fama de um único compositor que já era mesmo dominante. Mas as lembranças pessoais, não somente de Guerra-Peixe, também são assombradas pela forma de tratamento às vezes arrogante e rude do mestre: "No que diz respeito a Villa-Lobos como pessoa, eu sempre fui tratado da pior maneira, em que pesem os elogios que costumava me fazer. (Muito agradecido por isso.)"[24].

O envolvimento de Villa-Lobos com o aparato de propaganda do regime Vargas teria ainda por muito tempo consequências negativas, dificultando uma identificação emocional com ele. Assim, Guerra-Peixe reclamava, ainda em 1988, da vocação de Villa-Lobos para a autoencenação:

> Villa-Lobos soube se promover às pampas, à custa de muita tolice que dizia aos amigos, em especial àqueles que tinham ao seu alcance as páginas da imprensa. Sua inteligência atingia não só os que escrevinhavam livros como os que ocupavam cargos políticos. Usando os meios que o Estado Novo favorecia, dava vazão a um dos seus talentos, que era do *marketing*. Villa-Lobos já tinha a intuição do *marketing* [...][25].

O compositor Radamés Gnattali, conhecido principalmente como arranjador de música popular para a orquestra da

---

24. Guérios, 2003, p. 207.
25. Ibid.

Rádio Nacional, tinha uma antipatia tão grande pela música atonal que, certa vez, não permitiu que seu nome fosse impresso no mesmo cartaz de concerto com o nome de Anton Webern. Para ele, era natural escrever em um estilo nacional brasileiro, e acentuava a enorme influência que Villa-Lobos exercia sobre ele como compositor; porém, seu respeito ao mestre não revelava traços de nenhuma simpatia pessoal: "Eu não gostava muito dele, mas não vamos dicutir, já que ele é mesmo um gênio"[26].

Koellreuter não estava, de forma alguma, fixado no antagonismo entre estilo nacional e Música Viva, mas se mostrava aberto também à música popular. Em 1941, ele foi contratado por um casal como professor de piano para o filho de 13 anos. O nome do jovem aluno: Antonio Carlos Jobim, que posteriormente se tornaria mundialmente famoso como Tom Jobim, astro da bossa-nova. Nos anos 1960 e 1970, ele trabalhou para o Instituto Goethe no Japão e na Índia e empregou em suas composições a profunda impressão que teve das culturas asiáticas. Hans-Joachim Koellreuter voltou, finalmente, à sua terra natal escolhida, o Brasil, onde morreu em 2005. Sua morte foi lamentada por seus inúmeros alunos, companheiros e também adversários musicais, que lhe tributaram, passando por cima de todas as diferenças, sua alta consideração por uma vida a serviço da música.

---

26. Didier, 1996, p. 93.

O compositor cosmopolita

A deposição de Vargas, em 1945, significou para Villa-Lobos o fim de seus compromissos como funcionário público da cultura. Todavia, ele já havia assumido anteriormente uma nova função, a de "embaixador cultural" do Brasil, e partiu, então, depois de muito tempo, em uma grande viagem ao exterior, que o levou para os Estados Unidos da América, em outubro de 1944. Depois do fim da guerra, Villa-Lobos também retomou suas relações com sua "pátria" europeia, Paris. O ponto crucial de suas atividades, porém, concentrava-se agora nos Estados Unidos, o que correspondia também às realidades geopolíticas: enquanto a Europa, destruída, marcada pela guerra, lutava por sua reconstrução, e muitos de seus artistas, pesquisadores e intelectuais não voltavam do exílio, os Estados Unidos tinham condições de assumir o papel dominante econômico e cultural no mundo ocidental.

Diz-se que, já em 1941, Villa-Lobos recebera um convite para ir aos Estados Unidos. Seus amigos Arthur Rubinstein e Leopold Stokowski haviam sugerido tal viagem por mais de uma vez. Naquele momento, a política da "boa vizinhança" entre os Estados Unidos e a América Latina, concomitante a uma série de projetos culturais, acabara de ser proclamada. No entanto, Villa-Lobos não queria ser visto como funcionário da cultura tampouco como mascote de manifestações cordiais bilaterais, mas apenas como artista independente. Stokowski viera ao Brasil com a American Youth Orchestra em 1940, a pedido do presidente americano Franklin Delano Roosevelt, e em acordo com Getúlio Vargas. Nessa ocasião, Stokowski, sempre aberto a novas experiências, queria gravar música brasileira autêntica para o Congresso de Folclore Pan-Americano, e aconselhou-se com Villa-Lobos quanto à escolha dos músicos mais adequados para isso. Villa-Lobos encontrava-se justamente em uma fase de voltar-se fortemente às raízes culturais e mobilizou seus bons contatos com o cenário da música popular. Rapidamente, ele pôde apresentar a Stokowski uma seleção do que havia de melhor na música popular brasileira: Pixinguinha, Donga, João da Bahiana, Cartola, o Duo Jararaca e Ratinho e Zé Espinguela, que tocaram para a delegação americana e que, em 1940, gravaram cerca de quarenta títulos em um estúdio montado a bordo do navio a vapor *Uruguay*, dos quais dezesseis foram prensados em discos pela Columbia Records. Houve – quando, logo depois do fim da guerra, a política da boa vizinhança foi posta de lado – alguns mal-entendidos e até mesmo irritação com relação a essas gravações do lado brasileiro, pois os músicos não foram devidamente recompensados por sua apresentação, e os discos não circularam no mercado nacional.

  Walt Disney esteve no Brasil em 1941 e mostrou-se entusiasmado pelo samba – Villa-Lobos o levara ao Morro da Mangueira até seu amigo Cartola – e pela cultura popular brasileira. Ele criou o personagem de desenho animado *Joe Carioca*, em português, Zé Carioca, um papagaio verde com chapéu de palha, bengala de passeio e charutos, inspirado na figura do malandro típico da cidade grande, que entretinha as pessoas com seus comentários humorísticos e seu sotaque típico do Rio de Janeiro. Com a cooperação de Aurora Miranda, irmã de Carmen Miranda, cantora que emigrou para os Estados Unidos, Walt Disney produziu dois musicais latino-americanos para a música de Ary Barroso: *Saludos amigos* e *The three caballeros*.

O arquiteto da política da boa vizinhança, Nelson Rockefeller, veio pessoalmente ao Brasil em 1944 e presenciou uma das "concentrações orfeônicas" sob regência de Villa-Lobos. Rockefeller mostrou-se profundamente impressionado quando 10 mil crianças o saudaram, declamando: "Salve, salve, Rockefeller!", e falou ainda por muitos anos dessa experiência.

A música de Villa-Lobos, graças ao comprometimento do velho amigo Walter Burle-Marx, já havia soado em Nova Iorque bem antes de sua viagem aos Estados Unidos. Na exposição mundial em Nova Iorque, em 1939, Burle-Marx regeu os *Choros n. 8* e *n. 10* e a *Bachiana brasileira n. 5*, bem como *O trenzinho do caipira*, da *Bachiana brasileira n. 2*. Um ano mais tarde, por ocasião de uma exposição de Cândido Portinari no MoMA, dirigido então por Nelson Rockefeller, foram realizados três concertos. Olin Downes, crítico do *New York Times*, ficou impressionado com a obra do brasileiro, ainda desconhecido por lá, escrevendo uma série de críticas e artigos. Downes assumiu, nos Estados Unidos, o papel que Mário de Andrade, no Brasil, e Florent Schmitt, na França, desempenharam para Villa-Lobos: o de um incansável e comprometido advogado, ao qual não eram estranhos tons críticos, mas que se mantinha firme nas numerosas qualidades do compositor Villa-Lobos: "Toda a sua evolução como compositor e a abundância extraordinária e irregularidade de suas obras são uma prova convincente da origem, do ambiente e de uma poderosa genialidade individual"[1].

Depois de mais uma iniciativa de Werner Janssen, foi feito o tão esperado convite a Villa-Lobos, em outubro de 1944. Ele reagiu com uma afirmação digna mais de um parlamentar abalado por uma missão diplomática em um país inimigo do que de um músico em turnê:

> Irei aos Estados Unidos somente quando os americanos quiserem me receber como eles recebem a um artista europeu, isto é, em razão das minhas próprias qualidades e não por considerações políticas. Não gostaria de me encontrar num palco de encomenda, ou criado por razões políticas que só poderiam me diminuir. Se eu vir em cartaz o meu nome acompanhado da etiqueta "sul-americano" ou "brasileiro", eu não aparecerei em cena. Quando se anuncia Kreisler, Stravinsky ou Mischa Elman, não se escreve embaixo de seu nome o seu país de origem. Enquanto nós usarmos esta fórmula de "boa vizinhança", estaremos numa posição desfavorável e humilhante. Isso deixa transparecer que nós não valemos nada por nós mesmos e que somos convidados somente pela boa vontade de vizinhos ricos. Eu sou profundamente brasileiro. Mas, por isso mesmo, não creio que me deva envolver na bandeira brasileira para poder triunfar como artista[2].

Dessa expressão, abstrai-se a relação oscilante entre admiração e antipatia pelos Estados Unidos, considerados prepotentes, consolidada em toda a América Latina.

1. Appleby, 2002, p. 136.
2. Mariz, 1989, p. 78.

Além disso, atrás das vigorosas palavras, esconde-se uma devida porção de insegurança: o passo para fora do Brasil nacional rumo ao cosmopolita Estados Unidos colocava um desafio totalmente novo para um Villa-Lobos com pouco domínio de língua inglesa. No entanto, Villa-Lobos conseguiu se adaptar rapidamente à realidade nos Estados Unidos. Logo depois de sua chegada, ele se arrojou na nova tarefa e cativou seu público. Encheu-o de grande contentamento o fato de ter podido reger principalmente concertos com obras de sua autoria – a *Sinfonia n. 2*, os *Choros nn. 6, 8, 9 e 10*, a *Bachiana brasileira n. 7*, *Uirapuru* – com as orquestras mais importantes de Nova Iorque, Los Angeles e Boston. A Associação de Artistas, em Nova Iorque, preparou para ele um jantar de gala no Waldorf-Astoria, de que participou o primeiro escalão do cenário musical americano: Benny Goodman, Arturo Toscanini, Leopold Stokowski, Aaron Copland, Eugene Ormandy, Duke Ellington, Claudio Arrau, Yehudi Menuhin, Cole Porter e outros representantes da cultura e do *show business*.

A música contemporânea procurava, depois do término da Segunda Guerra, recuperar seu lugar no cenário musical internacional. Era necessário superar doze anos, nos quais o nacional-socialismo e o fascismo haviam coibido, na Europa, todas as liberdades artísticas e os experimentos, estigmatizando-os como "música degenerada". Na Europa, vanguardistas como Pierre Boulez, Luigi Nono, Hans-Werner Henze e Karl--Heinz Stockhausen marcavam a "reconstrução" musical. Nos Estados Unidos, atuavam imigrantes como Kurt Weill e Arnold Schönberg. Ao mesmo tempo, John Cage tornou-se a figura condutora da "música nova", enquanto Duke Ellington e Charlie Parker levaram o *jazz* a novos auges.

Villa-Lobos não sentia mais nenhuma afinidade estética com esses desenvolvimentos contemporâneos, e sua música, nos anos em que trabalhou para o Regime Vargas, também não havia desenvolvido mais nenhum princípio inovador. Isso, e também o fato de ter de garantir sua própria posição, tornou-se claro quando ele, nos Estados Unidos, esbarrou no cenário musical predominante. Foi possível, contudo, que ele percebesse, com satisfação, que era considerado, nos Estados Unidos, um "clássico" vivo da Modernidade, e que era bem-vindo, com respeitoso interesse. Ele acompanhava sua própria imagem, quase onipotente, que havia surgido nos anos 1920 e 1930, na qual, agora, se projetavam esperanças correspondentes. Villa-Lobos havia se tornado, nesse meio-tempo, um compositor com passado, um artista identificado, no mundo todo, com sua pátria tropical. O cenário musical não esperava mais dele nenhum experimento muito fora do comum, mas relacionava seu nome também à esperança de um contato com uma personalidade altamente simpática e original.

Entre inovação e *mainstream*

Depois de retomar suas atividades internacionais, Villa-Lobos mais uma vez dedicou-se intensamente a formas musicais tradicionais, como o quarteto de cordas e a sinfonia. Quinze anos a serviço da educação musical do Estado nacionalista, bem como de sua autoapresentação propagandística, haviam abatido seu entusiasmo pela missão nacional da música. Ele sentia sua missão – que ele próprio se impusera um dia, de sempre defender a música brasileira – também como um obstáculo a uma fama divulgada pelo mundo todo. Depois do tempo em Paris, que o havia moldado como inovador da música brasileira, e depois da Era Vargas, que o havia delineado como o aperfeiçoador incólume do estilo nacional brasileiro, iniciou-se uma nova fase. Contudo, para onde ela o levaria? Em Paris, ele chegara ao máximo da música brasileira. De volta ao Brasil, concretizara, nas *Bachianas*, a síntese entre Brasil e Europa. Uma gradação dessa sequência de fatos parecia dificilmente imaginável.

Para o público e para a crítica musical, também dos Estados Unidos, ele era o compositor dos *Choros* e das *Bachianas*, dos poemas sinfônicos ousados, como *Amazonas* e *Uirapuru*, e também de brilhantes obras para piano, como *A prole do bebê* e *Rudepoema*. Todavia, essas eram obras surgidas há muitas décadas e correspondiam a uma condição de vida totalmente diferente. A situação financeira de Villa-Lobos também havia se modificado nesse ínterim. Se, nos anos 1920, ele era um vanguardista sem recursos, que dependia totalmente de seus mecenas, nos anos 1930 e 1940 ele havia assumido o papel de um funcionário da música e, pela primeira vez, conheceu os privilégios de uma vida sem privações. Finalizados seus compromissos com o regime Vargas, ele precisava garantir uma nova base econômica.

A ressonância positiva alcançada por ele por meio de suas apresentações nos Estados Unidos produziu logo em seguida contratos, convites e encargos que começaram a gerar alguns rendimentos. Se sua sétima sinfonia, *Odisseia da Paz*, escrita no ano da rendição alemã e executada apenas oito anos mais tarde, não recebera a devida atenção, agora ele recebia crescentes encomendas de obras dos mais diversificados tipos, dentre elas uma sequência de concertos-solo. Estilisticamente, nota-se uma grande variedade, interpretada tanto como insegurança quanto como a busca por um novo perfil. Enquanto isso não prejudicou sua popularidade junto ao público e aos músicos que encomendavam suas obras, por parte da crítica musical observavam-se repetidos comentários críticos e mesmo decepcionados. Algumas vezes, reclamava-se de que a criatividade inovadora do mestre havia se enfraquecido ou diminuído totalmente.

Com os poemas sinfônicos como *Erosão*, *Alvorada na floresta tropical* – ambos para a orquestra Louisville – e *Genesis*, Villa-Lobos buscou unir-se à linguagem musical original e audaz de outrora e provar que seu velho fogo brasileiro ainda não havia se apagado, mesmo que se manifestasse de forma atenuada e mais ponderada do que em *Amazonas* ou no *Choro n. 10*. Com a *Fantasia concertante* para orquestra de violoncelos, ele procurou se encadear ao sucesso das *Bachianas brasileiras* de forma tão consequente que a obra poderia ser adotada como a décima *Bachiana*. Os concertos-solo, que ele agora escrevia sob encargo, pertenciam a um gênero no qual Villa-Lobos havia acumulado algumas poucas experiências. Assim, ele compôs seu primeiro concerto para piano – para Ellen Ballon – apenas em 1945, ao que se seguiu, em 1951, um concerto para violão, para o velho amigo Andrés Segovia. Villa-Lobos escrevia agora também solos para instrumentos mais extravagantes, como a *Fantasia para saxofone*, de 1948, uma peça para harpa para Nicanor Zabaleta, em 1953, ou um concerto para gaita de boca para John Sebastian, em 1955. O músico estava sempre sobrecarregado demais para terminar os concertos nos prazos combinados. As ocasionais superficialidade e estilística eram interpretadas, algumas vezes, como sinal de falta de inspiração, como por ocasião da primeira execução do quinto concerto para piano, em Londres, segundo opinião do crítico do *Musical Opinion*:

> Quando um compositor é tão fértil como Villa-Lobos (ele escreveu aproximadamente 2 mil obras), a qualidade costuma

oscilar e, nesse caso, seu dom criador torna-se mesquinho, para não dizer falido. O concerto tem quatro movimentos, mas é curto, com apenas dezoito minutos de duração, o que, aqui, talvez seja sua maior vantagem. Os temas são mais adequados ao cinema do que a uma sala de concerto, empregados longe de qualquer originalidade, e o movimento frequentemente é tão pesado que parece fazer com que o solista não seja ouvido. Além disso, falta impulso ao piano. Ele é percussivo o tempo todo, com exagero de acordes e oitavas. De vez em quando há passagens que um pianista dominaria apenas com muita dedicação. O resto todo se aproxima da orgia de um afinador de pianos[3].

O concerto para violão, primeiramente intitulado *Fantasia concertante para violão e pequena orquestra*, surgiu a pedido de Andrés Segovia, que se mostrou, contudo, decepcionado com a obra, tanto que ela permaneceu sem ser executada por anos. Por vontade de Segovia, ela teve de ser posteriormente reorganizada com uma cadência e, assim, transformada em um *Concerto para violão e pequena orquestra*. A obra, então completa, foi executada por ele em 1956 – depois de ter agradecido a Mindinha com uma garrafa de champanhe – com a Houston Symphony Orchestra, sob regência de Villa-Lobos.

O concerto nunca alcançou a popularidade das outras obras para violão de Villa-Lobos, ou mesmo uma popularidade comparável à dos concertos de Mario Castelnuovo-Tedesco, Manuel Ponce ou então do mundialmente conhecido *Concierto de Aranjuez*, de Joaquín Rodrigo. As críticas, na maioria das vezes, variavam de reservadas a destrutivas e referiam-se à parte

---

3. Wright, 1992, p. 121 ss.

da orquestra que esmagava o som do violão. Ainda assim, o concerto representa um desafio que vale a pena para qualquer violonista aplicado. Apesar de uma linguagem musical predominantemente prosaica, ele se relaciona muito com outras obras de Villa-Lobos para o mesmo instrumento. Assim, o segundo tema do primeiro movimento remete às melodias do Nordeste, tão utilizadas por ele. O segundo movimento remonta aos motivos dos prelúdios – como do terceiro –, enquanto a cadência acrescida posteriormente mais uma vez reverencia a obra de violão composta nos anos anteriores. Ao lado de ambos os primeiros movimentos cheios de efeito, o terceiro movimento poderia ser um dos motivos principais para a reação reservada da crítica musical.

O estilo agradável e que evitava riscos, predominante nos concertos solo dos anos 1950, também pode ser atribuído ao receio de possivelmente ofender, com exigências vanguardistas, seus comitentes e seu público. Por outro lado, nesse meio-tempo, Villa-Lobos havia se cansado do papel conscientemente ambicionado por ele nos anos 1930, em Paris, ou seja, de um compositor exótico temperamental que enfeitiçava seu público com sons misteriosos da selva. Alguns anos antes, a cantora Carmen Miranda havia chegado aos Estados Unidos e tinha se tornado uma estrela acolhida com júbilo, a primeira artista brasileira a conquistar espaço na Broadway e em Hollywood, onde se apresentou ao lado de ninguém menos que Groucho Marx no filme *Copacabana*. O preço que ela teve de pagar foi considerável: foi afastada de sua pátria, o Brasil, porque passou a ser vista por seus conterrâneos, enquanto isso, como um tanto americanizada; e nos Estados Unidos, durante toda a sua vida, como corpo estranho, identificada apenas com o papel do pássaro tropical paradisíaco preso à gaiola dos clichês, de tanto brincar com eles e satirizá-los. Villa-Lobos conheceu Carmen Miranda e soube o quão infeliz ela havia sido até sua morte prematura nos Estados Unidos, evitando, então, não apenas por esse motivo, exibir a alegria brasileira no exterior.

Villa-Lobos já conseguira provar o que queria, em termos artísticos, há décadas. Agora era tempo de colher os frutos materiais de sua luta pelo reconhecimento, que durara a vida toda. Além disso, o músico não tinha mais de se impor na Paris desvairada dos anos 1920, sedenta por vanguardas, mas sim de lidar com os Estados Unidos dos anos 1950, uma época em que a nova potência mundial gozava de seu valor e de sua vaidade invioláveis. O cenário musical organizado comercialmente nos Estados Unidos visava ao grande público e tinha como requisito um padrão de qualidade profissional alto, contudo consistia também em uma porção irrenunciável de entretenimento.

Compositores dominantes nos Estados Unidos – depois de percorrerem uma fase de vanguarda em seu desenvolvimento – decidiram-se por uma linguagem musical que pudesse ser entendida por todos, aberta ao grande público. Dentre esses, destacava-se especialmente Aaron Copland, com o qual Villa-Lobos fizera amizade já em Paris. Copland dedicava-se a discutir as possibilidades de um compositor contemporâneo atingir seu público. Ele chegou à conclusão de que não queria escrever nem para uma torre de marfim nem para uma elite. Um compositor também precisava escrever música vendável, pois sem uma base financeira ele não poderia ocupar nenhum espaço criativo e preenchê-lo. Copland desenvolveu precocemente grande afinidade pela música latino-americana. Em sua obra *El salón México*, ele não apenas integrou elementos latino-americanos, mas também se abriu à linguagem musical do *jazz*. Com outras obras, como *Fanfare for the common man*, *A Lincoln portrait* e o balé *Appalachian spring*, ele conquistou seu público, nos anos 1940, e perseguiu um estilo nacionalista inconfundível. Na música para filme, Copland descobriu um outro campo de atividade e escreveu, em 1939, a música do filme *Ratos e homens*, de Steinbeck.

A exemplo de Copland e Villa-Lobos, esclarece-se também o específico "do novo mundo", que diferencia sua obra da dos compositores europeus. Ambos os "americanos" podiam selecionar, a partir de uma vasta gama, elementos étnicos diferentes, por um lado, de origem nativa, por outro, trazidos para o país junto com os imigrantes. A decisão do compositor de remontar à música dançante urbana ou à tradição musical indígena era um ato criativo consciente com consequências estéticas e político-culturais de longo alcance, da mesma forma que a decisão de justamente não fazer isso, mas sim, possivelmente, continuar seguindo os modelos importados da Europa. Os elementos podiam ser escolhidos, agrupados ou reunidos segundo diferentes critérios. O compositor europeu, ao contrário, vivia e trabalhava em um contexto histórico maduro, cujos elementos isolados já há muito tempo estavam submetidos a uma classificação. Para Villa-Lobos havia, agora, duas estratégias: ou uma revalorização de elementos antigos de sua obra composta até então, ou uma nova orientação, que tornava necessária a busca por novos elementos estilísticos. Villa-Lobos refletiu sobre todas essas possibilidades em sua última fase de criação, como também nos trabalhos sob encargo que ele, algumas vezes, recebia como exigência, conforme comprova uma reação a um pedido feito pela Suécia para que escrevesse um "balé de negros": "Eu não sou tinturaria, nem fábrica de música. E por que negro? Você tem família no Congo?"[4].

---

4. Mariz, 1989, p. 157.

Em seus últimos quartetos de corda, em sua obra coral *a cappella* para seis vozes *Bendita sabedoria* e no *Magnificat Aleluia*, para voz solo, coro e orquestra, Villa-Lobos libertou-se da necessidade de buscar novos elementos. Nelas, alcançou um rigor e uma sobriedade de composição sem precedentes, que teriam iniciado uma nova e duradoura fase de criação, tivesse ele mais tempo de vida.

Na tela e no palco

O filme *A flor que não morreu*, que chegou ao cinema em 1959, foi, tanto para a crítica quanto para o público, um grandioso fracasso, cujo segundo plano ainda é subjugado pelo erro do título da edição alemã – *Tropenglut*. Mel Ferrer dirigiu o filme, sua ex-mulher Audrey Hepburn representava a menina-pássaro que vivia na selva e Anthony Perkins estava no papel do revolucionário Abel. A história, que se passa em 1840, baseia-se em um romance escrito em 1904 pelo britânico William Hudson. O revolucionário Abel, perseguido, foge da capital venezuelana, Caracas, para a selva da Guiana. Ele ouve uma melodia sedutora e se coloca à procura do pássaro, cujo canto o enfeitiça. Trata-se, contudo, da misteriosa órfã Rima, que vive na selva protegida por seu avô Nuflo, enquanto os índios a observam com suspeita e hostilidade. Depois de muitas confusões, o enredo culmina em um grande incêndio, que faz da enfeitiçadora Rima sua vítima.

Villa-Lobos foi contratado para compor a música do filme, já que era considerado perito em "música da selva". Ele, todavia, não tinha a menor ideia de como escrever uma música de filme para Hollywood e se deparou com essa tarefa, *a priori*, sem nenhuma ajuda. No entanto, debruçou-se sobre o trabalho e escreveu uma música a qual supunha que se adequasse tanto quanto possível ao romance, musicando, assim, o livro, e não o roteiro do filme. A história de Hudson contém muitos elementos onomatopaicos, que deram asas à imaginação de Villa-Lobos, no Rio de Janeiro, longe dos estúdios de filmagens e de possíveis conselheiros. Uma vez que essa forma de proceder não acarretou nenhum resultado útil, o experiente compositor de música de filme Bronislau Kaper – também conhecido pela trilha sonora de *O grande motim*, com Marlon Brando – foi incumbido de terminar o trabalho. Kaper transformou a partitura em uma fusão do primeiro projeto de Villa-Lobos com ideias próprias, que tecnicamente haviam sido perfeitamente adaptadas ao filme. A trilha sonora aperfeiçoada por Kaper não é apenas um documento raro de duas personalidades artísticas totalmente contraditórias unidas contra a vontade em uma obra, mas também fascina pela combinação única de elementos realmente divergentes. Assim, soam na música da floresta cintilante sob o sol tropical, de Kaper, incessantemente, as fanfarras angulosas de instrumentos de sopro de metal, arabescos de instrumentos de sopro de madeira e efeitos de percussão, como crocodilos que penetram em uma superfície de água plana como espelho e a transformam em um redemoinho.

Com relação ao projeto, houve brigas com o furioso Villa-Lobos, que insistia em utilizar o material produzido por ele em apresentações próprias. Por questões de direitos autorais, ele renomeou o produto de seu trabalho como *A floresta do Amazonas*. Meio ano antes de sua morte, ele regeu ainda as gravações da obra com sua soprano preferida, Bidu Sayão.

Villa-Lobos não escreveu mais música para filmes; contudo, os produtores de filmes continuaram usando sua música em suas obras. Assim agiu, por exemplo, o extraordinário representante e clássico do *Cinema Novo*, Glauber Rocha, um fã declarado de Villa-Lobos. Com suas sequências de imagens metaforicamente destacadas e com a utilização de rituais e lendas da cultura popular, Glauber Rocha foi um seguidor tardio do Modernismo e via em Villa-Lobos um irmão de alma. Em seu filme *Deus e o diabo na terra do sol*, com música de Villa-Lobos, Rocha tratou do fanatismo religioso e político no Brasil rural e do subdesenvolvimento social e econômico originado nele.

A opereta *Magdalena*, designada como aventura musical, remontava a uma iniciativa do produtor de teatro Homer Curran, que, em 1948, colocou a peça no programa das Light Opera Companies de São Francisco e de Los Angeles. Villa-Lobos completou o trabalho da opereta com os libretistas Robert e George Forrest. A primeira récita ocorreu em 1948 em Los Angeles e teve um modesto sucesso comercial. No formato adaptado para a Broadway, *Magdalena* ficou em cartaz por onze semanas no Teatro Ziegfeld. A música – embora consistisse principalmente de melodias já experimentadas de obras anteriores de Villa-Lobos – foi considerada muito exigente, e o libreto, fracassado. O libreto baseia-se em um tema do produtor Homer Curran: os índios colombianos do rio Magdalena trabalham nas minas de diamante do general Carabana e são protegidos pelo missionário padre José. Os índios Pedro e Maria queriam libertar sua tribo da escravidão do general Carabana. Pedro via apenas na violência uma chance de libertação; Maria, por outro lado, confiava na força do amor cristão ao próximo, que poderia levar ao fim dos sofrimentos e à reconciliação. A música dos 26 números de *Magdalena* consiste quase que exclusivamente em uma revalorização de obras mais antigas, desde a obra para piano, *Ibericárabe*, passando por fragmentos da ópera *Izaht*, pelas *Impressões seresteiras* do *Ciclo brasileiro*, bem como por uma série de canções da coletânea *Modinhas e canções* até as *bachianas* e os *choros*. Na verdade, Villa-Lobos já havia feito algo semelhante na suíte *Descobrimento do Brasil*, contudo, comparado a essa obra, em *Magdalena* o material musical aparece distribuído ao longo da peça de forma superficial, provavelmente em razão da suposição de que as obras originais não poderiam ser conhecidas do frequentador mediano de musicais americano. A obra foi novamente executada apenas nas festividades do centenário de Villa-Lobos e, no Brasil, foi levada ao palco no festival de ópera em Manaus somente em 2003.

A retomada de um gênero já cultivado pelo compositor no início de sua caminhada, a ópera – contudo totalmente sem sucesso –, provou que ele ainda dispunha de forças criativas. A primeira ópera que Villa-Lobos apresentou, em 1917, foi *Izaht*, um melodrama sobre uma menina cigana de mesmo nome e sobre seu amor pelo conde Gamart. Era bastante lógico para um jovem compositor experimentar a forma ópera, pois o Rio de Janeiro, ao lado de Buenos Aires, era o centro da cultura operística na América do Sul. As óperas eram executadas, em grande parte, por companhias italianas. Até mesmo Pietro Mascagni visitou o Rio de Janeiro em 1911. O *Falstaff* de Verdi foi encenado no Rio de Janeiro já em julho de 1893, apenas poucos meses depois de sua estreia em Milão. E Wagner também tinha o seu fã-clube no Rio de Janeiro, enquanto a França se fazia presente com obras de Saint-Saëns e de Massenet.

Compositores brasileiros que se dedicavam à linguagem musical predominante e que, nesse meio-tempo, haviam sido quase todos esquecidos, também participavam da vida operística. Para a inauguração do Teatro Municipal, em 1909, executou-se *Moema*, de Delgado de Carvalhos. Aproximadamente trinta óperas de compositores brasileiros se seguiram nas primeiras duas décadas do século XX, dentre elas *Jupira*, de Francisco Braga; *Dom Casmurro*, de João Gomes Junior; *Os saldunes*, de Leopoldo Miguez; *Sandro*, de Muril Furtado; *Carmela*, de Araújo Viana; e *Abul*, de Alberto Nepomuceno. Como violoncelista no Teatro Municipal, Villa-Lobos conhecia, já em seus anos de juventude, todo esse repertório, cuja extensão estilística pode ser vista em *Izaht*: melodramas italianos, sonoridade orquestral francesa e *leitmotive* wagnerianos. Em sua *première*, a obra recebeu algumas críticas positivas, contudo foi repreendida pela dramaturgia confusa do libreto. Assim, nos anos seguintes, foram executados apenas excertos dela, como a abertura e a *Canção árabe*, do quarto ato.

Villa-Lobos não desenvolveu uma afinidade realmente forte pela ópera e costumava falar dela como o "cemitério dos compositores". Se suas tentativas anteriores, *Aglaia*, *Elisa* e *Izaht* ainda eram produtos epigonais de suas primeiras experiências como ouvinte, com *Yerma* – que tem como base o drama homônimo de García Lorca – Villa-Lobos conseguira pelo menos um encerramento ambicioso de suas criações operísticas. *Yerma* remonta a uma iniciativa do empresário John Blankenship, que era fascinado pelas obras dramáticas de Federico García Lorca e, principalmente, por *Yerma*, tragédia de uma mulher sem filhos no meio de uma sociedade arcaica. Villa-Lobos, ainda que não tivesse tido a experiência da paternidade, interessou-se igualmente pelo assunto. A obra trágica com as impressionantes cenas da sofredora Yerma, as cenas de coral, as mulheres que cantavam e lavavam no rio e o misterioso rito de fertilidade no final do enredo produzia o efeito, já sem adaptação, de um libreto com grande potencial dramatúrgico. Além disso, havia a linguagem extremamente musical de García Lorca que, como amigo muito próximo de Manuel de Falla, tinha ele mesmo arranjado uma série inteira de canções populares da Andaluzia para piano.

Villa-Lobos discutiu o projeto com Hugh Ross, diretor da Schola Cantorum, e notou, no que dizia respeito à língua, consideráveis diferenças de opinião. Villa-Lobos era a favor do espanhol, uma vez que este era o idioma original da obra e, também, mais compreensível para ele. Ross e Blankenship, contudo, preferiam o inglês, já que eles consideravam que uma ópera na língua nativa teria chances bem maiores nos palcos americanos. Além disso, surgiu a ideia de distribuir os papéis com cantores negros e deslocar o tema na direção de *Porgy and Bess*. Ross, ainda desacostumado ao estilo de trabalho de Villa-Lobos, surpreendeu-se ao visitar o mestre para a primeira reunião no hotel. À pergunta se Villa-Lobos teria terminado o primeiro projeto, ele replicou já ter a partitura toda preparada. Ross olhou para o bloco de anotações ao seu alcance e percebeu que Villa-Lobos havia esboçado superficialmente apenas algumas cenas. O músico explicou que tinha a obra toda na cabeça e que precisaria apenas escrevê-la, tão logo fosse possível.

Contudo, a estreia fracassou, não pela forma de trabalho pouco convencional de Villa-Lobos, mas por impedimentos técnicos e financeiros, de forma que ele não presenciou sua obra no palco. Apenas em 12 de agosto de 1971 a versão em espanhol de *Yerma*, levada a cabo por Villa-Lobos, foi executada pela Santa Fé Opera Company, em Santa Fé, no estado do Novo México – com a grande participação da população, na maioria, descendente de mexicanos. O libreto, que se aproximava muito do original, sendo por isso sobrecarregado e não deixando muito espaço para a música e para as caracterizações, foi censurado pela crítica. Segundo ela, em termos estilísticos,

Villa-Lobos mal teria conseguido se livrar de suas primeiras influências de Puccini e de Leoncavallo, de modo que o melodrama italiano se ajusta à forte atmosfera hispânica tão pouco quanto as reminiscências de canções populares às *bachianas*.

Uma nova criação representa *A menina das nuvens*, uma "aventura" musical em três atos, escrita entre 1956 e 1957. A obra é mais uma fábula musical, que se baseia em uma peça de teatro da autora brasileira Lucia Benedetti. Trata-se da história da menina das nuvens, que vive no castelo do tempo, sob a proteção do pai do tempo, de barbas brancas, o protetor do céu e dos ventos. A menina, levada ao céu no passado por um grande pássaro, gostaria de saber sua origem. O vento leva-a para seus pais, uma família de pescadores paupérrimos. A rainha má coloca todo tipo de obstáculos a um príncipe que se apaixona por ela. Todavia, a história tem um final feliz: o príncipe pode se casar com a menina, a família de pescadores pobres muda-se para o castelo no céu, e as nuvens, por isso, realizam uma dança de alegria. A música é composta de forma simples e despretensiosa, apresentando delicadamente, nas cenas de danças, ritmos populares como o samba, a mazurca, a barcarola e a valsa.

Em 1956, Villa-Lobos escreveu, por incumbência do dançarino José Limón, um balé para o drama *The emperor Jones*, de Eugene O'Neill. A peça de teatro de O'Neill já havia estreado em 1920 e causado grande impressão em seu tempo: o feitor americano negro, Brutus, foge para uma ilha do Caribe e é proclamado senhor soberano. Ele se torna um tirano cruel que ordena que lhe façam um uniforme de opereta e mora em um palácio branco. Ele fracassa, finalmente, em sua ilusão despótica, depois de até mesmo seu corpo de guarda se rebelar contra ele. Os espíritos de suas vítimas perseguem-no; a selva, com seus barulhos misteriosos, transforma-se em um bastidor ameaçador. O imperador Jones torna-se vítima da vingança e é fuzilado, uma expressão que lembra as condições reais no Haiti. Já em 1933 o tema de Louis Grünberg havia sido utilizado em uma ópera; no entanto, a versão para balé de Villa-Lobos foi convincente até mesmo para o próprio Eugene O'Neill.

A obra tardia

Depois da obra da primeira fase criativa, influenciada pela música francesa, da fase "brasileira" em Paris, da retrospectiva neobarroca na Era Vargas e do estilo bastante agradável do *mainstream* do tempo de Nova Iorque, revelou-se uma quinta fase criativa nos últimos anos. Villa-Lobos havia abandonado a necessidade de se orientar por Debussy ou Stravinsky, ou de estabelecer uma grande síntese entre o Novo e o Velho Mundo, bem como os esforços de corresponder a um estilo de composição comum acessível às expectativas de comitentes ou do público. Nessa fase, apareceram obras com uma atitude extremamente sóbria e reservada de Villa-Lobos, o que se observa em todos os gêneros, tanto na música de câmara quanto na sinfônica e na obra vocal. Uma das primeiras obras em que se revela o estilo tardio é a *Sinfonia n. 6*, de 1944. A estreia da sinfonia dedicada a Arminda ocorreu em 29 de abril de 1950 no Rio de Janeiro, sob regência de Villa-Lobos, com a orquestra sinfônica do Teatro Municipal. Comparada às expressivas sinfonias anteriores, esta apresenta uma clara mudança de paradigma, caminhando para um estilo mais objetivo. Um princípio semelhante havia se revelado já em 1938 no *Quarteto n. 6*: mais objetivo, menos marcadamente nacional, como o reflexo de um Brasil industrial moderno. A sinfonia tem como subtítulo *Sobre* a linha das montanhas do Brasil e segue um método que Villa-Lobos já havia usado na New York skyline-melody. As linhas das paisagens montanhosas ou dos edifícios convertem-se em alturas de notas correspondentes em um papel milimetrado. A conversão era efetuada na proporção 1:1.000; ao lado, o compositor escrevia uma série de 85 notas em sequência cromática. Na *Sinfonia n. 6*, serviu como modelo a serra dos Órgãos em Petrópolis e Teresópolis, nas proximidades do Rio de Janeiro, mas as silhuetas do Pão de Açúcar e do Corcovado também foram utilizadas. Villa-Lobos recomendava esse método também para fins didáticos, a fim de estimular a criatividade de alunos e estudantes na criação de melodias.

Os quatro movimentos da sexta sinfonia têm todos mais ou menos a mesma duração; o tema principal do primeiro movimento entra enérgico, de certo modo com ímpeto montanhoso. Os contornos dos montes escarpados precipitam-se em saltos bruscos de intervalos, em tonalidade ambígua e com modelos rítmicos sincopados. O segundo tema, em termos rítmicos, apresenta caráter totalmente diferente, progredindo em uma sequência de quartas, sextas, oitavas no cume, para depois novamente despencar-se. Há aí claras reminiscências de Bartók, bem como de contrastes sonoros impressionantes, como os trompetes soando através de um véu de violinos. O último movimento deixa a desejar quanto à substância e, comparado aos outros, produz um efeito superficial.

A *Sinfonia n. 7* surgiu em 1945 por ocasião de um concurso de composição em Detroit, nos Estados Unidos. Villa-Lobos apresentou o trabalho sob o pseudônimo de A. Caramuru, o apelido com que os índios tupinambás anteriormente denominavam os portugueses: literalmente, caramuru significa "filho do trovão", em alusão às armas de fogo que os portugueses trouxeram para o Brasil. Embora a sinfonia não tenha ganhado nenhum prêmio em Detroit, ela era uma das prediletas de Villa-Lobos. Ela é bem mais complexa dos que as outras, tanto melódica quanto ritmicamente, com melodias dissonantes densas. À formação musical pertencem 37 instrumentos de sopro, duas harpas, um piano e um grande grupo de percussão.

O primeiro movimento inicia-se com um forte efeito dramático: um complexo sonoro atonal forte movimenta-se partindo das extremidades da orquestra em *glissandos* de movimento contrário que se cruzam. No primeiro movimento, melodias engenhosamente elaboradas fundem-se em um primeiro tema a três vozes com ritmos selvagens e dissonâncias sincopadas em *ostinato*. O segundo tema é de caráter lírico. Nele, um movimento lento e composto a partir da palavra "América", o tema principal é conduzido pelo fagote e acompanhado pelo piano, pela celesta e pelas cordas. Para letras que não representavam nenhuma nota musical, houve distribuição arbitrária de notas, como F para M, D para R, H para I. O resultado alcançado foi uma melodia de sete notas descendentes: A-F-E-D-H-C-A, em que o A (lá) representa o centro tonal da sequência. O *scherzo* inicia-se com um único H (si), entoado em uma extensão de quatro oitavas do piano, xilofone, trompete e instrumentos de sopro de madeira. Logo em seguida, soa o primeiro tema vigoroso, que se baseia no motivo e-g-a-h. A sétima sinfonia também ficou conhecida como *Odisseia da Paz*, em alusão ao seu ano de surgimento, 1945.

Villa-Lobos dedicou a oitava sinfonia, surgida em 1950, a Olin Downes, influente crítico musical do *New York Times*. A obra contém estruturas clássicas nítidas e surte o efeito de uma renúncia consciente ao nacionalismo anterior. O primeiro tema mostra-se como uma citação da nona sinfonia de Schubert.

A nona sinfonia foi dedicada por Villa-Lobos à sua mulher, Mindinha, e terminada em 1952, no Rio de Janeiro. Sua estreia, contudo, foi apenas em 1966, sob regência de Eugene Ormandy, com a Philadelphia Orchestra. A habilidade melódica cinzelada e a ornamentação de instrumentação e diferenciação de colorido sonoro provam que Villa-Lobos soube incessantemente assimilar aspectos de efeito do gênero sinfonia, anteriormente muito distantes dele.

O *Quarteto n. 11*, surgido em 1947, era um dos prediletos de Villa-Lobos. O primeiro movimento foi escrito em compasso convencional 4/4, e a tonalidade dó maior predomina, *a priori*, como centro tonal; entretanto, logo a seguir, perde-se novamente nas dissonâncias que se acumulam. No *vivace*, soam motivos do Nordeste rural; no *adagio*, soa uma melodia de modinha; e na parte intermediária chega-se, através de um segundo tema, a um clímax dramático.

Villa-Lobos escreveu o *Quarteto n. 12* em 1950, quando estava no Memorial Hospital em Nova Iorque, onde teve de se submeter a uma cirurgia devido a um câncer. No primeiro movimento, introduz-se uma célula rítmica sem clareza tonal, que se reproduz em quintas e é executada de forma contrapontística. No segundo movimento, todos os instrumentos são tocados *con sordino*. O terceiro movimento lembra Stravinsky; o quarto, as *bachianas*, assim como o *Quarteto n. 13*, cujo primeiro movimento se inicia com um fugato em tonalidade menor. O terceiro movimento também é, aqui, construído de forma acentuadamente contrapontística. O *Quarteto n. 14* recebeu o nome adicional de *Quarteto de quartas* devido às quartas que, em direção vertical e horizontal, determinavam sua construção temática.

O *Quarteto n. 15* foi, do mesmo modo, uma obra encomendada, a saber, pelo New Music String Quartet. Todavia, foi estreado pelo Juillard Quartet em 1958. A obra soa muito intensa e original, o que se deve, principalmente, à vasta gama de efeitos sonoros, que lhe conferiram o nome *Quarteto dos harmônicos*. Especialmente no segundo movimento, fundem-se tons agudos nas duas seções respectivas de cordas, os *pizzicati* e trinados atingem uma atmosfera etérea, que se afasta completamente da linguagem musical clássica do quarteto. No brilhante *scherzo*, ritmicamente vital, virtuoso e extremamente curto, a realidade de sons mais concretos e mais fortes retorna de forma revigorante.

O *Quarteto n. 16*, escrito em 1955, é considerado um dos mais benfeitos, com grande riqueza temática já no primeiro movimento e uma execução rítmica agradável. O segundo movimento é um dos mais intensos e melancólicos de toda a obra de Villa-Lobos. Ambos os últimos movimentos são muito emotivos, o *scherzo* com tratamento notavelmente virtuoso da condução das vozes, e o *finale molto allegro* produzindo o efeito de uma fantasia livre.

Villa-Lobos compôs o *Quarteto n. 17* em 1957, portanto, dois anos antes de sua morte. Ele conduz, partindo de uma exposição bastante fácil de se compreender no primeiro movimento, ao lento: o movimento lento soa elegíaco e foi interpretado como o adeus de Villa-Lobos à vida. O *scherzo*, todavia, vivo, brilhante, enfático, exige o vigor dos músicos no *tutti*. O último movimento restabelece a harmonia e o equilíbrio.

A *Fantasia concertante para piano, clarinete e fagote* foi escrita em 1953, e é um exemplo para o estilo tardio de Villa-Lobos. As *bachianas* ressoam aí, a paisagem tropical é evocada serenamente, com reminiscências de uma modinha.

Como desfecho espiritual de sua obra, e também de sua vida, pois seu estado de saúde havia piorado drasticamente nos últimos tempos, são as obras de caráter religioso, escritas por ele um ano antes de morrer: o *Magnificat Aleluia* para voz, coro e orquestra surgiu em 1958, por encomenda do arcebispo de Milão para o Ano de Lourdes. A composição *Bendita sabedoria*, para coro *a cappella* de seis vozes, estreou em dezembro de 1958 na Universidade de Nova Iorque, à qual Villa-Lobos dedicou a obra como agradecimento pelo título recebido de doutor *honoris causa*. Ambas as obras são, em grande proporção, composições maduras e equilibradas, distantes daquele desespero por efeitos e dos esforços por originalidade.

Os últimos anos

O ano de 1948 irrevogavelmente introduziu a última parte da vida de Villa-Lobos. Um câncer de próstata e de bexiga já avançado havia sido diagnosticado, tornando inevitável uma intervenção cirúrgica. Os custos para a viagem aos Estados Unidos e para o dispendioso tratamento no Memorial Hospital de Nova Iorque foram assumidos pelo governo brasileiro depois de Villa-Lobos provar que não dispunha de recursos próprios. Em uma cirurgia de treze horas, foram retiradas a próstata e grande parte da bexiga, bem como uma parte do intestino grosso, e em 1950, seguiu-se uma segunda intervenção cirúrgica.

A experiência da proximidade da morte não levou Villa-Lobos a lidar mais cuidadosamente com suas forças, mas mobilizou suas energias para utilizar o tempo restante inteiramente para seu trabalho musical. Amigos e conhecidos impressionavam-se com o ritmo de trabalho a que Villa-Lobos se impunha cada vez mais, afirmando sempre que não tinha mais "tempo de trabalho" a perder. Incansável, uma vez restabelecidas suas condições, ele partiu para novas margens: retomou a atividade de suas turnês; e à ampliação dos contatos internacionais, seguiu-se grande quantidade de convites para palestras e regências. As apresentações musicais no exterior acumularam-se e acarretaram um número crescente de incumbências no âmbito das composições.

Mesmo nos últimos anos de vida, Villa-Lobos não conseguiu legalizar sua separação de Lucília. Em 1950, foi negado juridicamente um requerimento de separação, com o qual Lucília conservava o direito de continuar a assinar o nome Villa-Lobos. Repetidas tentativas de acordo, em 1957, também não levaram a nada. Villa-Lobos nomeou testemunhas que teriam presenciado supostas cenas de ciúmes de Lucília. Ela replicou, à medida que fez acreditar o quão grande havia sido sua participação na carreira do marido, tendo, por isso, o direito de continuar usando o nome Villa-Lobos. Até sua morte, em 1966, Lucília foi considerada oficialmente sua esposa, e continuou assinando Lucília Guimarães Villa-Lobos. Apenas em 1982, dois anos antes de sua morte, é que Arminda recebeu, oficialmente, o direito de assinar o nome Villa-Lobos.

A *Sinfonia n. 10, Ameríndia – Sume Pater Patrium*, ocupa um lugar especial dentro da obra sinfônica. Por um lado, ela funciona como a soma de todo o trabalho sinfônico de Villa-Lobos até então; por outro, o músico aproveita aqui a concepção da fusão das culturas em solo brasileiro uma última vez, em uma esplêndida e vasta gama de sons. As culturas são caracterizadas, musicalmente, de forma diversa: ao povo tupi correspondem melodias longamente sustentadas, com saltos de intervalos rítmicos, que se repetem, imitando os cantos dos nativos, com seu efeito parcial de transe. Os portugueses são descritos com uma música de tonalidade incerta, que ressoa distante, e a população brasileira, com um universo sonoro ritmicamente vivo, com sesquiálteras, síncopes e anacruses. A grande formação musical também prevê a ampla palheta de instrumentos de percussão utilizados por Villa-Lobos, uma seção de madeira triplicada e o naipe de metais quadruplicado. O primeiro movimento, puramente instrumental – *allegro* –, funciona como um tipo de *overture*.

Anchieta, que é representado pelo tenor, também é a voz narrativa de fundo e anuncia a chegada dos portugueses. Até mesmo as guerras confessionais europeias se integram à obra: o barítono incorpora a luta contra o "dragão infernal", que, contudo, surpreendentemente, incorpora não o paganismo, mas o "mortífero Calvino" e as milícias da Reforma. A poesia mariana que Anchieta escreveu quando refém, "De beata virgine Dei Matre Maria", e excertos da coletânea de lendas *Poranduba amazonense*, de João Barbosa Rodrigues, formam a base textual do coro no quarto movimento. Posteriormente, a aparição de Jesus e do Espírito Santo traz novamente à obra a paz de espírito. O *finale* triunfante, dedicado à cidade de São Paulo, aí denominada São Paulo de Piratininga, aborda a exaltação da honra divina. Paul le Flem escreveu sobre a estreia parisiense:

> A Décima Sinfonia de Villa-Lobos é uma linda obra, de amplos horizontes. Há nela o senso de uma Nona Sinfonia, como se o compositor condensasse o melhor dele mesmo e irradiasse uma espiritualidade surgida da generosa terra do seu país. O primeiro dos cinco movimentos transporta-nos à plena selvageria e evoca a terra primitiva aonde chega um evangelizador – o padre Anchieta. Ao ímpeto das forças orquestrais sucede uma serenidade que brota das vozes femininas cantando um tema indígena[5].

5. Horta, 1987, p. 116 s.

A estreia, acolhida de forma diversa pelo público, sofreu algumas deficiências recorrentes nas obras, originadas da forma de trabalho de Villa-Lobos. Houve divergências arbitrárias, decididas de forma espontânea, da partitura, da altura das notas, da distribuição das vozes. Muitos cantores executavam a partitura, em muitas passagens, na clave errada, as partes de tenor e barítono foram trocadas, o contraste entre barítono e baixo foi abafado pelo baixo, que cantava notas muito agudas. O tempo de ensaio também parece ter sido bem curto e não sistemático. Partes inteiras haviam sido escritas na língua tupi, cuja pronúncia correta nem todos os cantores sabiam.

A *Sinfonia n. 11* foi uma encomenda da Koussevitzky-Stiftung e da Boston Symphony Orchestra, por ocasião dos 75 anos de fundação da orquestra, e dedicada a Nathalie e Serge Koussevitzky, amigos de Villa-Lobos. A obra estreou no dia 2 de março de 1956, no Boston Symphony Hall, sob regência de Villa-Lobos. O jornal diário *Boston Globe* observou que se tratava de "uma das melhores obras que a orquestra havia encomendado para seu jubileu". A sinfonia apresenta um grande *gestus* romântico, em uma roupagem moderadamente moderna, e abunda em pensamentos e ideias musicais.

Villa-Lobos completou sua 12ª e última sinfonia em seu septuagésimo aniversário, em Nova Iorque. Ela estreou em abril de 1958 em Washington por ocasião do "Primeiro Festival Interamericano de Música" pela National Symphony Orchestra, sob regência de Howard Mitchell. Os críticos do *Washington Post* e do *New York Times* elogiaram a forte expressão da obra, seu "excesso" e sua abundância de ideias. Ele fez sobressair o primeiro movimento, digno de um show da Broadway semelhante a uma extensa pintura rupestre colorida. Ela segue a arquitetura da sinfônica clássica com seus quatro movimentos, todos com praticamente a mesma duração, e revela uma distribuição musical padrão. Efeitos do romantismo tardio marcam o primeiro e o último movimentos, enquanto os movimentos intermediários produzem efeitos mais impressionistas.

No Hotel Alrae, de Nova Iorque, em que Villa-Lobos costumava se hospedar, ele também trabalhava no estilo tão habitualmente descrito por seus amigos. Sentado a uma mesa em seu apartamento, ele escrevia e corrigia partituras enquanto conversava com Arminda e convidados. Ao mesmo tempo, ele ouvia rádio ou assistia à TV, tocava notas nas mãos dos músicos que entravam e os sentava ao piano, dava-lhes instruções e explicações enquanto continuava a conversar a certa distância. De vez em quando, ele mesmo se encorajava ao piano, colocava seu charuto fumegante sobre as teclas, para o horror dos presentes, para tocar alguma coisa, colocando-o, no último segundo, de volta à boca.

Embora Nova Iorque tenha se tornado para Villa-Lobos o lugar mais importante em seus últimos anos de vida, ele sempre retornava a Paris, que o recebia como a um velho parente e onde ele todas as vezes se hospedava no Hotel Bedford, não longe da Madeleine, um lugar de significado histórico também para o Brasil, pois lá o imperador Dom Pedro II, então exilado, havia passado o fim de sua vida.

Por ocasião de seu septuagésimo aniversário, Villa-Lobos foi festejado como "Beethoven do Brasil" e recebeu, principalmente nos Estados Unidos, diversas distinções. Uma série de concertos, que na maioria das vezes ele mesmo regeu, foram realizados em sua homenagem, dentre eles um no Carnegie Hall. O ano de 1957 foi declarado pelo Ministério da Educação e Cultura do Brasil como o "Ano Villa-Lobos".

Para 1959 a agenda também estava cheia: havia no México o Concurso de Violoncelo Casals no programa, e no Rio foi festejado o jubileu de cinquenta anos do Teatro Municipal. Contudo, o estado de saúde de Villa-Lobos piorou a olhos vistos e suas forças findavam-se, agora, definitivamente. No Brasil, teve de enfrentar um processo intentado contra ele devido a uma acusação de plágio, já que havia usado no *Choro n. 10* a melodia *Rasga o coração,* de Catulo da Paixão Cearense. A contrariedade e as estafas resultadas disso colocaram Villa-Lobos em uma atmosfera sombria. Em uma entrevista ao jornal *O Globo*, em junho de 1959, Villa-Lobos apresentou um resumo resignado da obra artística realizada durante toda sua vida: "Eu fiz de tudo para dar ao Brasil uma cultura musical verdadeira. Não faz sentido. O país é dominado pela mediocridade. Para cada medíocre que morre, nascem outros cinco"[6].

Villa-Lobos havia chegado a uma mudança de tempos na história do país. Para o ano seguinte, 1960, estava planejada a inauguração da nova capital, Brasília, um dos projetos arquitetônicos e urbanísticos mais ousados da história jovem, o qual o arquiteto Oscar Niemeyer e o paisagista Lúcio Costa assinaram como responsáveis. Juscelino Kubitschek, que havia sido eleito presidente em 1956, havia posto em prática o projeto já concluído em 1891 e que ficou, depois, por muito tempo, sem ser utilizado. Kubitschek entrara nas eleições com o lema "Poder, alimentação e transporte" e ganhou graças ao apoio dos comunistas. O novo presidente tomou posse com um programa colossal de modernização, propondo-se a fazer "50 anos de desenvolvimento em 5". O país era atingido por uma atmosfera de advento: floresciam a bossa-nova, o Cinema Novo e a literatura. Depois do marcial e amargurado Getúlio Vargas, cujo suicídio em 1954 paralisara por meses o país, Juscelino, caris-

---

6. Mariz, 1989, p. 61; Wright, 1992, p. 139.

mático e de jovem aparência, atuava como a alegria personificada em que os brasileiros se reconheciam.

Em seu último ano de vida, Villa-Lobos apareceu repetidas vezes em público, embora já apresentasse sinais de que faleceria em breve. Como se quisesse ignorar obstinadamente o fim iminente, Villa-Lobos regia e agia de forma a conseguir cumprir todos os compromissos assumidos. Ele fez sua última apresentação como regente em 12 de julho de 1959, por ocasião da estreia de *A floresta do Amazonas* em Nova Iorque, e dois dias depois voou para o Rio de Janeiro para receber a Medalha Carlos Gomes. Seu estado, posteriormente, agravou-se de forma drástica, e ele deu entrada no Hospital dos Estrangeiros. Um transplante de rim era avaliado como muito arriscado, mas cabia aos médicos estabilizar o estado do paciente a tal ponto que ele pudesse trabalhar novamente. Um novo projeto de ópera, *Ameríndia*, exigiu sua atenção, e ele também continuou a trabalhar no *Quarteto n. 18*. Villa-Lobos ficou mais de um mês no hospital, onde o presidente Kubitschek o visitou.

Em 11 de agosto Villa-Lobos declarou seu último desejo: legava a metade de seus bens para a Academia Brasileira de Música. Dois terços das rendas de seus direitos deveriam ser revertidos em favor de Arminda. O testamento foi de imediato contestado por Lucília, e resultou, em seguida, em complicados conflitos jurídicos em torno dos rendimentos de direitos autorais que excediam 100 mil dólares. No dia 7 de setembro, Dia da Independência do Brasil, ele presenciou pela última vez um concerto, a execução de seu *Magnificat Aleluia* sob regência de Edoardo di Guarnieri, no Teatro Municipal.

Villa-Lobos morreu em sua casa, no Rio de Janeiro, no dia 17 de novembro de 1959, às quatro horas da tarde. Ele foi velado no Salão Nobre do Ministério da Cultura, e, no dia seguinte, enterrado no cemitério São João Batista – em Botafogo, Rio de Janeiro. O presidente Kubitschek decretou em 1960 a fundação do Museu Villa-Lobos, no Rio de Janeiro, para cuja diretoria foi nomeada Arminda, que exerceu o cargo até o ano de sua morte, 1984.

Villa-Lobos e depois...

Villa-Lobos manteve-se fiel até o fim de sua vida a seu princípio de não aceitar nenhum estudante de composição, e muito menos, então, de reunir à sua volta um círculo de estudantes acadêmicos. Com toda simpatia, ele, claramente, manteve distância até mesmo de Camargo Guarnieri, que pode ser considerado quanto à estética e produtividade o mais próximo seguidor do mestre, e protestava de forma costumeiramente rabugenta contra qualquer cumprimento florido que viesse de sua boca: "Você está é querendo me bajular"[1].

Nos anos 1980, o compositor estadunidense pouco conhecido internacionalmente Georg Hufsmith virou manchete por deixar-se – seu pai havia tido o que fazer profissionalmente no Brasil nos anos 1930 – tratar como aluno de Villa-Lobos, descoberto tardiamente. A única obra mais conhecida de Hufsmith, a opereta *The sweet water lynching*, contudo, não se relaciona de forma alguma com as criações de Villa-Lobos.

O fato de o estilo nacional, depois da Segunda Guerra Mundial, ter caído de moda, pouco a pouco, deu a Hans-Joa-

---

1. Horta, 1987, p. 22.

chim Koellreuter, em seus esforços, o direito de tirar a vida musical brasileira da sombra do onipresente e onipotente pai Villa-Lobos e de uni-la ao desenvolvimento musical internacional. Contudo, Villa-Lobos pôde ainda, pouco antes, contar para si alguns pontos de vitória, pois a maioria dos alunos ilustres de Koellreuter, que primeiramente haviam se dedicado à estética serial atonal, se voltava aos princípios nacionais brasileiros, mesmo que de formas totalmente diversas.

Pouco depois da morte de Villa-Lobos – como se o mestre rude e excêntrico tivesse sido o único exegeta pensante de sua variada obra –, seu repertório executado internacionalmente reduziu-se a algumas peças de piano e violão. No entanto, ele continuava presente, mesmo depois de sua morte, e continuava a constituir, com sua obra, o critério inalcançável para todos os compositores brasileiros.

Villa-Lobos morreu no limiar de uma época de mudanças, assim como também nascera às vésperas da passagem da monarquia para a república. Musicalmente, a época foi marcada de forma decisiva pelo ex-aluno de Koellreuter, Tom Jobim. Depois de passar continuamente despercebido e sem sucesso por anos, tocando *jazz* no piano em bares de Copacabana e de Ipanema, ele conseguiu sucesso com a música de palco, e depois, de filme, para *Orfeu negro*.

Villa-Lobos havia se tornado um ícone nacional, e sua herança era administrada por sua viúva, Mindinha. Mesmo depois de sua morte, ele deixou a seu país uma porção considerável de consciência de seu valor, mesmo que alguns de seus progressos tenham literalmente se evaporado, como o de formação musical do povo. Este não pôde ser continuado sem o pulso forte do xamã musical monomaníaco Villa-Lobos, além de se adequar de forma imaginavelmente incorreta a um povo que sabia se organizar muito bem no campo musical, mas preferencialmente de seu próprio jeito, e não com instruções vindas de cima. Em uma de suas avaliações, porém, Villa-Lobos estava certo: a força da música popular e da música popular brasileira é até hoje vigorosa e tornou-se ilimitadamente o ponto crucial verdadeiro da vida musical brasileira. Mesmo sem ajustamento de quotas, a música popular nativa predomina no Brasil sobre a cultura *pop* anglo-saxônica dominante no mundo inteiro. A tradicional antipatia dos brasileiros pela língua inglesa pode ter desempenhado uma função nisso, contudo, o país gigante dispõe de uma reserva ainda intocada de estilos musicais regionais e étnicos variadíssimos. E, diferentemente do que ocorre com a música popular europeia, a música popular brasileira tornou-se também palco de inovação musical, distante da música erudita: evoluções populares e princípios *crossover* marcaram o cenário musical, desde o *jazz* de Egberto Gismonti até Milton Nascimento, que trabalhou com o grupo de percussão Uakti, que unia sons arcaicos à música minimalista. As tradições musicais do Nordeste e do Norte também continuaram a enriquecer a música popular.

    Todos os compositores brasileiros zelosos depois de Villa-Lobos trouxeram com grande peso seu rótulo; contudo, depois de desfeito o cisma da música nacional – Música Viva –, o cenário mais uma vez se transmudou em territórios isolados. Uma nova geração cresceu rapidamente, a nomeação mais importante para seus representantes dominantes consistia no título de honra "seguidor de Villa-Lobos", que Oscar Lorenzo Fernandez, já falecido em 1948, recebeu. Cláudio Santoro, Francisco Mignone, Camargo Guarnieri e Marlos Nobre também foram julgados dignos de tal distinção. Outros músicos, como o compositor de óperas Ronaldo Miranda, o experimentador de música eletrônica e timbres Jorge Antunes e o pioneiro da música aleatória Gilberto Mendes seguiram caminhos oportunamente independentes, que se distanciavam de forma considerável do universo musical de Villa-Lobos. Todavia, ainda, nenhum desses compositores sequer conseguiu apenas aproximadamente o grau de reconhecimento ou de influência de Villa-Lobos.

A crítica musical e a musicologia na Alemanha, por muito tempo, enfrentaram problemas consideráveis de contato com a obra de Villa-Lobos. Hans Heinz Stuckenschmidt não conseguia incluir Villa-Lobos no rol dos grandes compositores do século xx; contudo, pelo menos o reconheceu respeitosamente como personalidade original e criativa.

A academia de música alemã, que contemplava Villa-Lobos do ponto de vista da morfologia e da estética europeias, criticava, algumas vezes, a abundância de ideias e a ausência de exposição temática e desenvolvimento. A "casualidade" ou indiferença da temática também foi observada, como se vê pelo reaproveitamento variado de partes inteiras de obras. Momentos de uma arbitrariedade claramente expressa, como a valorização da música de salão e da música popular na obra de Villa-Lobos, dificultam sua classificação em categorias artísticas influenciadas pelo ponto de vista europeu, como se revela de forma manifesta já em uma pesquisa sobre os *Choros*, realizada em 1979 por Giselher Schubert. O mal-estar do autor, até mesmo certa perplexidade, em relação ao fenômeno Villa-Lobos, pode ser claramente notado nas entrelinhas:

> Os choros, ao contrário, não levam em conta o contexto tradicional de uma exigência musical, sem, contudo, que nisto se constitua sua própria exigência; pois a negação, nestas obras, como na indiferença da temática que tradicionalmente representa o *specificum* musical, da instrumentação, da dis-

posição formal amorfa, da incoerência a que tendem todos os resultados musicais, negação esta de uma exigência tradicional, em todo caso experimentada como qualidade estética nova, é categoricamente eliminada através do *gestus* evidente, da forma indiferente, concreta, que engloba tudo o que há de heterogêneo. Este conteúdo estético positivo, do ponto de vista europeu, pode ser formulado apenas como negativo: sua genuinidade, autenticidade – no sentido de uma música nacional – e excelência seriam justamente algo esteticamente inferior, heterogêneo, musicalmente menor e despretensioso, que tende à música de salão[2].

Uma forma de observação com orientação intercultural, que preparou o terreno para uma recepção sistemática e redescoberta de Villa-Lobos, tem se instaurado apenas gradualmente. Sua obra tem sido cada vez mais vista como a que carrega em si, igualmente, o "estranho" e o "familiar". O "exótico", "primitivo", a "música universal" – esses e conceitos semelhantes são afastados cada vez mais da investigação, seja qual for a função ou posição da música em diferentes culturas. Hector Berlioz comparou a música chinesa a "barulho de panelas", e a música japonesa e indiana não escaparam à comparação, algumas vezes, com "música de gato". A etnologia musical absteve-se totalmente de uma valorização estética de seu objeto de pesquisa e mostrou-se, com isso, apenas como o outro lado da mesma moeda. Em ambos os casos, mostram-se a nós os limites do entendimento musical, que constitui um requisito básico para uma classificação adequada da música não europeia. E mesmo o que é pressupostamente familiar – como a música

---

2. Schubert *apud* Rexroth (org.), 1979, p. 66 ss.

sul-americana – pode levar a erros ou despretensiosas incompreensões. A simples inclusão de um instrumento de percussão, como o chocalho indígena feito de vagem, o caracaxá, em Villa-Lobos, recebeu, de acordo com a época e o lugar, conotações totalmente diferentes quanto a seu uso: "vanguardista", na Paris dos anos 1920; "desagradável", na mesma época, no Rio de Janeiro; "regionalista", como observado por Mário de Andrade nos anos 1930; ou "folclórico", nos anos 1940.

Villa-Lobos, com sua obra, levanta questões que muito ultrapassam o âmbito puramente estético-musical, como se o ponto principal da música erudita na Europa hoje pode ser deslocado ou se, principalmente, conseguiria sobreviver fora de seus centros. Será que a reivindicação global dominante da música clássica ocidental se baseia, contudo, em noções ultrapassadas da função de modelos europeus? E será que a China, a Índia, a África e a América Latina fazem sua reivindicação por um lugar não apenas na economia mundial, mas também, em breve, no cenário cultural?

Além disso, lança-se aqui a pergunta relativa à obrigatoriedade do cânone. O currículo de um estudante alemão de composição e de música cobre pelo menos meio milênio: de Palestrina a Henze. E qual cânone é obrigatório para um compositor da nova geração de Manaus, Lima ou de Manágua? As *Deutsche Tänze*, de Schubert, os cantos gregorianos e a música de câmara de Weber? Ou talvez também os cantos de candomblé, as danças aymara do Altiplano, os ritmos do *son* cubano? Compositores contemporâneos, como o boliviano Cergio Prudencio, seguem um caminho cujos extremos tornam claros ao mesmo tempo o dilema e o potencial do conflito cultural. Através de toda a gama de instrumentos tradicionais andinos – cuja forma correta de tocar ele transmitiu, bem como suas referências tradicionais –, ele escreve música do século XXI, um desafio ao qual ele submete conscientemente a música do Altiplano e, com isso, se desvia com sucesso de todas as sínteses e formas intermediárias. Com Villa-Lobos, surgiram novas paisagens no universo musical, o Amazonas e o sertão. Ao lado da visão mística dos nativos e do abuso dos colonizadores, Villa-Lobos coloca uma terceira interpretação, ainda hoje muito moderna: a floresta tropical do Amazonas como texto sinestésico único e de grande valor. A eternalização do pássaro do Amazonas, o uirapuru, em uma composição de mesmo nome, é exemplar para isso: o universo do pássaro da floresta tropical não apenas como potencial biológico, mas também como imaginário das artes e da música. O rouxinol da Renascença e do Romantismo europeus, inexistente na América do Sul, foi substituído pelo uirapuru, pelo sabiá e pelo bem-te-vi.

O grande escritor e poeta argentino Jorge Luís Borges expressou-se reiteradas vezes sobre a identidade de seu país. Esta estaria justificada – segundo Borges – pelo fato de que toda a herança ocidental havia sido introduzida em uma região sem uma tradição local mandatória. Agora, os argentinos são livres para se tornar aquilo que quiserem e puderem. Os argentinos queriam, primeiramente, ser "europeus no exílio" e arcaram com as consequências advindas disso no século XIX, de terem perseguido os nativos da terra, os índios pampas, como estranhos a eles, e de tê-los exterminado. De forma interessante, Borges não se esqueceu de remeter-se ao fato de que, na cultura ocidental, não está contido apenas o Ocidente, mas também, da mesma forma, bastante rejeitado, o Oriente, pois esse é definitivamente o lugar de origem da cristandade. Esse espaço cultural se fez novamente presente de forma repentina na América do Sul através dos inúmeros imigrantes da Síria e do Líbano.

De forma ainda mais explosiva confirmou-se a tese de Borges no Brasil, desde o princípio etnicamente variado. A força colonial portuguesa chegou ao Brasil com uma tradição bem maior de contatos culturais e miscigenações do que a concorrência da Espanha. As experiências da Ásia e da África entraram na colonização do Brasil, relações entre portugueses e os nativos, bem como com os escravos africanos, logo se tornaram algo natural.

O que o Modernismo formulou para as artes, Gilberto Freyre expôs em seu revolucionário ensaio *Casa-grande e senzala*, que trata da nação "lusotropical" – portanto, da mistura da herança portuguesa com os povos tropicais –, que pôde se tornar modelo para os países do subcontinente. A "brasilidade" baseava-se na fusão de três etnias e recebia justamente daí sua força. O antropólogo Darcy Ribeiro menciona em sua obra *Os brasileiros* os novos tipos de pessoas que se originaram dessa síntese que, por muito tempo, ainda, não chegou ao fim. E Roberto da Matta remete, em *Carnavais, malandros e heróis*, à grande importância do carnaval para a sociedade brasileira, como reflexo de seus princípios de ordem e como um laboratório de sua cultura.

Villa-Lobos produziu o equivalente musical à criação literária de um Borges, Gabriel García Márquez e João Guimarães Rosa, às grandes obras analíticas da sociedade, de Freyre, Ribeiro e Da Matta: uma interpretação possível dentre muitas outras, um projeto iniciado há muito tempo, que procura, pela primeira vez, descrever e captar a abundância transbordante de etnias, povos e culturas no continente sul-americano.

Justamente essa amplidão da realidade sul-americana, difícil de abranger com os olhos, oferece aos musicólogos e críticos europeus dificuldades consideráveis para organizar e avaliar a obra de Villa-Lobos, que no decorrer de sua vida criadora seguiu incessantemente estratégias e orientações totalmente diferentes. As rupturas e os desequilíbrios resultantes disso em suas composições são interpretados, algumas vezes, como fraquezas e alienação às situações sociais. Algo semelhante ocorre com relação à escolha de material musical, feita à vontade e de forma pouco sistemática do ponto de vista europeu, sendo que Villa-Lobos não teria sabido, claramente, distinguir entre música erudita e música de salão, música trivial, sacra e tradicional, e não soube utilizar esses elementos adequadamente. Com isso, dá-se conta de que o contexto musical, em um sentido mais amplo, cultural, na América do Sul, é totalmente diferente daquele da Europa, com sua cultura musical desenvolvida de forma linear. Evidentemente, também incomoda o fato de que, desde Villa-Lobos, a tradição musical europcia também pertença ao leque de opções desse mosaico cultural, como uma pedra dentre muitas, porém não mais como fundamento obrigatório para o desenvolvimento futuro da música na América Latina.

Villa-Lobos tinha consciência da importância de sua atuação, da mudança histórico-cultural da qual ele, de forma decisiva, também participou. Seu trabalho único, não passível de ser repetido, consistia justamente em ter conseguido chegar a conteúdos brasileiros através de técnicas europeias. Assim, ele se tornou criador e, ao mesmo tempo, aperfeiçoador do estilo nacional brasileiro, que comemorou seu triunfo justamente na metrópole cultural europeia. E isso também explica por que o estilo nacional encontrou aí sua realização, esgotando-se em seguida. Não houve, até esse ponto, nenhuma garridice ou vaidade, mas sim o fato de o próprio Villa-Lobos não se ver como parte tampouco como fundador de uma tradição, em uma avaliação realista de seu papel e de sua época: "Considero minhas obras cartas que escrevi à posteridade, sem esperar resposta"[3].

3. Appleby, 2002, p. 183.

Rio de Janeiro no início do século XX com a luxuosa avenida Rio Branco, inaugurada em 1904. Ao fundo, o Pão de Açúcar, símbolo da cidade.

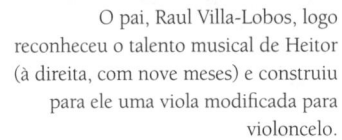

O pai, Raul Villa-Lobos, logo reconheceu o talento musical de Heitor (à direita, com nove meses) e construiu para ele uma viola modificada para violoncelo.

Na primeira grande viagem a Paranaguá, cidade portuária do Sul, Heitor posou em 1908 como homem elegante do mundo e enviou o retrato a sua irmã Lulucha, então no Rio de Janeiro.

Uma recepção em 1940, em homenagem ao diretor da Biblioteca Musical de Nova Iorque: sentado, na primeira fila (segundo da direita para esquerda), Villa-Lobos; Mário de Andrade está na segunda fileira (terceiro da esquerda para a direita). Do mesmo modo estão, ao fundo, os compositores Lorenzo Fernandez (segundo da esquerda para a direita) e Camargo Guarnieri (quarto da direita para a esquerda).

Abaixo, na página seguinte: com Edgar Varèse – que estudou em Berlim com Ferruccio Busoni e, mais tarde, emigrou para os Estados Unidos –, Villa-Lobos teve uma estreita amizade, embora tenham se mantido artisticamente distantes.

Acima: nos anos 1920, em Paris, Igor Stravinsky tornou-se o ídolo secretamente admirado com fervor por Villa-Lobos, embora o contato pessoal entre eles tenha se mantido bem distante.

O virtuoso pianista polonês Arthur Rubinstein veio ao Rio de Janeiro pela primeira vez em 1918. Ele se tornou amigo de Villa-Lobos, incluiu algumas de suas composições em seu repertório e preparou-lhe o caminho para Paris.

Villa-Lobos desenvolveu um sistema próprio de sinais com a mão, denominado manossolfa, com o qual, nos anos 1930, regeu coros infantis de até 40 mil cantores.

Nos anos 1940, Villa-Lobos organizou com seus amigos o bloco de carnaval *Sôdade do Cordão*. Ele contratou como dançarina a atriz Anita Otero. O astro do samba Cartola dirigia a orquestra de cortejo.

Em 1930, Villa-Lobos teve de voltar ao Brasil, já que suas duas temporadas em Paris haviam lhe conferido conquistas artísticas, mas não financeiras.

Abaixo, na página anterior: em 1931, Villa-Lobos, sua mulher Lucília e outros músicos viajaram ao interior do país para aproximar a música clássica da população nacional.

Villa-Lobos arranjou para soprano e violão sua peça mais famosa, a ária escrita em 1938 das *Bachianas Brasileiras n. 5*, e dedicou-a à sua segunda esposa, Mindinha.

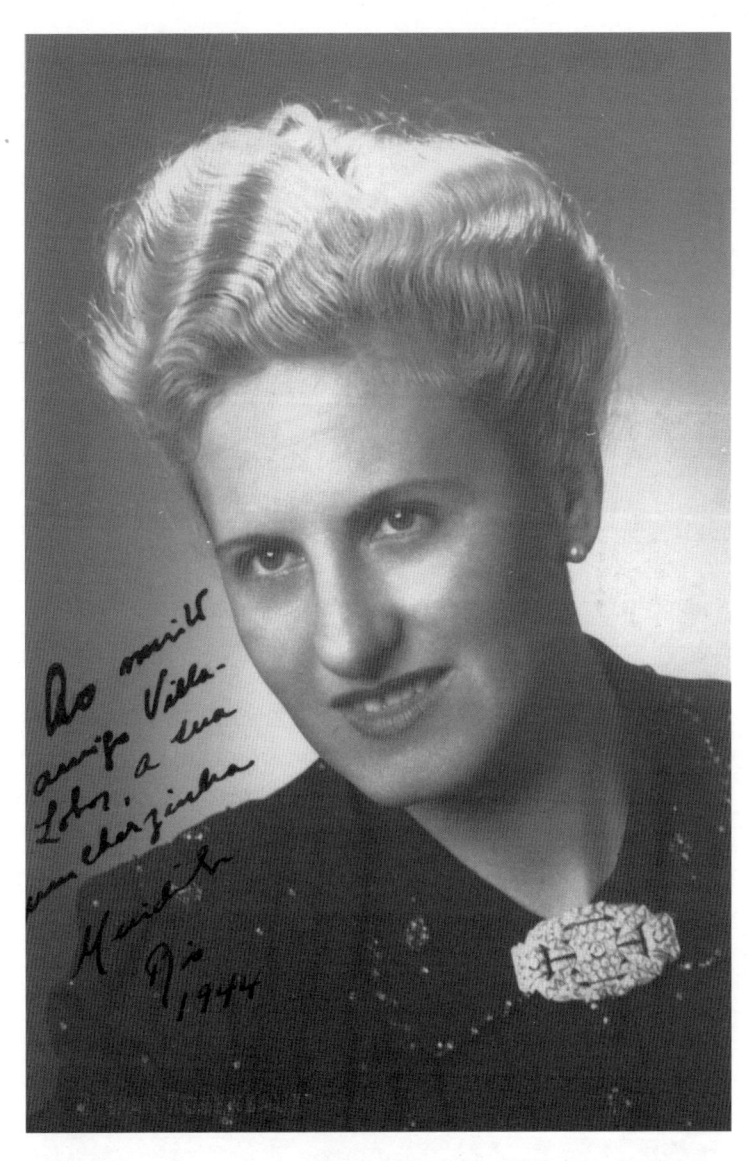

Villa-Lobos conheceu a jovem professora Arminda Neves d'Almeida – Mindinha – quando ela procurava trabalho no Conservatório Orfeônico, dirigido por ele. Entretanto, sua mulher, Lucília, opôs-se durante toda a sua vida à separação.

O compositor americano Aaron Copland tinha grande afinidade com a música da América Latina. Em 1945, eles se encontraram, por ocasião da recepção feita em homenagem a Villa-Lobos, no Waldorf-Astoria. À direita, o cônsul brasileiro Oscar Correia.

Villa-Lobos também viajou para a Grã-Bretanha depois do término da Segunda Guerra Mundial. Em 1949, ele realizou concertos em Londres e foi entrevistado pela BBC na Estação Vitória.

Villa-Lobos em 1944, na emissora NBC em Nova Iorque, com o violinofone, um violino acrescido de uma corneta de metal, utilizado nos poemas sinfônicos *Amazonas* e *Uirapuru*. À esquerda, Arminda; à direita, a *mezzo-soprano* Jeannie Tourel.

A soprano portuguesa Cristina Maristany cresceu no Brasil e tornou-se uma das mais solicitadas intérpretes de Villa-Lobos. Aqui, ela o visita em seu apartamento na rua Porto Alegre.

Embora Villa-Lobos tenha se submetido a duas cirurgias complicadas em 1948 e
1950, ele ainda completou, em sua última década de vida, incansáveis turnês
nos Estados Unidos, na Europa e em Israel.

À direita: Villa-Lobos manteve-se fiel ao violão, instrumento
que tocava nos primeiros anos no mundo da boemia carioca.
Gravações comprovam que ele era um violonista
surpreendentemente hábil.

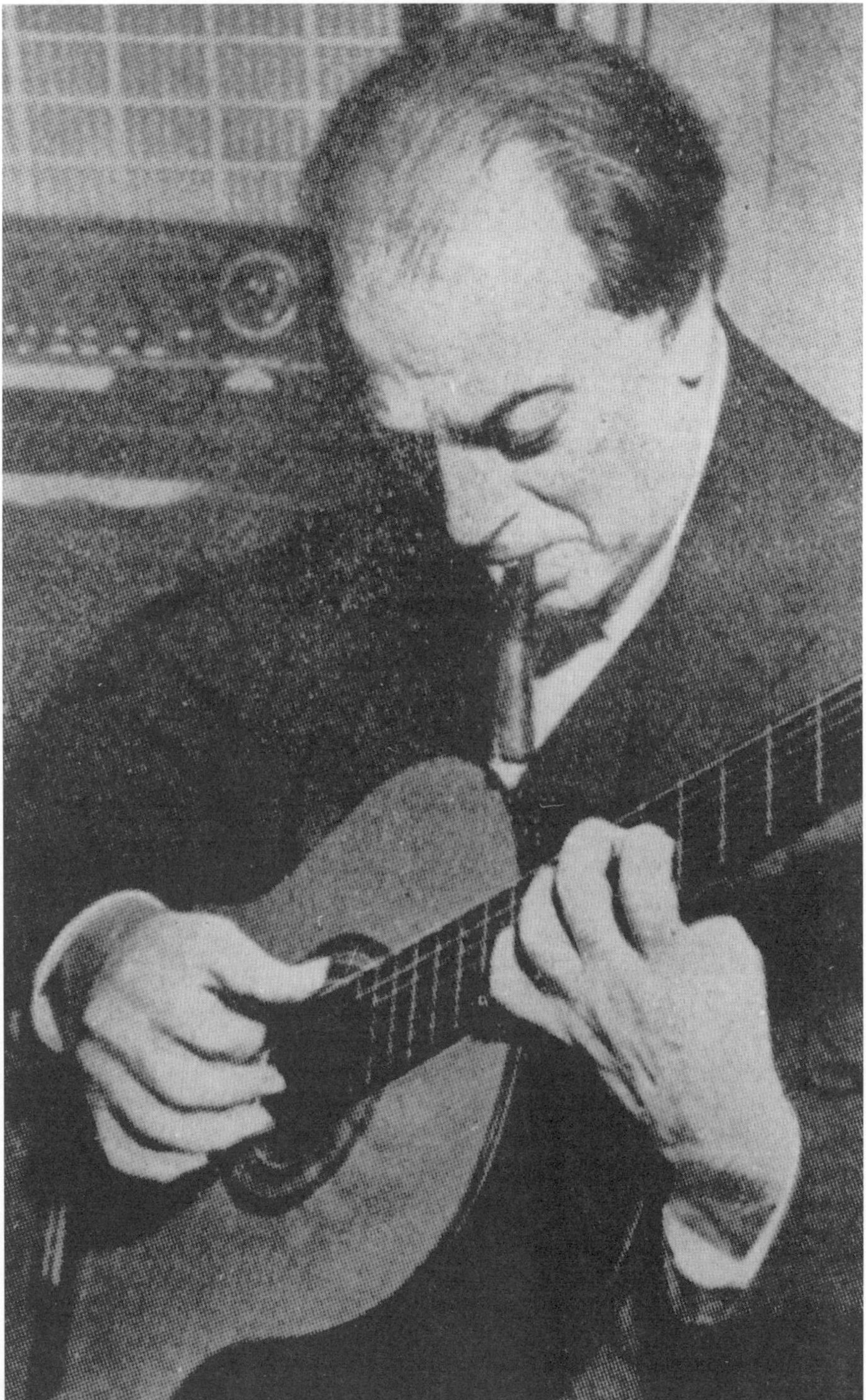

Acima: Villa-Lobos conheceu o violonista virtuoso Andrés Segovia em Paris. Segovia encomendou-lhe primeiramente um estudo; contudo surgiram, no tempo seguinte, doze estudos, cinco prelúdios e um concerto para violão.

À esquerda: o compositor alemão Hans-Joachim Koellreutter emigrou em 1937 para o Rio de Janeiro, onde divulgou a música dodecafônica. Com isso, tornou-se adversário de Villa-Lobos, que admirava muito, pessoalmente.

À direita: Villa-Lobos escreveu a música para o filme *A flor que não morreu*, de Mel Ferrer. O filme foi um fracasso tão grande que nem a colaboração de Audrey Hepburn pôde impedir. A trilha sonora de Villa-Lobos mostrou-se igualmente inutilizável.

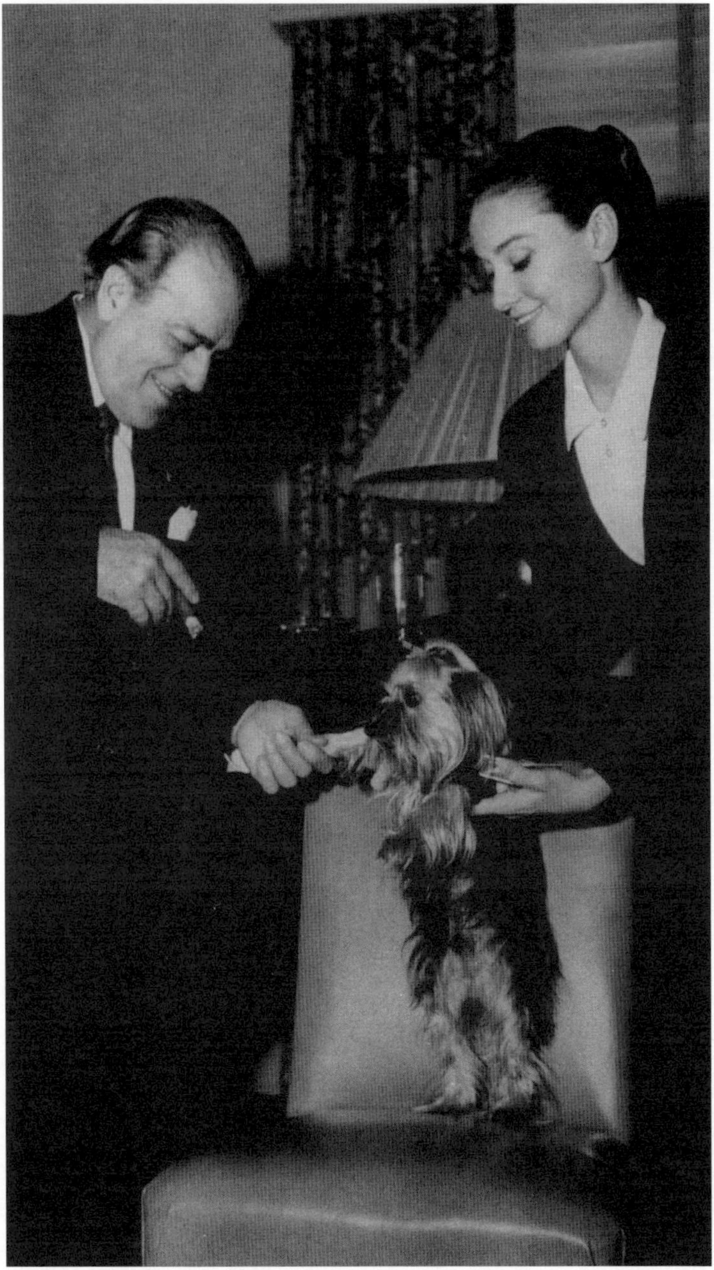

A esposa do pianista espanhol Tomás Terán, de quem Villa-Lobos era amigo, presenteou-lhe com um violão do *luthier* Joseph Bellido. Com esse instrumento, em Paris, Villa-Lobos compôs seus doze estudos.

Bibliografia comentada

APPLEBY, David P. *Heitor Villa-Lobos. A life (1887-1959)*. Lanham, Scarecrow Press, 2002.
Appleby, musicólogo americano, nasceu no Brasil e apresenta a carreira de Villa-Lobos de forma vivaz com auxílio de muitos de seus próprios testemunhos e documentos da época.

BÉHAGE, Gerard. *Heitor Villa-Lobos. The search of Brazil's musical soul*. Austin, University of Texas, 1994.
O maior dos peritos em América Latina dentre os pesquisadores de música americanos mostra, em muitos exemplos de partituras, a utilização da música brasileira popular e tradicional na obra de Villa-Lobos.

GUÉRIOS, Paulo Renato. *Heitor Villa-Lobos: o caminho sinuoso da predestinação*. Rio de Janeiro, Fundação Getúlio Vargas, 2003.
O antropólogo Guérios analisa as diferentes estratégias de Villa-Lobos para se colocar em cena em um campo crescente como compositor único. Um "corretivo" brilhantemente escrito sobre a construção do mito em torno de Villa-Lobos.

MARIZ, Vasco. *Heitor Villa-Lobos. Compositor brasileiro*. 11. ed., Rio de Janeiro, Zahar, 1989.
O diplomata e pesquisador de música Vasco Mariz escreveu em 1948 sua monografia sobre Villa-Lobos, que logo se tornou uma obra de referência. Embora Villa-Lobos sempre tenha ditado ao autor suas versões, vale a pena ler a obra por sua riqueza de detalhes.

Peppercorn, Lisa M. *Heitor Villa-Lobos. Leben und Werk des brasilianischen Komponisten.* Zurique, Atlantis-Verlag, 1972.

A primeira monografia sobre Villa-Lobos em língua alemã, contudo já realizada há bastante tempo, dividida em "Vida" e "Obra". Também disponível em duas traduções em inglês:

_____. *Villa-Lobos, the music. An analysis of his style.* Londres, Kahn & Averill, 1991.

_____. *The world of Villa-Lobos. In pictures and documents.* Aldershot, Scolar Press, 1996.

Embora muitos detalhes não estejam mais atualizados, as análises das obras ainda são muito interessantes. Além disso, Peppercorn questiona muitas lendas sobre o compositor e revela um quadro realista de sua vida.

_____. (org.): *The Villa-Lobos Letters.* Kingston-upon-Thames, Toccata Press, 1994. (Musicians in Letters; 1)

Coleção de cartas traduzidas em inglês, destinadas a Villa-Lobos e escritas por ele, que valem a pena ler. Depois de Peppercorn ter manuseado os originais, o volume tornou-se propriamente uma fonte primária.

Wright, Simon. *Villa-Lobos.* Oxford, Oxford University Press, 1992.

Uma introdução clara e escrita de forma fluente à carreira de Villa-Lobos e à sua obra, apresentada com exemplos selecionados de partituras.

Tarasti, Eero. *Heitor Villa-Lobos. The life and works 1887-1959.* Jefferson, N.C., Mac Farland, 1995.

Uma tradução inglesa reduzida da monografia sobre Villa-Lobos do pesquisador e semiótico finlandês. Minuciosa análise da obra, com referências interessantes à música de outros países sul-americanos.

Nos últimos três anos, foram publicadas na Alemanha três monografias sobre Villa-Lobos:

Carvalho, Ângela Maria de. *Konzeption und Rezeption von Heitor Villa--Lobos'Projekt einer musikalischen Volksbildung.* [dissertação] Freiburg i.Br., Pädagogische Hochschule, 1993.

Mattos, Henriqueta Rebuá. *Die Werke für Klavier von Heitor Villa-Lobos. Synkretismus europäischer und lateinamerikanischer Elemente und Kontrasteffekte.* Munique, Utz, 2001.

ZACHER, Gerd. *Die Gitarre in Schaffen von Heitor Villa-Lobos: Aspekte ihrer Bedeutung für die brasilianische Nationalmusik und für die Internationalisierung der Musik im 20. Jahrhundert.* [dissertação] Potsdam, Universität Potsdam, 2005.

Uma referência para praticamente todas as maneiras de tocar e todos os aspectos da música brasileira é o *blog* de Daniella Thompson:

"Daniella Thompson on Brazil"
<http:// daniellathompson.com/>
<http:// daniv.blogspot.com/>

O melhor *website* sobre Villa-Lobos é:
<http:// www.villalobos.ca/>

Ele contém informações atualizadas constantemente sobre concertos, estudos e novos livros publicados sobre Villa-Lobos.

O Museu Villa-Lobos, no Rio de Janeiro, dispõe de um *website* em português, inglês e espanhol. E está em construção um banco de dados que pode ser acessado pela internet, através do qual se conseguem fotos, partituras e documentos de época.

<http:// www.museuvillalobos.org.br>

Em DVD, há o filme sobre Villa-Lobos:

Joaquim Assis/Zelito Viana: *Villa-Lobos: uma vida de paixão*. Rio de Janeiro, 2000.

Artisticamente pouco satisfatório, contudo louvável para aqueles que se interessam por Villa-Lobos. Ele documenta, como de costume, o autorretrato do compositor como "Indiana Jones" da música brasileira.

Bibliografia

ANDRADE, Mário de. *Pequena história da música*. Belo Horizonte, Itatiaia, 1987 (EA 1944).

CAMARGO TONI, Flávia. "Mário de Andrade e Villa-Lobos". *Revista do Instituto de Estudos Brasileiros*. São Paulo, USP, n. 27, 1987.

CORRÊA, Sérgio Alvin (org.). *Alberto Nepomuceno, catálogo geral*. Rio de Janeiro, Funarte, 1996.

DIDIER, Aluísio. *Radamés Gnatalli*. Rio de Janeiro, Brasiliana, 1996.

DINIZ, Edinha. *Chiquinha Gonzaga: uma história de vida*. 2. ed. Rio de Janeiro, Rosa dos Tempos, 1984.

HANDELMANN, Heinrich. *Geschichte von Brasilien*. Zurique, 1987.

HORTA, Luiz Paulo. "Prefácio". Em FAGERLANDE, Marcelo (org.). *O método de pianoforte do padre José Maurício Nunes Garcia*. Rio de Janeiro, Relume Dumará, 1995.

_____. *Villa-Lobos – Uma introdução*. Rio de Janeiro, Zahar, 1987.

KATER, Carlos. *Música Viva e H. J. Koellreuter*. São Paulo, Atravez, 2001.

KIEFER, Bruno. *Villa-Lobos e o modernismo na música brasileira*. Porto Alegre, Ed. Movimento, 1986.

LEAL, José de Souza; BARBOSA, Arthur Luiz. *João Pernambuco – A arte de um povo*. Rio de Janeiro, Funarte, 1982.

MACHADO, Maria Célia. *Heitor Villa-Lobos. Tradição e renovação na música brasileira*. Rio de Janeiro, Francisco Alves, 1987.

MARIZ, Vasco. *História da música no Brasil*. 4. ed. Rio de Janeiro, Civilização Brasileira, 1994.

NÓBREGA, Adhemar. *Os choros de Villa-Lobos*. Rio de Janeiro, Museu Villa-Lobos, 1973.

PARASKEVAÍDIS, Graciela. "Edgard Varèses Beziehungen zu Lateinamerika". *Musik Texte*, n. 94, 2002.

PAZ, Ermelinda. *Jacob do Bandolim*. Rio de Janeiro, Funarte, 1997.

_____. *Sôdade do Cordão*. Rio de Janeiro, ELF, 2000.

PEPPERCORN, Lisa M. *Heitor Villa-Lobos, the illustrated lives of the great composers*. Londres, 1989.

_____. (org.). *The Villa-Lobos letters*. Surrey, 1994.

RIBEIRO, João Carlos. *O pensamento vivo de Villa-Lobos*. Rio de Janeiro, Martin Claret, 1987.

RUBINSTEIN, Arthur. *Mein glückliches Leben*. Frankfurt, 1988.

SCHUBERT, Giselher. "Zur Charakteristik von Heitor Villa-Lobos". Em REXROTH, Dieter (org.). *Zum Aspekt des Nationalen in der Neuen Musik, Frankfurter Studien, v. III: Zwischen den Grenzen*. Frankfurt, 1979.

SQUEFF, Enio; WISNIK, José Miguel. *Música*. São Paulo, Brasiliense, 1982.

ZWEIG, Stefan. *Brasil, um país do futuro*. Trad. Kristina Michahelles. Porto Alegre, L&PM, 2006.

Créditos das imagens

Todas as imagens deste livro foram cedidas pelo Acervo Museu Villa-Lobos, no Rio de Janeiro, com exceção da vista do Rio de Janeiro, na primeira página (Top Foto/Grupo Keystone) e do retrato de Hans-Joachim Koellreuter (Funarte/Centro de Documentação).

Índice remissivo

Aguado, Dioniso 177
Aita, Zina 85
Albéniz, Isaac 106
Alberto I, rei da Bélgica 83
Aleijadinho, nome artístico de
　Antônio Francisco Lisboa 222
Alencar, José de 69, 87, 166
　Iracema 69
　O Guarani 69
Allionni, Oswaldo 78
Almeida, Renato 112
d'Almeida, Arminda Neves, cf.
　Arminda Villa-Lobos
d'Almeida (mãe de Arminda) 199
d'Almeida, Julieta 199
d'Almeida, Sônia 199
Alves, Rodrigues 137
Amaral, Tarsila do 110, 118, 145,
　166, 184
　Abaporu (quadro) 118
Amat, José 89, 135
Américo, Pedro 197
　A primeira missa 197
Anchieta, José de 64, 68, 229, 265
　De beata virgine Dei Matre Maria
　(poema) 68, 265

Anderson, Marion 213
Andrade, Carlos Drummond de,
　poeta brasileiro 201, 206, 211-2
　"A cantiga do viúvo" 213
　"A música da terra" 213
　"Beethoven" 213
　"Bolero de Ravel" 213
　"Concerto" 213
　"José" 213
　"Música" 213
　"Nova canção do exílio" 213
　"Poema de Itabira" 213
　"Quero me casar" 213
　"Toada do amor" 213
Andrade, Mário de 84, 110, 115,
　118, 120, 125-6, 128-32, 134-5,
　137, 150-1, 162, 165, 170, 179,
　186-7, 206, 208, 214, 233-4,
　241, 276
　A música e a canção populares no
　　Brasil 133
　Banquete 134
　Ensaio sobre a música brasileira 131
　Há uma gota de sangue em cada
　　poema (poemas) 126
　Iara 179

Macunaíma – o herói sem nenhum caráter (romance) 127
Modinhas imperiais (série de canções) 131
Música, doce música (coletânea de artigos) 131
O café 233
O losango cáqui 118
O turista aprendiz (relatos) 126
Pauliceia desvairada (poemas) 115, 118
Poema de criança e de sua mama 128
Viola quebrada 110, 127, 183, 288
Andrade, Oswald de 110, 117-8, 121, 124, 136, 145, 166, 183-4
Ansermet, Ernest 102
Antunes, Jorge 273
Arrau, Cláudio 243
Aurélio, Marco 18
Azevedo, Luiz Heitor Corrêa de 54, 219

Bach, Johann Sebastian 20, 45, 120, 177, 205, 209, 212, 217, 222-4, 226, 229
O cravo bem temperado 20, 177
Baez, Joan 227
Bahiana, João da 240
Baker, Josephine 155
Ballon, Ellen 246
Balzac, Honoré de 69
Bandeira, Manuel 120, 128, 132, 150, 179, 183, 211-3, 228
"A máquina do mundo" 212
"Debussy" 211
"Modinha" 179, 211
"O anjo da guarda" 179, 211
"Os sapos" 120
Barbosa Rodrigues, João 162, 265
Poranduba amazonense (lendas) 162, 265
Barentzen, Aline van 153-4
Barrios, Agustín 44
Barros, João Alberto Lins de 191

Barroso, Ary 212, 241
Aquarela do Brasil 212
Bartók, Bela 47, 65, 107, 259
Bechet, Sidney 155
Beethoven, Ludwig van 107, 152, 213, 267
Bellido, Joseph 177
Bellinati, Paulo 46
Bellini, Vicenzo 24
Norma 135
Benario, Olga 206-7
Benedetti, Lucia 257
Berg, Alban 146
Bergmann, Romeu 53
Berlioz, Hector 275
Bernardes, Artur 144
Bilac, Olavo 25
Bilhar, Sátiro 28, 32, 44, 165, 224
Blades, Rubén 9
Blankenship, John 255-6
Bonfá, Luís 46
Borges, Jorge Luís 277-8
Borgongino 137
Borodin, Alexander 49
Boulanger, Nadia 235
Boulez, Pierre 243
Braga, Antônio Francisco 37-8, 71, 81, 86, 88, 143-4, 255
A Paz 81-2, 97, 99
Catita 72
Episódio sinfônico 38
Jupira (ópera) 38, 255
Marabá 38
Braga, Ernani 120, 124
Brahms, Johannes 76, 101
Brandão, Alberto 17-8, 20
Brando, Marlon 252
O grande motim (filme) 252
Braque, Georges 118
Brecheret, Victor 85, 118
Monumento às bandeiras (artes plásticas) 118
Burle-Marx, Walter 223, 241
Busoni, Ferruccio 174

Cabral, Pedro Álvares 66, 196
Cachaça, Carlos 41
Cage, John 243,
Caldas, Sílvio 203
  Gondoleiro do amor 203
Caldas Barbosa, Domingos 35
  Viola de Lereno 35
Camargo Guarnieri, Mozart 126, 234, 271, 273
Caminha, Pero Vaz de 67, 197
Candinho Trombone 268; cf. Cândido Pereira da Silva
Capanema, Gustavo, ministro da educação no governo de Getúlio Vargas 206, 228
Caramuru, A. 259; cf. Heitor Villa-Lobos
Carcassi, Matteo 44, 177
  Método para violão, op. 59 44
Carpentier, Alejo 163
Cartola 40-2, 220, 240; cf. Angenor de Oliveira
Caruso, Enrico 60
Carvalho, Ronald de 121, 138, 142, 144
  Epigramas 121
Carvalhos, Delgado de 254
  Moema (ópera) 254
Casals, Pablo 223, 267
Casella, Alfredo 121, 207
  Il deserto tentato (mistério) 207
Castelnuovo-Tedesco, Mario 247
Cavalcanti, Emiliano di 82, 85, 118, 219
Cendrars, Blaise 145
Cernicchiaro, Vicenzo 135
Cézanne, Paul 145
Chalput, René 183
Chateaubriand, Assis 202
Chopin, Frédéric 31, 77, 124, 177
  Marcha fúnebre 124
  Valsa do minuto 232
Ciata, Tia 39
Claudel, Paul 99-100

Christoph Colomb (libreto) 100
Clélia (aluna) 35
Cocteau, Jean 116, 145-7
  Le coq et l'arlequin 147
  Parade (projeto de balé) 146
Coimbra, Estácio, vice-presidente do Brasil 142
Conselheiro, Antônio 204
Copland, Aaron 42, 243, 249-50
  A Lincoln portrait 249-50
  Appalachian string (balé) 250
  El salón México 249
  Fanfare for the common man 249
  Ratos e homens (tema de filme) 250
Corinth, Lovis 125
Costa, Lúcio 230, 268
Costa Athayde, Manoel da 222
Couto, Ribeiro 179
  Canção do crepúsculo caricioso 179
Cruls, Luís 52
Cunha, Brasílio Itiberê da 57
  A sertaneja 57
Cunha, Brasílio Itiberê da (sobrinho) 57
Cunha, João Itiberê da 137
Curran, Homer 253

Debret, Jean Baptiste 54
Debussy, Claude 75-6, 83-4, 87, 93, 101, 106-7, 114, 135, 145-6, 148, 154, 160, 164, 170, 211-2, 258
  Au clair de la lune 181
  Children's corner 107
  La mer 155
  Prélude à l'après-midi d'un faune 170
Delarue-Mardrus, Lucie 161
Demarquez, Suzanne 147
Diaghilev, Sergei Pavlovitch 146, 184
  Ballets russes 184
  Parade (projeto de balé) 146
Dias, Aluísio 220
Dias, Gonçalves 166
Diniz, Manuel "Duque" 30

Disney, Walt 42, 240-1
  Saludos amigos (filme) 241
  The three caballeros (filme) 241
Dom João VI, cf. João VI
Dom Manuel, cf. Manuel I
Dom Pedro I, cf. Pedro I
Dom Pedro II, cf. Pedro II
Dom Sebastião I, cf. Sebastião I
Donga 24, 32, 240; cf. Ernesto Joaquim Maria dos Santos
  Pelo telefone 29
Donizetti, Gaetano 24, 207
Donizetti, Romeu 59, 61
Doria, Escragnolle 81, 97
Downes, Olin 241, 260
Duarte Nunes, Nair 191
Duas Covas, Mariquinhas de 29
Dumas, Alexandre 69
Dunlop, John Boyd 60

Eduardo VIII, duque de Windsor 142
Ellington, Duke 243
Elman, Mischa 242
Eschig, Max 46, 147, 152
Espinguela, Zé 41, 219-20, 240

Falla, Manuel de 106, 256
Fauré, Gabriel 76
Fernandez, Oscar Lorenzo 211, 273
Ferrer, Mel 251
  A flor que não morreu – Tropenglut (filme) 251
Figueiredo, Sylvia de 78
Flem, Paul le 265
Fonseca, Deodoro da 23
Forrest, George 253
  Magdalena (libreto) 253-4, 290
Forrest, Robert 253
  Magdalena (libreto) 253-4, 290
França, Agnelo 37
Franck, César 47, 75-6, 102
Frank, Hans 207
Freyre, Gilberto 278
  Casa-grande e senzala (ensaio) 278
Furtado, Muril 255
  Sandro (ópera) 255

Gallet, Luciano 85, 88, 228
  Canções populares brasileiras 228
  Foi n'uma noite calmosa 228
García Lorca, Federico 255
  Yerma (drama) 255-6
García Márquez, Gabriel 278
Gautier, Théophile 25
Gershwin, George
  Porgy and Bess 256
Ghioldi, Rodolfo 205
Gil, Gilberto 72
Gismonti, Egberto 273
Glasunov, Alexander 87
Gnattali, Radamés 237
Goltermann, Georg 57
  Concerto em sol maior n. 4, op. 65 57
Gomes, Carlos 30, 73, 86, 120, 131, 136-7, 166
  Cayumba – para piano 137
  Modinhas
    Quem sabe? 137
  O Guarani (ópera) 136
Gomes Junior, João 255
  Dom Casmurro (ópera) 255
Gomes Grosso, Iberê 83
Gonçalves, André 13
Gonçalves, Otaviano 81
  A Vitória 81
Gonzaga, Chiquinha 29
  Caramuru 29
  Corta-jaca 29
Goodman, Benny 243
Goodyear, Charles 59-60
Gottschalk, Louis Moreau 36
Gould, Glenn 134
Graça Aranha, José Pereira da 85, 119, 122
Granados, Enrique 181
Grünberg, Louis 258
Guanabarino, Joaquim Silva 89

Guanabarino, Oscar 80, 87-9, 90, 106, 137, 143, 189
Guarnieri, Eduardo di 269
Guedes Penteado, Olívia 119, 151, 185
Guerra-Peixe, César 234, 236-7
Guimarães, João Teixeira 45; cf. João Pernambuco
Guimarães, Juca 78
Guimarães (mãe de Lucília) 77, 199
Guimarães, Lucília, cf. Lucília Guimarães Villa-Lobos
Guimarães, Luiz 79, 91
Guimarães, Oldemar 79, 91
Guinle, Arnaldo 131, 142, 144, 150, 167, 173, 187-9
Guinle, Carlos 131, 152, 188
Guinle, Eduardo Palassin 131, 142, 188
Guinle, Otávio 131, 188

Haussmann, Georges Baron 24
Haydn, Joseph 35, 48
Henrique, Waldemar 139
Henze, Hans-Werner 243, 273
Hepburn, Audrey 251
  A flor que não morreu (filme) 251
Herzog, Werner 60
  Fitzcarraldo (filme) 60
Hindemith, Paul 228, 231
Hokusai, Katsushika 155
  A grande onda em Kanagawa (quadro) 155
Honegger, Arthur 225
  Pacific 231 225
Houénou, Kojo Tovalou 155
Hudson, William 251-2
  A flor que não morreu (romance) 251
Hufsmith, George 271
  The sweetwater lynching 271
Hugo, Victor 18
Humboldt, Alexander von 54

Iemanjá 72
d'Indy, Vincent 75, 95, 147, 150
  Cours de composition musicale (obra) 75
Isabel, princesa do Brasil 22-3, 29, 86

Janacopolous, Vera 147, 153
Janssen, Werner 97, 242
João VI, príncipe-regente de Portugal e do Brasil 34-6, 41, 54
Jobim, Antonio Carlos 9, 238, 272
  Orfeu negro (música de filme) 272
Jobim, Tom, cf. Antonio Carlos Jobim
Joplin, Scott 31

Kaper, Bronislau 252
  O grande motim (música de filme) 252
Kleiber, Erich 38
Koch-Grünberg, Theodor 128
Koellreuter, Hans-Joachim 228, 231-4, 236, 238, 272
  O café 233
Koussevitzky, Nathalie 266
Koussevitzky, Serge 266
Krause, Fritz 52, 65-6
  Nos sertões do Brasil (transcrições dos cantos carijós e caiapós) 52
Kreisler, Fritz 242
Kubitschek, Juscelino, presidente do Brasil 268-70

Lacerda, Marcílio 142
Laranjeiras, Quincas 26, 28, 44
Léger, Fernand 118
Lekeu, Guillaume 102
Leloup, Hilarion 43
Lemos, Arthur 141, 144
Lemos, Iberê 122
Lenau, Nikolaus 87
Leoncavallo, Ruggiero 257

Léry, Jean de 66, 111, 179
   Canide Ioune-Sabath (canção
      popular de seus registros) 179
   Histoire d'un voyage à la terre du
      Brésil 162
Lévi-Strauss, Claude 62
   Tristes trópicos (relato de pesquisa)
      62
Levy, Alexandre 137
   Suíte brasileira – para orquestra 137
Lichnowsky, Karl Max, príncipe da
   Prússia 152
Lima, Carlos Barbosa 46
Limón, José 257
Lisboa, Antônio Francisco, cf.
   Aleijadinho
Lisle, Claude Joseph Rouget Leconte
   de 25
   A Marselhesa 98
Llobet, Miguel 43, 176
Lobato, Monteiro 139
Long, Marguerite 181
Los Ángeles, Victoria de 227
Luís, Washington, presidente do
   Brasil 189

Macalé 220
Machado, Rafael Coelho 44
Malfatti, Anita 85
   O homem amarelo (quadro) 126
Malipiero, Gian Francesco 121
Manduca Piá 179; cf. Manuel
   Bandeira
Mann, Julia 88
Mann, Thomas 88
Manuel I, rei de Portugal 67, 197
Maria Leopoldina, princesa da
   Áustria 18
Marinucci, Gino 82
Mariz, Vasco 16, 37, 90, 106, 117,
   121, 124, 151, 192, 208, 210,
   233, 242, 250, 268
Martin, Frank 231

Martius, Carl Friedrich Philipp von
   54
   Viagem ao Brasil (relato de
      pesquisa) 54
Marx, Groucho 248
   Copacabana (filme) 248
Mascagni, Pietro 207, 254
Massenet, Jules 37, 254
Massine, Léonide 146
   Parade (projeto de balé) 146
Matisse, Henri 118, 155
Matta, Roberto da 278
   Carnavais, malandros e heróis 278
Mattos, Gregório de 230
Maúl, Carlos 172
Mauro, Humberto 196
   Descobrimento do Brasil (filme) 196
Medeiros, Anacleto de 172
   Yara 172
Meireles, Cecília 212
Mendes, Gilberto 274
Menuhin, Yehudi 243
Mesquita, José Joaquim Emérico
   Lobo de 34
Mignone, Francisco 71, 126, 211,
   234, 273
   Babaloxá (balé) 71
   Batucagé (poema sinfônico) 71
   Congada 71
   Festa das igrejas (poema sinfônico)
      71
   Leilão (balé) 71
   Maracatu do Chico Rei (balé) 71
Miguez, Leopoldo 86-9, 255
   Os saldunes (ópera) 255
Milano, Dante 179
   Canção da folha morta
      (poema) 179
Milano, Humberto 78
Milhaud, Darius 31, 47, 99-102,
   148, 155, 158, 183-4, 231
   Christoph Colomb (ópera) 100
   La création du monde 155

Le boeuf sur le toit (balé) 183
Saudades do Brasil (duas suítes dançantes) 100
Milliet, Sérgio 148
Mindinha 199, 247, 261, 272; cf. Arminda Villa-Lobos
Miranda, Aurora 241
Saludos amigos (filme) 241
The three caballeros (filme) 241
Miranda, Carmen 241, 248-9
Copacabana 248
Miranda, Ronaldo 273
Mitchell, Howard 266
Modigliani, Amedeo 155
Moffo, Anna 227
Monteiro (mãe de Noêmia) 14
Monteiro (pai de Noêmia) 14
Montini, Giovanni Battista, arcebispo de Milão 263
Moraes Neto, Prudente de 128
Moreira, Luís 59
Moreyra, Álvaro 179
"Pobre cega" (poema) 179
Mossolow, Alexander 235
Stahl (balé) 235
Moura, Paulo 220
Mozart, Wolfgang Amadeus 35
Réquiem 35
Müller, Filinto 206
Münchhausen, Karl Friedrich Freiherr von 53
Murger, Henri 33
Scènes de la vie de bohème 33
Mussolini, Benito 200, 207

Napoleão, Arthur 79
Nascimento, Frederico 37, 78
Nascimento, Milton 273
Nascimento Filho, Frederico 78
Nazareth, Ernesto 30-2, 45, 57-8, 73, 100-2, 153, 165, 170, 177, 217
Brejeiro 31
Improviso – Estudo para concerto 30

Odeon 30, 177
Turuna 153, 170
Nepomuceno, Alberto 38, 79, 81-2, 87-8, 101, 103, 137, 141, 255
Abul (ópera) 255
Doze canções 87
O garatuja 87
Neukomm, Sigismund von 35, 86
Niederberger, Benno 36
Niemeyer, Oscar 205, 230, 268
Nobre, Marlos 273
Nogueira, Paulinho 230
Nono, Luigi 243
Novaes, Guiomar 120, 124, 191
Nunes Garcia, José Maurício, padre 35, 44, 86, 131
Beijo a mão que me condena 35

Oliveira, Angenor de 41; cf. Cartola
O'Neill, Eugene 257
The emperor Jones 257
Orixás 72
Ormandy, Eugene 243, 261
Oswald, Alfredo 82, 101, 141, 144
Oswald, Henrique 82, 102-3
Otero, Anita 220
Ovale, Jaime 211

Paixão Cearense, Catulo da 28-9, 45, 172, 183, 268
Caboca di Caxangá 45, 127, 183
Luar do sertão 29, 45
Rasga o coração (letra) 170, 172, 268
Paixão Ribeiro, Manoel da 44
Nova arte de viola 44
Palestrina, Giovanni Pierluigi da 276
Pâque, Désiré 174
Sinfonia para órgão, op. 67 174
Parker, Charlie 243
Passos, Francisco Pereira 24
Pedro I, imperador do Brasil 36
Pedro II, imperador do Brasil 18, 22-3, 36, 69, 267
Peixoto, Floriano 20-1

Pereira, Marco 46
"Perna Fina", dançarino 220
Perkins, Anthony 251
A flor que não morreu (filme) 251
Pernambuco, João 28, 44-5, 127, 183, 204; cf. João Teixeira Guimarães
Caboca di Caxangá 45, 127, 183
Luar do sertão 29, 45
Sons de carrilhões 45
Pessoa, Epitácio, presidente do Brasil 80, 97, 142
Pessoa, João, candidato à vice-presidência do Brasil 189
Pfitzner, Hans 207
Piazzola, Astor 178
Picasso, Pablo 116, 118, 146, 155
Parade (projeto de balé) 146
Picchia, Menotti del 120
Piedade, Maria da 29
Pinto, Fernão Mendes 53
Piriou, Adolphe 112
Pixinguinha 29, 57, 217, 240; cf. Rocha Viana Filho, Alfredo da
Ponce, Manuel 247
Ponchielli, Amilcare 60
La Gioconda 60
Popper, David 57
Cenas de carnaval 57
Porter, Cole 243
Portinari, Cândido 206, 241
Portugal, Marcos 35, 86
Powell, Baden 72, 230
Samba em prelúdio 230
Samba triste 230
Prado, Antonio 144
Prado, Fábio 132
Prado, Paulo 119-20, 151
Praguer Coelho, Olga 227
Prestes, Anita Leocádia 206
Prestes, Júlio, governador de São Paulo 188, 191, 209
Prestes, Luís Carlos 205-6, 235
Prokofiev, Sergei 107, 146, 184

Prudencio, Cergio 276
Prunnières, Henri 160
Puccini, Giacomo 24, 33, 46, 50, 257
La bohème 33

Queiroz, Eça de 117

Ramos, Graciliano 205
Memórias do cárcere 205
Rangel (comerciante) 16
Raskin, Maurice 83, 185, 191
Ravel, Joseph-Maurice 145-6, 213, 215
Bolero 146
Reger, Max 228
Rego Monteiro, Vicente do 85
Reis, Dilermando 217
Ribeiro, Darcy 278
Os brasileiros (ensaio) 278
Ribeiro, João Ubaldo 230
Rimsky-Korsakov, Nikolai 87
Voo do besouro 232
Rocha, Glauber 253
Deus e o diabo na terra do sol (filme) 253
Rocha Viana Filho, Alfredo da, cf. Pixinguinha
Rockefeller, Nelson 241
Rodrigo, Joaquín 247
Concierto de Aranjuez 247
Rodrigues Barbosa, José 89, 144
Rondon, Cândido 53
Roosevelt, Franklin Delano 142, 207, 240
Roquette-Pinto, Beatriz 52
Roquette-Pinto, Edgar 52, 65, 162, 170, 179-80, 182, 196
Nozani-ná (melodia popular de sua coletânea) 166, 169, 182
Oh, Dandan! (melodia popular de sua coletânea) 170
Rondônia (obra de referência) 162
Teirú (melodia popular de sua coletânea) 179

Rosa, João Guimarães 230, 278
Rosenkreutzer, Beate 198
Ross, Hugh 256
Rossini, Gioacchino 73
Roussel, Albert 87, 147
Rubinstein, Arthur 11, 31, 82, 99, 102-7, 141, 147, 151-3, 172, 179, 239
Rudge Müller, Antonieta 191
Rudolph, arquiduque da Áustria 152

Saint-Saëns, Camille 24, 74, 101, 135, 254
   O cisne 74
Salgado, Plínio 118
Sandoval, Salomé 227
Santoro, Cláudio 234-6, 273
   Impressões de uma usina de aço 235
   Terceira sinfonia 236
Santos, Ernesto Joaquim Maria dos, cf. Donga
Santos, Turíbio 176, 178, 220
Santos Lobo, Laurinda 83, 144
Satie, Eric 114, 124, 145-6, 183-4
   Embryons desséchés 124
   Parade (projeto de balé) 146
Sauer, Wilhelm 87
Savio, Isaías 45
Sayão, Bidu 207, 227, 252
Scarlatti, Domenico 177
Scherchen, Hermann 231-2
Schloezer, Boris 157
Schmitt, Florent 153, 241
Schönberg, Arnold 37, 87, 116, 146, 232, 243
Schubert, Franz 260, 275-6
   Deutsche Tänze 276
   Nona sinfonia 260-1
Schubert, Giselher 274
Schumann, Robert 92
   Álbum para a juventude 92

Cenas infantis 92
Scott, Walter 69
Scriabin, Alexander Nikolaievitch 107
Sebastian, John 246
Sebastião I, rei de Portugal 204
Segall, Lasar 185
Segovia, Andrés 11, 43, 174-8, 217, 246-7
Sibelius, Jean 181
Silva, Alves da 59-60
Silva, Cândido Pereira da 168
   O nó 168
Silva, Francisco Manoel da 86
Silva Calado, Joaquim Antônio da 26, 168
   Lundu característico 168
Silva Xavier, Joaquim José da, cf. Tiradentes
Sinhô 83
Sobral, Mário 126; cf. Mário de Andrade
Sosa, Mercedes 9
Souza Lima, João de 185, 191-2
Spix, Johann Baptist Ritter von 54
   Viagem ao Brasil (relato de pesquisa) 54
Staden, Hans 117, 161
   Wahrhaftige Historia und Beschreibung eyner Landtschafft der Wilden Nacketen, Grimmigen Menschfresser-Leuthen in der Newenwelt America gelegen (relato de viagem) 117
Stockhausen, Karl-Heinz 243
Stokowski, Leopold 93, 239-40, 243
Strauss, Richard 38, 146
Stravinsky, Igor 100, 109-10, 113-4, 146, 148, 150-1, 157-60, 169, 184, 187, 223, 258
   Concerto para piano 223
   Octeto 223
   O pássaro de fogo 110, 184

Sagração da primavera [Sacré du printemps] 100, 110, 151, 157, 160, 169, 184, 187
Suíte Pulcinella 223
Stuckenschmidt, Hans Heinz 274
Talleyrand, Charles-Maurice de 35
Tárrega, Francisco 43, 176
Tavares, Hekel 139
Te Kanawa, Kiri 227
Terán, Maria Theresa 177
Terán, Tomás 147, 153-4, 163, 177, 184
Thalberg, Sigismund 36
Tiradentes 34; cf. Joaquim José da Silva Xavier
Tiso, Wagner 220
Torres, Antonio de 43
Toscanini, Arturo 71, 243
Trevisan, João Silvério 88
   Ana em Veneza 88
Tschaikowsky, Piotr 57
   Chanson triste 57
Tupinambá, Marcelo 102

Valadares Correia, Ruth 227
Varèse, Edgar 112, 149
   Amériques 112
Vargas, Getúlio, presidente do Brasil 108, 131-4, 173, 185, 189-91, 193-5, 200-3, 205-11, 214, 223, 228, 231, 237, 239-40, 244-5, 258, 269
Veiga, Alberto 56
Veiga, Randolfo 56
Velásquez, Glauco 79, 102, 142
   Trio n. 2 102
   Trio n. 4 102
Verdi, Giuseppe 24, 60, 136, 254
   Ernani 60
   Falstaff 254
   La traviata 136
Viana, Araújo 255
   Carmela (ópera) 255

Viana, Frutuoso 82, 93, 120, 211, 213
   Toada n. 3 213
Vieira, Amaral 176
Vila, Martinho da 220
Villalba, Epaminondas 16; cf. Raul Villa-Lobos
Villalba Filho, Epaminondas 73, 92, 96; cf. Heitor Villa-Lobos
Villa-Lobos, Arminda "Mindinha" 168, 199-200, 208, 247, 258, 261, 264, 267, 269-70, 272
Villa-Lobos, Bertha "Lulucha" 15, 58
Villa-Lobos, Carmen "Bilita" 15, 123
Villa-Lobos, Clóvis 15
Villa-Lobos, Esther 15
Villa-Lobos, Heitor "Tuhú"
   A cascavel – canção com acompanhamento de piano 46, 123
   A fiandeira – para piano 83, 123
   A floresta do Amazonas 252, 269
   A lenda do Reino da Pedra Bonita 204
   A menina das nuvens 257
   A prole do bebê 92-3, 147, 179, 184, 245
   A prole do bebê n. 1
   – 8 movimentos 105, 153
   1. Branquinha 105
   5. Negrinha 105-6
   6. Pobrezinha 105
   7. O Polichinelo 94, 105-6, 198
   A prole do bebê n. 2 – Os bichinhos
   – 9 movimentos 107
   1. A baratinha de papel 107
   2. A gatinha de papelão 107
   5. O cavalinho de pau 107
   6. O boizinho de chumbo 107
   7. O passarinho de pano 107
   8. O ursinho de algodão 107
   9. O lobozinho de vidro 107
   A prole do bebê n. 3 173
   Aglaia – ópera 255
   Alegria de viver – canção 197

ÍNDICE REMISSIVO

Alvorada na floresta tropical –
  poema sinfônico 246
Amazonas – Bailado indígena
  brasileiro – poema sinfônico 11,
  46, 103-4, 108-12, 114, 131,
  180, 187, 245-6, 252, 269
Ameríndia – ópera 95, 264, 269
Bachianas brasileiras 11, 50, 170,
  215, 218, 221-4, 226, 229-30,
  245-6, 254, 257, 261-2
Bachiana brasileira n. 1 223
  1. Introdução/Embolada 223
  2. Prelúdio/Modinha 223
  3. Fuga/Conversa 223
Bachiana brasileira n. 2 48, 193,
  222, 241
  1. Prelúdio/O canto do capadócio
    224
  2. Ária/O canto da nossa terra
    225
  3. Dança/Lembrança do sertão
    225
  4. Tocata/O trenzinho do caipira
    193, 222, 225, 241
Bachiana brasileira n. 3 225
  1. Prelúdio/Ponteio 226
  2. Fantasia/Devaneio 226
  3. Ária/Modinha 226
  4. Tocata/Pica-pau 226
Bachiana brasileira n. 4 226
  1. Prelúdio/Introdução 226
  2. Coral/Canto do sertão 226
  3. Ária/Cantiga 226
  4. Dança/Miudinho 227
Bachiana brasileira n. 5 170, 212,
  222, 227, 241
  1. Ária 227
  2. Dança/Martelo 228
Bachiana brasileira n. 6 228, 233
  1. Ária 228
  2. Fantasia 228
Bachiana brasileira n. 7 228, 243
• 1. Prelúdio/Ponteio 228
  2. Giga/Quadrilha caipira 228
  3. Toccata/Desafio 228

  4. Fuga/Conversa 228
Bachiana brasileira n. 8 228-9
  1. Prelúdio/Adágio 229
  2. Ária/Modinha 229
  3. Tocata/Catira batida 229
  4. Fuga/Fuga vocal 229
Bachiana brasileira n. 9 229
  1. Prelúdio 229
  2. Fuga 229
Bem-te-vi 277
Bendita sabedoria – para coro à
  capela 251, 263
Brinquedo de roda – para piano 92
Canções típicas brasileiras
  [Chansons typiques brésiliennes]
  (10 canções) 109-10, 138, 182
  1. Mokocê-ce-makã 171, 182
  2. Nozani-ná 166, 169, 182
  4. Xangô 182-3, 198
  5. Estrela é lua nova 183
  6. Viola quebrada 110, 127, 183
  7. Adeus Ema 183
  8. Pálida madona 183
  10. Caboca di Caxangá 183
Canto orfeônico – coletânea de
  canções 195
Carnaval das crianças brasileiras –
  para piano 94, 151, 186
Momoprecoce – versão para
  orquestra 186
Choros 11, 24-9, 32, 38-9, 46,
  61, 74, 83, 93, 95, 103-4,
  110, 135, 137, 161, 164-8,
  170-4, 188, 222-3, 227, 241,
  245, 254, 274
Introdução aos choros – para
  violão e orquestra 173
Choro n. 1 – para violão 83, 165
Choro n. 2 – para flauta e
  clarinete 104, 151, 153, 165,
  169, 228
Choro n. 3 – Pica-pau 153, 164,
  166, 169, 171, 182
Papae Curumiassu 182

Choro n. 4 – para três trombones e trompete 153, 167
Choro n. 5 – para piano solo – Alma brasileira 140, 167, 198
Choro n. 6 – para orquestra 167-9, 243
Choro n. 7 – Sittimino – Settimo 151, 153, 169
Choro n. 8 – Le fou huitième – Choro da dança 153, 161, 169-70, 172, 241, 243
Choro n. 9 170, 243
Choro n. 10 – Rasga o coração – para orquestra e coral 153, 170-2, 241, 243, 246, 268
Choro n. 11 – para piano e orquestra 172, 180
Choro n. 12 – Choro da melodia 172
Choros nn. 13 e 14 173
Ciclo brasileiro – para piano 215, 254
1. Plantio do caboclo 216
2. Impressões seresteiras 216
3. Festa no sertão 216
4. Dança do índio branco 216
Cirandas – para piano (16 peças) 163, 179-80, 184
Concerto para harpa 246
Concerto para violão dedicado a Andrés Segovia 246
Concerto para piano n. 1 246
Concerto para piano n. 5 246
Concerto para gaita de boca 246
(Grande) Concerto para violoncelo e orquestra n. 1, op.50 75
Dança da terra 196
Dança infernal 123
Danças características africanas / Danças indígenas / Danças dos índios mestiços do Brasil / Danças dos negros de Barbados / Danças características de índios africanos 92-3, 104, 121, 153

Farrapós – Dança dos moços op. 47 78, 92
Kankikis – Dança dos meninos op. 65 92-3, 121
Kankukús – Dança dos velhos op. 57 92-3, 121
Dime perché – canção 46
Elegia 46
Elisa – ópera 255
Epigramas irônicos e sentimentais 138
Erosão – poema sinfônico 246
Estudos – 12 estudos avulsos para violão 216
Fantasia concertante para piano, clarinete e fagote 262
Fantasia concertante para violão e pequena orquestra 247
Fantasia concertante para violoncelo e orquestra 246
Fantasia para saxofone 246
Festim pagão – canção 47, 123
Folhetos de cordel 131
Francette & Piá – para piano 181
Gênesis – poema sinfônico 246
Guia prático – coletânea de canções e compêndio para canto-coral 65, 195, 197
Solfejos – complementos 195
Guriatã do coqueiro – canção 198
Hino ao Sul do Brasil 197
Hino para Júlio Prestes 191
Histórias da carochinha – para piano 94
Historietas – coletânea de canções 83, 123
2. Lune de octobre 123
5. Je vis sans retard, car vite s'écoule la vie 123
Voilà la vie 123
Ibericárabe op. 40 – para piano 50, 253
Izaht – ópera 79, 83, 253-5
José 213

ÍNDICE REMISSIVO

La fillette et la chanson 147
Legenda mecânica 203
Lenda do caboclo 83, 139-40, 180-1, 198
Magdalena – opereta 253-4
Magnificat Aleluia – para coral à capela 251, 263, 269
Mazurca em ré maior – para violão 46
Miniaturas 47, 61
Japonesas 61
Missa de são Sebastião 216
Modinhas e canções 213, 254
Modinhas e canções n. 1 214
Lundu da marquesa de Santos 214
Nhapopê 214
O rei mandô me chamá 214
Modinhas e canções n. 2 214
Na corda da viola 214
Nesta rua 214
Vida formosa 214
Movimento de tarantela, op. 30 92
Myremis – poema sinfônico 79, 109-10
Naufrágio de Kleonicos – poema sinfônico 74, 79, 83
New York skyline-melody 259
Nocturnes 84
Noite de luar – canção 138
Noneto – Impressão rápida de todo o Brasil sonoro 147, 151, 153, 157-61, 169, 171
O canto do pajé – canção 201
O ginete do pierrozinho 123
Os sedutores – canção 46
Panqueca – para violão 46
Pequena sonata para violoncelo, op. 20 47
Pequena suíte para violoncelo 47
Perversidade 138
Petizada – para piano 92
Poema de Itabira 213
Prelúdio n. 2, op. 20 – para

violoncelo e piano 47
Prelúdio para violão 177-8, 217
Prelúdio n. 1 – Homenagem ao sertanejo brasileiro 177-8, 217
Prelúdio n. 2 217
Prelúdio n. 3 – Homenagem a Bach 217
Prelúdio n. 4 217
Prelúdio n. 5 – Homenagem à vida social 217
Prelúdio n. 6 217
Prelúdio sinfônico 79
Pudor 138
Quartetos de cordas nn. 1-4 48-9, 79, 121, 214
Quarteto de cordas n. 3 – Quarteto pipoca 49, 121, 123
Quartetos de cordas nn. 5-10 129, 214-5, 244
Quartetos de cordas nn. 11-17 261-2
Quarteto de cordas n. 14 – Quarteto de quartas 261
Quarteto de cordas n. 15 – Quarteto dos harmônicos 261-2
Quarteto de cordas n. 18 269
Quarteto simbólico – Impressões da vida mundana – Quatuor 83-4, 121
Quinteto em forma de choros 173
Recouli 57
Rudepoema – Fantasia para piano 153, 179-81, 245
Sabiá 277
Saudades das selvas brasileiras 181
Serestas – 14 canções 153, 178, 211, 213
2. O anjo da guarda 179, 211
5. Modinha 179, 211
7. A cantiga do viúvo 213
8. Canção do carreiro 179
Sertão no estio – canção 47, 83, 138
Simples coletânea – para piano 121, 123

1. Valsa mística 123
2. Num berço encantado 123
3. Rondante 123
Sinfonia n. 1, op. 112 – O imprevisto 82, 95-7
Sinfonia n. 2, op. 160 – Ascenção 97, 243
Sinfonia n. 3 – A Guerra 97-9
Sinfonia n. 4 – A Vitória 97-8
Sinfonia n. 5 – A Paz 97, 99
Sinfonia n. 6 – Sobre a linha das montanhas do Brasil 258-9
Sinfonia n. 7 – Odisseia da paz 245, 259-60
Sinfonia n. 8 260
Sinfonia n. 9 261
Sinfonia n. 10 – Ameríndia – Sume Pater Patrium 264
Sinfonias nn. 11 e 12 266
Solidão 123
Sonata para violoncelo e piano n. 1 76
Sonata para violoncelo e piano n. 2, op. 66 76
Sonata-fantasia para violino e piano n. 1 – Désespérance 75-6
Sonata-fantasia para violino e piano n. 2 76
Sonata-fantasia para violino e piano n. 3 76
Suíte Descobrimento do Brasil 46, 254
Suíte floral – para piano – 3 movimentos 121, 123
  2. Camponesa cantadeira 123
Suíte infantil n. 1 – para piano 92
Suíte infantil n. 2 – para piano 92
Suíte oriental 50
  Ibericárabe – versão para orquestra 50
Suíte popular brasileira – para violão 46, 73
  1. Mazurka/Choro 46
  2. Schottisch/Choro 46
  3. Valsa/Choro 46
  4. Gavota/Choro 46
  5. Chorinho 46
Suíte para voz e violino 128
Suíte sugestiva n. 1 – Cinemas 183
Tédio de alvorada – poema sinfônico 79, 109-10
The emperor Jones (balé) 257
Três poemas indígenas 161, 179
  1. Canide Ioune-Sabath 179
  2. Teirú 179
  3. Iara 179
Trio para oboé, clarinete e fagote 47, 109, 148
Trio para violino, viola e violoncelo 47
Trio para piano, violino e violoncelo n. 1 76
Trio para piano, violino e violoncelo n. 2 76, 123
Trio n. 3 121, 123
Uirapuru 277
Valsa-concerto n. 2 176
Vidapura – para orquestra e coral 47
Viola – para voz e orquestra 83
Yerma (ópera) 255-6
Villa-Lobos, Lucília Guimarães 76-9, 81-3, 91-2, 99, 105, 120, 144, 152, 185, 191, 198-200, 264, 269
Hino ao Sol (arranjo para coral) 78
Villa-Lobos, Noêmia Umbelina Santos 14, 17, 21, 27-8
Villa-Lobos, Othon 15
Villa-Lobos, Raul 14, 16-21, 27-8, 50, 69, 111
Villa-Lobos do Amaral, Leopoldina, "Zizinha" 20
Vitorino, Manuel 19
Wagner, Richard 18, 75-6, 82, 87, 101-2, 120, 146, 254
Der Ring des Nibelungen 37-8

Waldstein, Ferdinand Ernst, conde de 152
Webern, Anton 238
Weill, Kurt 243
Weingartner, Felix 83
Whitman, Walt 212
Wickham, Henry 60

Wiéner, Jean 148

Yradier, Sebastián de
 La paloma 9

Zabaleta, Nicanor 246
Zweig, Stefan 14

1ª edição Novembro de 2009 | **Diagramação** Megaart Design | **Fonte** Berkeley
Papel Offset 90 g/m² | **Impressão e acabamento** Imprensa da Fé